Prudhomme 44, 57-59, 66, 77-80, 89
111- , 140-42,

COLLECTION FOLIO

Henry Monnier

Scènes populaires
Les Bas-fonds de la société

*Édition présentée
et annotée
par Anne-Marie Meininger*

Gallimard

© *Éditions Gallimard, 1984.*

PRÉFACE

S'agissant de quelque solennel imbécile, qui n'a évoqué Monsieur Prudhomme ? Qui n'a, un jour, entendu citer une des sentences de l'original ? « Ce sabre est le plus beau jour de ma vie », « Ôtez l'homme de la société, vous l'isolez », « Sortez ces gens-là de chez eux, ils n'y sont plus », « Ah! l'ambition, que de malheurs elle cause! Elle a perdu Napoléon. S'il était resté lieutenant d'artillerie, il serait encore sur le trône ». Prudhomme vit toujours. Électeur, éligible, il assène l'équivalent des perles de la rhétorique du citoyen Prudhomme : « Le char de l'État navigue sur un volcan » ; de ses promesses de candidat : « Croyez que je saurai toujours défendre les institutions, et au besoin les combattre » ; de ses grâces d'élu : « Je vous remercie de l'honneur que vous faites à mes cheveux blancs en les mettant à votre tête. »

Devenu type, Monsieur Prudhomme a survécu d'une vie telle que bien des gens jureraient que, comme Monsieur de La Palisse, il a réellement existé; au point de faire oublier qu'il eut un créateur : Henry Monnier. Cet oubli est fâcheux. On peut ne pas aimer Monnier, non l'ignorer. Créateur d'un type, et il n'y en eut pas tant depuis Molière, il fit quelques autres enfants à la littérature de son temps et même du nôtre, quoiqu'il soit, en ceci aussi, fort mal reconnu. Aussi bien, n'a-t-il pas décrété, en style Prudhomme : « Ne donnons rien à nos enfants, si nous voulons que leur reconnaissance soit toujours égale à nos bienfaits. »

Henry Monnier a, depuis 1905, sa rue à Paris : l'ancienne rue Bréda, en son temps G.Q.G. des charmantes filles à tout le monde alors nommées les grisettes, qu'il a dessinées, peintes, mises en vaudevilles et dans ses Scènes populaires. En fait de survie municipale, Monnier est économique. Il faudrait tout un quartier pour conserver la mémoire de nos contemporains qui sont, séparément, ce que Monnier fut tout à la fois : l'auteur et l'interprète de sketches qui, dans un café — car il inventa aussi le café-théâtre —, puis dans les ateliers romantiques et enfin dans les salons les plus huppés, fit crouler de rire par ses imitations de tout un monde quasi inconnu d'humbles monstres populaires mâles et femelles, niais, gobe-mouches, portières, gardes-malades, « une pierreuse », « la femme qui a trop chaud », vieux sergents, employés, bavards de diligence ; le mystificateur au sang-froid sans pareil dont les imparables traquenards piégèrent tout Paris ; le faiseur de « mots » ; le dessinateur dont tous les éditeurs s'arrachaient les « vignettes » que l'on retrouve ornant les éditions originales d'œuvres comme Le Médecin de campagne de Balzac, Le Rouge et le Noir de Stendhal et, même, les Poésies de Mme Desbordes-Valmore ; le lithographe qui rechercha de nouveaux procédés de tirage en polychromie ; le caricaturiste de mœurs que se disputaient les meilleurs journaux ; l'écrivain des Scènes populaires, conception originale dans le fond comme dans la forme puisque, sous ce titre premier et ceux qui suivirent, à peu près toute l'œuvre écrite de Monnier se présente en dialogues ; enfin le comédien. Qu'en reste-t-il ? Il en advint de sa fortune posthume comme de la gloire qu'il connut de son vivant. *Célèbre à trente ans, il était devenu un inconnu quand il mourut.* Redécouvert parce qu'il était mort, tambouriné dans toute la presse — « C'est une perte irréparable que vient de faire la France... », « Monnier a commencé depuis quelques jours une sorte de flânerie triomphale sous la lumière éclatante de l'immortalité » —, il est de nouveau un inconnu. Sans doute le mystificateur, le faiseur de charges, l'imitateur, le comédien n'avaient pas de chance de survie. Mais le créateur ? Son œuvre graphique, son œuvre littéraire ne figurent dans aucun catalogue de rééditions, pourtant foisonnantes. Un signe cependant : on trouve de plus en plus le nom de l'illustrateur souligné dans les catalogues de la librairie ancienne et des ventes publiques. Il est rare qu'une valeur marchande n'aille pas à une valeur tout court. Quant à l'œuvre du créateur, si original, des *Scènes populaires*, cette édition est une bouteille à la mer. Elle présente les plus caractéristiques et, en son temps, les plus célèbres des scènes de deux recueils de Monnier, le premier et l'un des derniers. Elles pourraient aller sans plus amples éclaircissements mais, me semble-t-il, peut-être n'en va-t-il pas de même de leur auteur.

Que fit-il ? Qui fut-il ?
Les réponses ne peuvent être complètes. S'il fut beaucoup mis en articles et en biographies, de son vivant même, et son œuvre en catalogues, rien n'est exact et moins encore complet. Le calendrier de sa vie, en l'état actuel des choses, comporte des lacunes de plusieurs années. L'oubli a joué, mais aussi son côté protéiforme qui écarte les spécialistes de ses activités diverses, et aussi, il faut bien le dire, son côté mystificateur. La première biographie de Monnier est une autobiographie et les blagues y fourmillent qui donnèrent le départ à

mille et une erreurs reprises par exemple par Mirecourt ou, après sa mort, par Champfleury dont même le « Catalogue des œuvres » est béant de manques[1]. *Son dernier biographe fut, en 1931, Aristide Marie*[2] *; moins inexact, son ouvrage présente nombre de reproductions de l'œuvre graphique de Monnier et un catalogue copieux mais pourtant, j'ai pu le constater, encore incomplet. Du moins permet-il de donner une réponse, au moins approximative, à la question : Que fit-il ? Pour l'œuvre littéraire, sont dénombrés : cinq manuscrits inédits (recensement évidemment incomplet : les collections particulières gardent leurs secrets) ; environ vingt-cinq recueils de scènes dialoguées, le premier publié en mai 1830 ; environ soixante-dix scènes données séparément aux journaux (il manque, comme je l'ai montré, les « Charges » de* La Caricature *à partir de 1830 et des articles dans* La France administrative *de 1840 à 1842*[3] *; il y a aussi deux textes du* Livre des Cent-et-Un, *ceux de l'*Almanach comique *de 1852 à 1854 et de l'*Almanach pour rire *de 1854 à 1856) ; une dizaine de vaudevilles, comédies, etc. à partir de février 1829 (manquent :* Le Vieux Sergent, *« scènes » créées en avril 1831 ;* Le Choix d'un état, *de 1839 ;* Toto-Carabo, *de 1847). Quant à l'œuvre graphique de Monnier, A. Marie dénombrait : environ cinq cents dessins et aquarelles répertoriés dans les collections (donc, ici encore, le chiffre est nécessairement inférieur à la réa-*

---

1. Monnier, « Henry Monnier », *Nouvelle Galerie des artistes dramatiques vivants*, Librairie théâtrale, 1855, t. I (portrait et notice n° 13). Mirecourt, *Les Contemporains. Henry Monnier*, G. Havard, 1857. Champfleury, *Henry Monnier. Sa vie, son œuvre*, E. Dentu, 1879.
2. A. Marie, *Henry Monnier*, Librairie Floury. Réimpression par Slatkine-Reprints, Genève, 1983.
3. Voir « Balzac et Henry Monnier », *L'Année balzacienne 1966*, p. 227-237 et 241-242.

Préface

lité); une soixantaine de portraits lithographiés d'acteurs et d'actrices, le premier datant de 1821; plus de cinq cents lithos publiées en « suites » à partir de 1825; plus d'un millier de lithos et gravures, vignettes, illustrations, caricatures, données séparément en librairie ou dans les journaux (manquent, notamment, celles données à La Silhouette en 1830 par « Delaru » [4]*).*

Si, malgré prospectus, catalogues, dépôt légal et toutes les formes possibles de recensement ou d'enregistrement, il s'avère difficile d'être précis sur l'œuvre de Monnier, répondre à la question : Qui fut-il? relève, pour le moment, du chimérique. Pour l'essentiel : Henry-Bonaventure Monnier naquit à Paris le 7 juin 1799; il y mourut le 3 janvier 1877 et fut enterré à Parnes, dans le Vexin, près de son grand-père, tonnelier du village, et de son père, retraité du ministère de la Justice; il s'était marié le 21 mai 1834, à Bruxelles, avec une Dugazon belge (les Dugazons tenaient les rôles d'amoureuses et de soubrettes), Caroline Péguchet, dite Linsel, qui lui donna deux filles et un fils. Voilà ce que l'on sait de plus exact sur sa vie. Vérifications faites. Aussi bien, Monnier a-t-il soigneusement miné le terrain. Qu'on en juge, par exemple, sur ses débuts dans la vie : sa naissance ou sa toute première carrière, celle d'employé, et ses métamorphoses en artiste multiple.

Sur sa naissance, Monnier a déclaré dans son autobiographie, en style Prudhomme, être né « de parents pauvres mais honnêtes un an juste après la proclamation de l'Empire ». Sans méfiance, les dictionnaires indiquent 1805 et même, parfois, on ne sait pourquoi, le

---

4. A la Bibliothèque de Lovenjoul, à Chantilly, on trouve joint au n° 1 de *La Silhouette* un extrait de catalogue donnant Monnier parmi ses « artistes » et l'indiquant comme collaborateur du journal sous le nom de « Delaru (alias Monnier) ».

6 juillet. Mirecourt, sur de mystérieuses autres données, préférait 1802 et dans les nécrologies, Le Gaulois, 1807 et Le Moniteur, 1806. Or, étant « honnêtes », ses parents avaient fait baptiser leur fils à Saint-Roch. L'acte de baptême permet de rétablir an et jour de sa naissance. Il montre aussi que ses parents devaient bien être « pauvres », le mari étant simple « employé » et « son épouse, sans profession ». Il apprend enfin que son parrain était commis-greffier au tribunal correctionnel, et sa marraine, femme d'employé. En 1835, dans la troisième édition des Scènes populaires, Monnier donnera ses Scènes de la vie bureaucratique. Petits bourgeois, petits employés, petit peuple de Paris, il avait connu de près les êtres qu'il décrira. D'où son exactitude ; d'où, peut-être, sa férocité.

Il fit au lycée Bonaparte des études « assez mauvaises, tranchons le mot », n'ayant guère appris qu'à mettre « assez proprement l'orthographe ». Un détail inédit : le professeur de dessin du lycée Bonaparte était Léonor Mérimée. L'Almanach de l'Université révèle ce fait que semblent ignorer les biographes de son fils Prosper, lesquels soulignent que Léonor avait horreur de l'emphase et du pathos. « A cet égard », notait André Billy, « son influence fut certainement très grande sur son fils. » Pourquoi pas sur son élève ?

A seize ans, en 1815, Monnier sort du lycée pour entrer dans le monde des employés, et des bureaux : ceux d'un notaire d'abord, où une charge par trop honoraire de saute-ruisseau ne le retint pas longtemps, puis les bureaux du ministère de la Justice où il entra, dira-t-il, par vocation : « Je suppliai mon père, qui était lui-même de la partie, de me faire entrer dans l'administration. » Il y restera cinq ans et fabriquera sur le sujet sa deuxième mystification biographique. La première, on l'a vu, le rajeunissait de six ans. La deuxième — au vrai plus proche de la traduction que de la trahison — corsait la désolante banalité d'un passé dans le plat emploi de commis à la chancellerie. « A la chancellerie » certes, mais « division des affaires criminelles » et, sous la dictée, Mirecourt exploitait le pittoresque : « le futur Prudhomme était chargé d'une correspondance active et permanente avec tous les bourreaux de France et de Navarre[5]. » Et les Goncourt, épatés, consignaient dans leur Journal : « Henry Monnier, employé au ministère de la Justice, ordonnant les frais des bourreaux »; précision : « Chef : un certain M. Petit, type qui lui a donné l'idée de M. Prudhomme[6]. » Et Champfleury reconduira une aussi bonne histoire.

Vérifions. Pour l'accessoire d'abord et, en premier lieu, pour cette « idée de M. Prudhomme ». Dans une lettre, Monnier lui-même évoquait ce « café du Rocher de la rue de Rohan, là où s'organisaient les bandes qui allaient applaudir Henri III, où j'ai pris le type de M. Prudhomme[7] ». Mirecourt le nomme : « on l'appelait le général Beauvais. » De ce militaire en retraite[8], niais péremptoire, Monnier fera un « professeur d'écriture, élève de Brard et Saint-Omer[9], expert assermenté près les cours et tribunaux », le rapprochant ainsi de son univers, car il savait pour avoir eu lui-même une « belle

---

5. *Op. cit.*, p. 15.
6. I, p. 150 (septembre 1854).
7. Lettre publiée par *L'Intermédiaire des chercheurs* (LXXXVII, 30). *Henry III* ayant été créé en février 1829, la date concorde avec l'élaboration de Prudhomme, apparu pour la première fois dans *Le Roman chez la portière* en 1830.
8. Réel : des dictionnaires nous apprennent que Beauvais (Charles-Théodore) naquit en 1772 et devint général de brigade, et les Almanachs, qu'il habitait 6, rue de Seine.
9. Plus ou moins réels aussi. Les institutions fondées pour enseigner l'écriture devinrent florissantes à partir de la fin du XVIIIe siècle, temps où commencèrent à pulluler les candidats aux emplois « dans les écritures ».

main » — *comme Dumas, comme Balzac* — *que l'art des pleins et déliés était l'indispensable sauf-conduit pour pénétrer dans « les Bureaux ». Ainsi Prudhomme se trouvait-il prêt à entrer au besoin dans quelque scène de la vie bureaucratique, mais il n'en sortait pas. M. Petit semble assez innocent, et pour cause : il fut nommé à la direction dont dépendait le bureau de Monnier trois ans après le départ de ce dernier*[10]*. Quant à la carrière administrative de Monnier, la voici, au fil de l'* « *état des paiements* » *du personnel du ministère de la Justice*[11].

En juillet 1816, « *M. Monnier fils* » *entrait comme surnuméraire, aux appointements de 500 francs par an, dans un bureau qui dépendait non de la* « *Division des affaires criminelles* », *mais de la* « *Direction de la comptabilité* ». *Et ce bureau n'était même pas le deuxième, qui s'occupait des* « *vérifications et règlements des frais de justice en matière criminelle* », *mais, plus platement, le premier, dont les attributions consistaient à mettre en colonnes et reports de compte* « *Traitements des Membres du Conseil d'État et de ceux de l'ordre judiciaire. Frais de parquet des cours et tribunaux. Dépenses du ministère de la Justice* ». *Piètre métier, et piètre carrière. Sous prétexte de sa* « *belle main* », « *tout ce qu'il y avait de neveux de directeurs ou de filleuls de chefs de division lui passaient sur le corps, attendu que ces jeunes gens, disgraciés au point de vue de la calligraphie, ne pouvaient se rendre utiles que dans l'emploi de rédacteurs*[12] ». *Nommé expéditionnaire en septembre 1816 aux appointements de 1 200 francs, il l'est toujours en 1820, et sans augmentation. Un certain Chevallier, entré en même temps que lui, un M. de Vaulx*

---

10. Archives nationales, BB^{30} 516^1.
11. Archives nationales, BB^{30} 504.
12. Mirecourt, *op. cit.*, p. 16.

surtout, fortement recommandé, lui sont en effet passés sur le corps [13]. *Pour comble, ses chefs l'assomment : « le chef de bureau »* — Maire ou son successeur Duport — *« d'une nature atrabilaire et hargneuse, lui cherchait noise à chaque minute. Quant au commis d'ordre, il ne laissait échapper aucune occasion de lui être désagréable* [14] *». Il s'appelait Vaudremer et, dans les* Scènes de la vie bureaucratique, *deviendra, sans précautions excessives, le tracassier M. Doutremer. En mai 1821, Monnier s'en va, « poussé à bout par les taquineries incessantes » de celui qui, dit-il, « de sa vie ne m'aurait pardonné de savoir le français », et « fatigué, après quelques années d'un emploi qui ne pouvait me mener à rien ».*

En fait, depuis deux ans, il fréquente l'atelier de Girodet puis celui de Gros. S'il fallait l'en croire, le hasard en décida. Ruminant les moyens d'échapper à son « fâcheux tyran », il envisagea la « carrière militaire » qu'il finit par repousser en découvrant : « au lieu d'un caporal, j'en aurais plusieurs. » Résultat : « Je pensais à me faire roulier. » Et ce serait justement la veille du jour où il devait se « présenter dans un roulage de [sa] connaissance », qu'il rencontrait, un beau dimanche, un ancien ami de lycée devenu élève de Girodet et gagnant deux cents francs par mois — « le traitement d'un commis d'ordre! ». L'ami rappelle à Monnier son talent d'écolier à « faire des bonshommes », lui propose quelques leçons et son parrainage auprès de son maître. Les affinités électives ne retinrent pas longtemps ensem-

---

13. M. de Vaulx entrait d'emblée à 2 000 F le mois où disparaissait un malheureux nommé Bonnaire, expéditionnaire appointé à 500 F depuis six ans (Archives nationales, BB^{30} 504). Dans ses *Mémoires de Joseph Prudhomme*, Monnier évoquera certaine arrivée d'un cousin de ministre, casé dans son bureau à la place de ce « pauvre monsieur Bonnaire » (Librairie nouvelle, 1857, p. 233).

14. Mirecourt, *op. cit.*, p. 17.

ble l'élégiaque Girodet et le futur caricaturiste. Chez Gros, éclata le génie du faiseur de charges et de scies qui déchaînait le fou rire de tout l'atelier, mais pas celui du maître dont il aurait, dit-on alors, hâté la chute vers la mélancolie par sa scie favorite : les variations sur le mot groseille — du genre : « J'aimerais que M. Gros eille la bonté de venir voir mon dessin. »

« Je continuais deux ans encore mes assiduités au ministère, cumulant mes deux professions ; un beau jour je brisais mes fers : j'étais mon maître. » C'était, nous l'avons vu grâce aux documents d'archives, en 1821. Il brise ses fers parce qu'il commence à gagner sa vie comme dessinateur : c'est en effet en 1821 qu'il publie ses premiers portraits d'acteurs, nous l'avons vu grâce au catalogue de ses œuvres. Sa vie d'artiste commence. C'est celle sur laquelle il a été le plus écrit et, paradoxalement, faute, par exemple, des archives qui m'ont permis de préciser les inconnues de ses débuts dans la vie, c'est celle qui fourmille d'incertitudes biographiques.

On sait que Monnier alla en Angleterre, alors très en avance pour les procédés de gravure et de lithographie en couleurs. On sait qu'il s'était lié chez Gros avec Bonington et avec Eugène Lami. Le premier, sans doute, lui conseilla d'aller travailler dans son pays, le second devait l'y rejoindre puis préparer avec lui un Voyage en Angleterre, un album de lithos où Lami représentait la gentry et Monnier le petit peuple, qui sortit à Londres et à Paris en 1829. A cette époque, Monnier était définitivement rentré à Paris, qu'il avait quitté vraisemblablement en 1822 pour faire à Londres sans doute plus d'un séjour et, peut-être, trois. Le premier recueil qu'il y publia, en 1825, portait un titre avant-coureur de toute son œuvre : Exploitation générale des modes et ridicules de Paris et Londres. Il révèle aussi l'influence sur l'orientation et le faire de son œuvre graphique de son ami George

Cruikshank, peintre, graveur et, surtout, célèbre caricaturiste dans le registre qui sera celui de Monnier : non de la politique mais des mœurs. Si ces séjours anglais sont imprécis, du moins peut-on tenir pour certaine l'influence, plus décisive encore, car étendue à toutes ses activités, que put avoir sur un caractère prédisposé l'humour à froid, le flegme imperturbable et le génie du « nonsense » des Anglais.

A son retour d'Angleterre, la carrière de Monnier commence véritablement. Ce qu'il est alors, ce qu'il sera, on le sait grâce à l'observation aussi sûre qu'intelligente de son meilleur portraitiste, biographe du caractère sinon des faits : Balzac. C'est à cette époque que Monnier le connut par Latouche, cet infaillible « talent-scout » et régisseur des scènes de la vie littéraire du temps s'étant avisé de lui « montrer un butor de génie », alors imprimeur-fondeur en grand péril de faillite. Dix ans plus tard, en 1837, le butor de génie écrivait le roman intitulé ensuite Les Employés. *Monnier y entra de bien des façons, mais ceci est une autre histoire. Retenons son portrait, celui du personnage auquel Balzac donne le nom de Bixiou et l'âge de Monnier lors de leur première rencontre, et dont il fait un artiste resté employé. A-t-il été assez reproché à Balzac ce Bixiou... Selon Champfleury, il porta à Monnier un « coup » qu'il ressentit toute sa vie. Le voici, tel que le reproduisit Champfleury, dont j'ai gardé les passages intentionnellement soulignés et les coupures (marquées par des points entre crochets). Il m'a paru intéressant d'ajouter, entre crochets, certaines ratures que j'ai relevées sur le manuscrit et les épreuves de Balzac* [15] :

Sans contredit l'homme le plus spirituel de la division et du ministère, mais spirituel à la façon du

---

15. Bibliothèque nationale, Mss N.A.F. 6900, f⁰ˢ 42-44.

singe, sans portée ni suite [...] Bixiou désirait la place de Godard ou de du Bruel ; *mais sa conduite nuisait à son avancement. Tantôt il se moquait des bureaux*, et c'était quand il venait de faire une bonne affaire, comme la publication des portraits dans le procès Fualdès, pour lesquels il prit des figures au hasard, ou celle des débats du procès de Castaing ; *tantôt saisi par une envie de parvenir, il s'appliquait au travail ; puis il le laissait pour un vaudeville qu'il ne finissait point.*

D'ailleurs égoïste, avare et dépensier tout ensemble, c'est-à-dire ne dépensant son argent que pour lui ; [quêteur de dîners : *rature du manuscrit*] cassant, agressif et indiscret il faisait le mal pour le mal ; *il attaquait surtout les faibles, ne respectait rien*, ne croyait ni à la France, ni à Dieu, ni à l'art, ni aux Grecs, ni aux Turcs, ni au Champ-d'asile, ni à la monarchie, *insultant surtout ce qu'il ne comprenait point*. Ce fut lui qui, le premier, mit des calottes noires à la tête de Charles X sur les pièces de cent sous. [Il avait le génie de l'imitation : *rayé sur épreuve*] Il contrefaisait le docteur Gall à son cours, de manière à décravater de rire le diplomate le mieux boutonné.

La plaisanterie principale de ce terrible inventeur de charges consistait à chauffer les poêles outre mesure [...], afin de procurer des rhumes à ceux qui sortaient imprudemment de son étuve, et il avait de plus la satisfaction de consommer le bois du gouvernement.

Remarquable dans ses mystifications, il les variait avec tant d'habileté qu'il y prenait toujours quelqu'un. Son grand secret en ce genre était de deviner les désirs de chacun ; il connaissait le chemin de tous les châteaux en Espagne, le rêve où l'homme est mystifiable parce qu'il cherche à s'attraper lui-même, et il vous faisait poser pendant des heures entières.

Ainsi, ce profond observateur, qui déployait un tact inouï pour une raillerie, ne savait plus user de sa puissance pour employer les hommes à sa fortune ou à son avancement. [...]

Se trouvant sans état au sortir du collège, il avait tenté la peinture, et malgré l'amitié qui le liait à Joseph Bridau, son ami d'enfance, il y avait renoncé pour se livrer à la caricature, aux vignettes, aux dessins de livres connus, vingt ans plus tard, sous le nom d'*illustrations*. [...]

De petite taille, mais bien pris, une figure fine, remarquable par une vague ressemblance avec celle de Napoléon, lèvres minces, menton plat tombant droit, favoris châtains, vingt-sept ans, blond, voix mordante, regard étincelant, voilà Bixiou. Cet homme, tout sens et tout esprit, se perdait par une fureur pour les plaisirs de tout genre qui le jetaient dans une dissipation continuelle. Intrépide chasseur de grisettes, fumeur, amuseur de gens, dîneur et soupeur, se mettant partout au diapason, brillant aussi bien dans les coulisses qu'au bal des grisettes dans l'allée des Veuves, il étonnait autant à table que dans une partie de plaisir; en verve à minuit dans la rue, comme le matin si vous le preniez au saut du lit, mais sombre et triste avec lui-même, comme la plupart des grands comiques.

Lancé dans le monde des actrices et des acteurs, des écrivains, des artistes et de certaines femmes dont la fortune est aléatoire, il vivait bien, allait au spectacle sans payer, jouait à Frascati, gagnait souvent. Enfin cet artiste, vraiment profond, mais par éclairs, se balançait dans la vie comme sur une escarpolette, sans s'inquiéter du moment où la corde casserait.

Sa vivacité d'esprit, sa prodigalité d'idées le faisaient rechercher par tous les gens accoutumés aux rayonnements de l'intelligence; mais aucun de ses amis ne l'aimait. Incapable de retenir un bon mot, il immolait ses deux voisins à table avant la fin du premier service. Malgré sa gaieté d'épiderme, il perçait dans ses discours un secret mécontentement de sa position sociale ; il aspirait à quelque chose de mieux, et le fatal démon caché dans son esprit l'empêchait d'avoir le sérieux qui en impose tant aux sots.

Il demeurait, rue [Saint-Honoré : *aussitôt rayé sur le manuscrit*[16]] de Ponthieu, à un second étage où il avait trois chambres livrées à tout le désordre d'un ménage de garçon, un vrai bivouac. Il parlait souvent de quitter la France et d'aller violer la fortune en Amérique. *Aucune sorcière ne pouvait prévoir l'avenir d'un jeune homme chez qui tous les talents étaient incomplets, incapable d'assiduité*, toujours ivre de plaisir, et croyant que le monde finissait le lendemain.

Comme costume, il avait la prétention de n'être pas ridicule, et peut-être était-ce le seul de tout le ministère de qui la tenue ne fit pas dire : « Voilà un employé ! » Bixiou portait des bottes élégantes, un pantalon noir à sous-pieds, un gilet de fantaisie et une jolie redingote bleue, un col, éternel présent de la grisette, un chapeau de Bandoni, des gants de chevreau couleur sombre. Sa démarche, cavalière et simple à la fois, ne manquait pas de grâce.

« *On ne peut le dissimuler, le portrait est très ressemblant* », *concluait Champfleury*, « *Henry Monnier et Bixiou ne font qu'un* ». « *Tous les hommes étaient des citrons pour Balzac* », *aurait commenté Monnier. Ici n'est pas la question des impératifs de la création littéraire, plus catégoriques que ceux de l'amitié. Balzac*

---

16. Monnier habitait depuis plusieurs années 6, rue du Faubourg Saint-Honoré quand Balzac le connut.

voyait et prévoyait juste. Trop de talents, et incomplets : aucune sorcière ne pouvait prévoir l'avenir de Monnier. Les hasards, plus que lui-même, joueront de ses dons et décideront de sa vie. Un premier hasard l'avait fait dessinateur.

Un deuxième hasard le fit écrivain. Latouche, ici encore, joua un rôle décisif. Percevant l'originalité des sketches mimés et contés par Monnier dans les soirées parisiennes, il le poussa à les écrire. On lui doit, sans conteste, le premier recueil des Scènes populaires, non seulement composées à son instigation, mais même corrigées et, surtout, élaguées par lui ; d'où la netteté de phrase et d'architecture qui les distinguent des suivantes. Quant à l'originalité, en plein romantisme gothique, mélancholiaque, voire lacrymal, le contraste était vif qu'offraient les cocasseries d'une veillée chez une portière, les inepties d'un dîner bourgeois, l'imbécillité générale d'une audience de justice, la canaillerie de la populace au spectacle d'une exécution capitale. Ces scènes firent sensation : « Il y eut, dans le monde artiste et littéraire, un véritable moment de stupéfaction », devait rappeler une des nécrologies de Monnier, « ce volume, qu'on ne s'y trompe pas, eut une influence énorme[17] ». Cela, nous le verrons plus loin.

Autre mais moindre originalité, la forme dialoguée. En fait, aux dernières années de la Restauration, le dialogue était devenu roi en librairie ; « théâtre dans un fauteuil » déjà, voué à la lecture et non aux planches. Mais entre ses proliférants produits, il faut évidemment distinguer : les ambitieux tableaux historiques, ouvrés surtout par les doctrinaires du Globe, Rémusat, Vitet, par Mérimée ou, plus modestement, par quelque Germeau, ne cousi-

---

17. *Le Monde illustré* du 13 janvier 1877 (« Courrier de Paris », par Jules Noriac, p. 18-19).

nent que de loin avec les Scènes d'une vicomtesse de plaisanterie [18] ou de Monnier, infiniment plus légères d'intention et usinées sans souci par des garçons gais avant tout. Tous petits-fils de Carmontelle et, comme Théodore Leclercq, continuateurs de ses Proverbes. Mais tous libéraux, bonapartistes et anticléricaux. Historique ou drolatique, le dialogue en littérature revêtait donc aussi la forme d'une opinion.

En même temps, le titre de Scènes comportait un sens : il affichait une évidente intention de les poser sinon en rivales, du moins en dérivés littéraires de l'imagerie populaire, de ces « Scènes » lithographiées qui furent l'une des plus abondantes denrées de l'époque. Le mot « Scènes » exposait le sujet, « Scènes populaires » mieux encore. Comme en témoigne un acte de Scribe, Sewrin et Tousez, représenté au Vaudeville en 1823 et intitulé justement : Le Lithographe ou Les Scènes populaires. Les indications scéniques montrent le sens, alors courant, de l'expression : « le théâtre représente la place nouvelle du Châtelet. A gauche au premier plan est la boutique de Normand [le « marchand de gravures lithographiées »]. Tout le devant de sa boutique est garni de gravures lithographiées, représentant des scènes populaires et les caricatures du jour ». De même, le dialogue : Charles, l'« artiste », s'installe avec son chevalet et propose à Normand « quatre dessins des scènes les plus originales qui s'offriront à moi. Enfin une suite à mes scènes populaires ».

Un troisième hasard fit Monnier comédien. « Il avait le génie de l'imitation », devait écrire Balzac dont un ami vit « les folles et sublimes créations de l'inimitable

---

18. Les Scènes contemporaines laissées par madame la vicomtesse de Chamilly — U. Canel éditeur, H. Balzac imprimeur, en 1828 — étaient dues aux facétieux Loëve-Veimars, Vanderburch et Romieu.

Monnier », lors d'une soirée chez le romancier, vers 1830. Janin nous a gardé le souvenir du soir où il vit Monnier pour la première fois [19] :

Il était assis sur une chaise, les bras croisés, la tête penchée, les yeux à demi fermés. Son sang-froid était admirable ; il inventait des drames à n'en pas finir. Le drame se passait où il pouvait, en haut ou en bas, honnête ou non. Tout lui convenait, la rue et le carrefour, la boutique et le salon, le corps de garde et l'escalier, et, chemin faisant, il rencontrait tant de bonnes têtes risibles, tant de ridicules choisis, tant de mots exquis et d'un bon sel ; le plaisir était si grand et si complet à le suivre en ses réflexions plaisantes, et ce ton excellent, varié, naturel, grivois, ces croquis burlesques, ces cris passionnés, ces images désopilantes, ces émotions dans le cœur et dans la voix, ces ordures même, spirituellement gazées ou toutes crues lorsque l'effet de son drame y devait gagner, que nous passâmes tous, et nous étions nombreux et divers, la plus délicieuse soirée dramatique qu'on puisse ouïr et voir.

Henry Monnier à lui seul suffit à cette variété, à ces mœurs, à ces jargons.

Il était plus de minuit quand la toile se baissa sur cette réunion en belle humeur, et je pensais, à part moi, que c'était grand dommage de voir tant de bon esprit et de vives saillies perdus dans une comédie de salon, au profit de quelques privilégiés, pendant que cette comédie, reproduite sur la scène au profit de tous, nous ouvrait une nouvelle source de rire et d'intérêt dont nous avions tant besoin.

---

19. *Journal des Débats* du 8 juillet 1831.

A force de l'applaudir dans leurs ateliers et leurs salons, les amis de Monnier finirent par lui conseiller de se produire au théâtre. Le 5 juillet 1831, il faisait ses débuts sur la scène du Vaudeville dans La Famille improvisée. *Dumas a rappelé l'événement dans ses* Mémoires; *comment* « toutes les illustrations littéraires et artistiques semblaient s'être donné rendez-vous rue de Chartres »; *qui il y avait* « En peintres et en sculpteurs », « En poètes », « En artistes dramatiques », « En gens du monde », « le faubourg Saint-Germain, la Chaussée d'Antin et le faubourg Saint-Honoré », « En journalistes, la presse tout entière ». « Le succès fut immense, Henry Monnier reparut deux fois, rappelé d'abord comme acteur, ensuite comme auteur. »

Si l'auteur avait été, en fait, surtout MM. Dupeuty, Duvert et Brazier, faiseurs de choc, l'interprète stupéfia par l'étendue de son registre dans cinq rôles formidablement différents : un jeune peintre de bonne compagnie, un galantin hors d'âge, un marchand de bestiaux, une ex-coquette devenue un tas de rides et de bavardages et, naturellement, M. Prudhomme, la boursouflure faite homme. La presse fut unanime dans l'enthousiasme que le public partagea : La Famille improvisée *tint l'affiche jusqu'en décembre, délai qui, pour l'époque, marque un triomphe sans guère d'équivalents. Il faut ajouter : hélas... Car les acclamations, les bravos de salles combles enivrèrent Monnier. Toute sa vie, il cherchera à les retrouver, aux dépens de ses productions de dessinateur et d'écrivain qu'il considéra dès lors comme bonnes à remplir les creux de vague. Heureusement, si l'on ose dire, il y eut beaucoup de creux; tellement même que sa biographie de comédien comporte des laps de plusieurs années mal connues, soit que Monnier fût en pauvres tournées, soit qu'il fût sans emploi.*

Les tournées, commencées en 1833, le menèrent jusqu'en Belgique. C'est donc aussi par hasard qu'il se maria. Sur ce point, on peut aller à l'épilogue. S'il eut trois enfants, Monnier se révéla incapable de supporter les astreintes de la vie commune, et sa femme, l'ayant reconnu, alla travailler et vivre à Rouen, après quoi ils firent, « bien que d'un peu loin, délicieux ménage[20] *». Le théâtre, qui les avait unis, les sépara, et aussi les échecs. Comment aurait-il pu en aller autrement quand on dégringole de tel « succès pyramidal » de leur première tournée à cette soirée réduite à un spectateur unique auquel Monnier proposa, dit-on, une partie de dominos ? Dès 1836, Monnier alla pour la première fois se réfugier près de son père, à Parnes, où il retournera bien des fois faute de pouvoir subsister ailleurs. Il parla alors d'aller en Prusse, en Allemagne, en Russie — comme le Bixiou de 1837 parlera d'aller en Amérique. En 1839, Balzac écrit en janvier des directeurs du théâtre de la Renaissance : « Ils devraient maintenant prendre Henry Monnier ; ils ne savent pas quel trésor il est ! Il n'a manqué à Monnier que des auteurs. »*

Balzac a déjà pensé, pense alors et repensera à écrire pour Monnier. Quoi ? Un Prudhomme : Le mariage de M*[lle]* Prudhomme, Prudhomme parvenu, se mariant, en bonne fortune, bigame... *Le seul regain de succès de Monnier fut une comédie donnée à l'Odéon en 1852, écrite avec — c'est-à-dire surtout par —* Vaez : Grandeur et décadence de Joseph Prudhomme. *Toujours Prudhomme, la gloire et la malédiction de Monnier qui — parce qu'il faisait son succès et, donc, parce qu'il était son recours ultime ? parce qu'il était réellement son double ? — devait finir enfermé dans le personnage, absorbé par lui et, a-t-on souvent dit, devenu Prud-*

---

20. Mirecourt, *op. cit.*, p. 89.

homme. Si l'on admet qu'il ne pouvait recréer que lui-même, c'est aussi l'auteur dramatique Monnier, dont les tentatives furent des faillites, qui manqua au comédien. Mais les causes de ce double échec valent, me semble-t-il, d'être examinées, car elles comportent des éléments qui constituent, à l'inverse, les caractéristiques qui font la valeur de son œuvre de dessinateur et d'écrivain.

Dès 1834, un critique jugeait le comédien « plus fini, plus délicat qu'il ne faut[21] ». Avec son humour glacé, son imitation minutieuse de la vie, fût-ce dans ses manifestations les plus infimes, voire les plus viles, Monnier mettait dans son jeu des nuances qui ne passaient plus la rampe et une méticulosité déraisonnable. Un moyen qu'il trouva est révélateur : pour fixer ses préparations de rôles, il ira jusqu'à faire photographier les poses dont il était satisfait. Mais, calamiteuse au théâtre, sa précision de machine à reproduire ne fait-elle pas la valeur, ne serait-ce que documentaire, de l'œuvre du dessinateur et de l'écrivain ? Une valeur de « daguerréotype », de « sténographie », de « calque », écrira Gautier ; « décalque » et « daguerréotype », avait déjà jugé Baudelaire, qui n'aimait pas cela et, dès 1857, Mirecourt avait noté : « On l'a dit cent fois avant nous, et la comparaison devient presque banale : c'est de la photographie littéraire[22]. » Un détail : vers la fin de sa vie, où il n'avait plus guère de ressources que dans ses aquarelles, quand Monnier était mécontent d'un de ses personnages dessinés, « qu'il ne trouvait jamais assez vrais, assez agissants et parlants », il « allait à son trésor

---

21. A. Jal, « La Gaîté et les comiques de Paris » dans *Nouveau Tableau de Paris au XIXe siècle*, Béchet, 1834, II, sur Monnier p. 314-319.
22. Th. Gautier, préface de *Paris et la province* de Monnier, Garnier, 1866. Baudelaire, « Quelques caricaturistes français », *Œuvres complètes*, Bibliothèque de la Pléiade, II, p. 557-558 ; Mirecourt, *op. cit.*, p. 85.

de cartes photographiques, cherchait un autre acteur, le coloriait et le collait par-dessus celui qu'il chassait[23] ». Monnier, inventeur des collages...

Autre trait à considérer, l'incapacité constitutionnelle de Monnier à bâtir une intrigue. « La conception d'ensemble, la condensation des situations, les arrêts avec points de suspension, la gradation de l'intérêt », bref, comme le nota Champfleury, cette « faculté essentielle, l'art de la composition », manquait à Monnier. Dernier trait : son inaptitude à savoir quand finir. « *Henry Monnier, quand il écrivait une scène populaire avait besoin, pour la mener à bonne fin, d'un guide qui lui dît : Assez, arrête-toi*[24]. » Mais le quotidien ne finit jamais, l'intérêt ne s'y trouve pas artificiellement gradué, ou les points de suspension artistiquement posés. Rédhibitoires pour l'auteur dramatique, les traits du faire de Monnier ne sont-ils pas à considérer pour ce qu'ils apportent de singulier aux Scènes populaires ? Monnier n'ignorait pas les ficelles de « la gradation de l'intérêt », il les dédaignait jusqu'au défi qu'il poussa à l'extrême avec une trouvaille peut-être plus digne de mémoire que Prudhomme, une redoutable réalité : Les Diseurs de rien. Mirecourt rapporte, en 1857, une anecdote qui révèle jusqu'où Monnier entendait capter et reproduire le « nonsense » du réel : « *Lorsque* Le Siècle, *il y a quinze ou seize mois, publia* Les Diseurs de rien, *le rédacteur en chef du feuilleton opéra de si énormes retranchements au manuscrit de Monnier, qu'il réduisit à dix colonnes ce qui devait en produire quarante [...] Malgré d'aussi gigantesques coupures, le dialogue parut encore interminable.* " Et voilà précisément ce qui en faisait le mérite ! s'écria Monnier. Si les* Diseurs de rien *avaient dit*

---

23. Champfleury, *op. cit.*, p. 159.
24. *Ibid.*, p. 160.

quelque chose d'intéressant, ils n'eussent point justifié leur titre "² ⁵ »

Latouche avait su dire « Assez » à une époque où Monnier était encore disposé à l'écouter. Selon les contemporains, c'est quand ses conseillers-correcteurs — Latouche, puis Karr, La Bédollière — lui manquèrent que Monnier cessa d'écrire ses Scènes. Or, sa production ne cessa pas, si elle alla se raréfiant et par à-coups singuliers. Après la publication de ses six premières Scènes populaires, il y a une réédition augmentée de deux scènes, en 1831, puis, de 1835 à 1839, une troisième édition, en quatre volumes, dédiée à Latouche et augmentée de neuf scènes. En 1841, il y aura encore sept scènes nouvelles dans Scènes de la ville et de la campagne. Puis, pendant vingt ans, rien. Les recueils publiés entre 1854 et 1858 exploitent le fonds, autrement réparti, sous d'autres titres. On peut compter pour peu les articles donnés par Monnier de loin en loin à des journaux, et mettre entre parenthèses son unique tentative d'écriture non dialoguée et d'œuvre formant une continuité, ses Mémoires de Joseph Prudhomme de 1857, en deux volumes, mi-souvenirs et mi-inventions de peu de cohérence. C'est seulement en 1861 que Monnier donnera du neuf avec La Religion des imbéciles, des scènes qui firent surtout un bruit de scandale, et, l'année d'après, il publiait Les Bas-fonds de la société, une rareté tirée à deux cents exemplaires et à compte d'ami, où tout, des huit scènes qu'elle comportait, n'était pas nouveau. C'est de ce recueil que sont extraites les quatre dernières scènes données dans la présente édition : La

---

25. Mirecourt, op. cit., p. 47-48. Les premiers Diseurs de rien parurent dans Le Siècle les 27 mai et 15 juillet 1854. Quatre autres furent publiés ailleurs ensuite, dont les derniers juste après la mort de Monnier.

Consultation, La Femme du condamné, A la belle étoile *et* Les Misères cachées. *Qu'on les compare avec nos premières scènes :* Le Roman chez la portière, La Cour d'assises, L'Exécution, Le Dîner bourgeois, *de 1830 ;* Un voyage en diligence *et* La Garde-malade, *de 1835. A l'exception des* Misères cachées, *les textes de 1862 ne sont, et de loin, pas plus longs ou diffus que ceux de 1830 et 1835 ; au contraire, puisque, toutes les scènes qu'il a reprises de sa première période pour le recueil en 1862, Monnier les y a réduites. Réduites sévèrement, mais, surtout, réduites de tout ce qui avait rendu l'insupportable supportable, bonhomme, burlesque. Or, ce n'est plus Latouche qui, alors, lui dit « Assez ». C'est bien Monnier, seul, qui était capable d'écrire ces textes secs, sans un mot de trop, durs. Des textes qui ne faisaient plus rire. L'amertume de sa vie joua peut-être, mais, me semble-t-il, moins que le fond de son tempérament entraîné vers la tristesse qu'avait devinée Balzac, et son goût qui le portait à pousser la plus essentielle singularité de son œuvre — le non-événement et la loufoquerie du sordide —, jusqu'à un extrême que, lui excepté, personne n'appréciait. « Livre de médecine sociale » selon leur préface,* Les Bas-fonds de la société *s'adressaient « aux esprits hardis et robustes que n'effraye pas la vue de la vérité tout entière », soit, tout escompté au mieux, deux cents... Entre Monnier et ses anciens amateurs de divertissements, il y avait plus qu'un malentendu. Ainsi s'explique la quasi-extinction des scènes ensuite. Mais ainsi, peut-être, s'explique aussi que Monnier lui-même soit devenu une énigme pour ses contemporains. Retranché à jamais derrière Prudhomme, dans son challenge de solitaire avec l'absurde, il offrait un personnage dont personne ne pouvait plus démêler s'il était « mystification permanente ou posses-*

sion véritable[26] ». *Les anecdotes fourmillent sur ce Monnier : celui qui, au convoi d'un ami, cheminant à côté du médecin qui avait soigné le défunt, lui demandait avec gravité :* « — Eh bien, docteur, est-ce qu'il n'y a plus d'espoir ? » ; *celui qui, se faisant mordiller les bottes par le chien d'un artiste avec lequel il bavardait dans la rue, dit à ce dernier, d'une voix caverneuse et docte :* « Il aime la chaussure ; ce n'est pas là où je placerais mes affections. » *Médecin, artiste et tant d'autres se déclarèrent incapables de décider s'ils avaient eu affaire à Monnier ou à Prudhomme.*

Atteint d'asthme et de quasi-paralysie des jambes, Monnier passa les dernières années de sa vie confiné dans son petit cinquième de la rue Ventadour. Il savait afficher une certaine gaieté devant ses rares visiteurs, rapporte Champfleury qui dit la pauvreté, l'abandon qui s'étaient appesantis sur l'homme que tout Paris s'était arraché jadis. Jusqu'à cette gaieté, nous pouvons en retrouver le ton le plus juste, avec ses notes poignantes, amères, blessées, et encore grâce à Balzac. Dès 1846, il a vu les prémices et pressenti l'avenir, à partir du Monnier déjà très sur le déclin. Monnier, alors et ensuite, c'est le cousin Pons.

L'idée de Monnier en Pons serait longue à démontrer. Il faudrait comparer chaque étape de la vie des deux personnages, leurs déclins, leurs échecs d'artistes, leurs mêmes résignations aux cachets faméliques du théâtre boulevardier ; retrouver le réel et le romanesque artiste vieillissant, d'année en année plus démodés et plus abandonnés par ceux qu'ils distrayaient naguère ; exhumer des plus obscures coulisses la troupe des bons et des mauvais camarades et, de salons plus obscurs encore,

---

26. P. de Saint-Victor, « Henry Monnier », *Le Moniteur universel* du 10 janvier 1877.

leurs univers de bons et de mauvais bourgeois; mettre en miroir les nuances de leurs caractères, sautes d'humeur, naïvetés, méfiances, amertumes, fidélités; aller jusqu'aux détails, leurs voix également nasillardes, par exemple. Ou, leurs appétits de gourmets et les servitudes de leurs vies de gastrolâtres. Car tel est Pons présenté par Balzac, le vieil artiste gourmet condamné par pauvreté à traquer le dîner en ville, tel était bien Monnier, annoncé par le « quêteur de dîners » raturé en 1837 dans le portrait de Bixiou, et vu par ses contemporains : l'artiste vieilli, menant un train de célibataire et toute sa vie pris pour un célibataire parce que, gourmet, il a « contracté », selon Mirecourt, « l'habitude et le goût des dîners en ville » et parce que, pauvre, « le dîner en ville fait partie du budget de sa maison »; arrivant, selon Burty, « correctement à l'heure du dîner » dans quelque salle à manger bourgeoise, « mangeant avec un estomac du siècle dernier » et payant les petits plats avec la petite monnaie de ses talents périmés[27]. Hors même du pique-assiette, Pons ressemble encore au Monnier des pantomimes, des mystifications, des charges. Peut-on penser que Pons est un musicien quand Balzac évoque « l'admirable pantomime, la verve du vieil artiste » dans la scène de l'éventail? quand Pons a des paroles « empreintes de l'amertume [qu'il] avait encore la faculté d'y mettre par le geste et par l'accent » ? quand ses parents dénoncent la « mystification d'artiste » de ce « saltimbanque dangereux » ? Quand, au moment de mourir, il en prend son parti « comme un joyeux artiste, pour qui tout est prétexte à charge, à raillerie ».

Balzac avait été parmi les premiers à révéler Monnier. Dès le 2 octobre 1830, dans La Mode, il invitait à

---

27. Mirecourt, *op. cit.*, p. 74. Ph. Burty, « Henry Monnier », *L'Art*, mai 1877, p. 174-184.

découvrir un « homme, artiste s'il en fut [qui] a dit en voyant les employés, les grisettes, les niais (M. Prudhomme) : " Cette nation est à moi ! " [...] Henry Monnier (ô flâneurs ! qui ne le reconnaîtrait pas ?) sut, comme par instinct, surprendre les mœurs, les attitudes, les galbes, les langages, les secrets de ces natures si diverses et si pittoresques. » Son talent « a eu pour base l'observation la plus sagace des classes ». Le 31 mai 1831, dans La Caricature, *Balzac publiera l'un des plus intelligents articles jamais écrits sur Monnier :*

Henry Monnier a tous les désavantages d'un homme supérieur, et il doit les accepter, parce qu'il en a tous les mérites. Nul dessinateur ne sait mieux que lui saisir un ridicule et l'exprimer ; mais, il le formule toujours d'une manière profondément ironique. Monnier, c'est l'ironie, l'ironie anglaise, bien calculée, froide, mais perçante comme l'acier d'un poignard. [Il sait mettre toute une vie politique dans une perruque, toute une satire, digne de Juvénal, dans un gros homme vu par le dos. — Il trouve des rapports inconnus entre deux postures, et vous oppose une épaisse douairière, armée de lunettes, à la jeune fille mince ; de telle façon que vous vous moquez de vos proches. —] Son observation est toujours amère ; et son dessin, tout voltairien, a quelque chose de diabolique. — Il n'aime pas les vieillards, il n'aime pas les plumitifs, il abhorre l'épicier ; il vous fait rire de tout, même de la femme ; et il ne vous console de rien.

Il s'adresse donc à tous les hommes assez forts et assez puissants pour voir plus loin que ne voient les autres, pour mépriser les autres, pour n'être jamais bourgeois, enfin à tous ceux qui trouvent chez eux quelque chose après le désenchantement, car il désenchante. — Or, ces hommes sont rares, et plus Monnier s'élève, moins il est populaire. [— Il a les approbations les plus flatteuses, celles de ceux qui font l'opinion, mais l'opinion est une enfant dont l'éducation est longue et qui coûte beaucoup en nourrice. — Si Monnier n'atteint pas aujourd'hui au succès de vente de ses rivaux, un jour, les gens d'esprit, et il y en a beaucoup en France, l'auront loué, apprécié, recommandé ; et] il deviendra un préjugé comme beaucoup de gens dont on vante les œuvres sur parole. — Il est à regretter qu'un artiste aussi étonnant de profondeur n'ait pas embrassé la carrière politique du pamphlétaire à coups de crayon : il eût été une puissance.

Le dessinateur mais aussi le créateur des Scènes populaires *inspire la réflexion de Balzac, une réflexion qui fut de conséquence : « Je lui dois plus qu'on ne pense », aurait-il dit.*

Il est évident que tout un monde populaire qui peuple La Comédie humaine, *de 1830 au dernier roman,* Le Cousin Pons *en 1846, mais aussi les mauvaises guenilles de ses bas-fonds, et ses bavards, ses niais, ses protobourgeois sont quelque peu issus des* Scènes populaires. *Outre « l'observation la plus sagace des classes », pour laquelle il avait quelques dons, Balzac a su mieux qu'admirer la façon de surprendre mœurs et secrets. « L'admirable imbécillité de langue que parlent les petites gens de Monnier », relevée par André Wurmser*[28]*, les petites gens de Balzac la parlent. Mais cette peuplade du pataquès parlé, et aussi du pataquès mental, c'est Monnier qui, ayant su la surprendre, la retenir, la reproduire, a révélé à Balzac, sans conteste, sinon qu'elle existait, du moins qu'elle pouvait et devait exister en littérature. Il n'est guère de romans de Balzac qui n'en*

---

28. *La Comédie inhumaine*, Gallimard, 2ᵉ édition en 1963, p. 381.

*donne la preuve, hors même de l'*Histoire de l'Empereur *racontée dans une grange par un vieux soldat, morceau du* Médecin de campagne *dont Monnier revendiquait la paternité*[29], *et* Les Employés, *où les emprunts aux* Scènes de la vie bureaucratique *sont flagrants et volumineux. Quelques exemples, dans un grand embarras de choix : Ida Gruget, la grisette aux cuirs, sa mère la portière, dans* Ferragus *: «... ma bonne femme... — Je ne suis pas une bonne femme, monsieur, je suis concierge » ; une soirée provinciale dans* Ursule Miroüet *: « — Elle dit que c'est du Béthovan... — il est bien nommé Bête-à-vent... — Si c'est avec ce carillon-là qu'ils s'amusent » ; les dîners des* Petits Bourgeois ; *les bavardages de diligence dans* Un début dans la vie ; *tant d'autres. Les plus terrifiants sont dans* Le Cousin Pons. *Mais il y a aussi, remarque André Wurmser, « Joseph Prudhomme transporté par Balzac du domaine de la charge sur le pas d'une boutique de la rue Saint-Honoré : c'est César Birotteau*[30] ». *Les plus cocasses sont dans* Le Père Goriot, *peuplé de toute une famille évidemment apparentée à celle des Prudhomme : les pensionnaires de la Maison Vauquer. M*^me *Vauquer en tête qui, régnant sur les déshérités de son sordide asile, semble le chef-d'œuvre dont Monnier avait tracé une première ébauche : dans son vaudeville de 1829,* Les Mendiants, *une trouble vieille « tenant Maison garnie » représentait le personnage principal interprété, au surplus, par une comédienne nommée M*^me *Vautrin. Et à la table d'hôte de la Vauquer, les plaisanteries qui fusent semblent l'écho puissant d'une quelconque* Scène populaire. *Mais surtout, dominant tout le lot, Poiret, plus niais que nature, plus niais que Prudhomme, Poiret émet des propos plus*

---

29. Champfleury, *op. cit.*, note de la p. 92.
30. A. Wurmser, éd. cit., p. 380.

prudhommesques que Prudhomme lui-même. Le plus parfait du genre étant sans doute celui-ci : « c'est un acte d'obéissance aux lois que de débarrasser la société d'un criminel quelque vertueux qu'il puisse être. Qui a bu boira. S'il lui prenait fantaisie de nous assassiner tous ? Mais, que diable ! nous serions coupables de ces assassinats, sans compter que nous en serions les premières victimes. »

Certes, Monnier est peu en regard de La Comédie humaine. Si ce peu a donné vie à quelques grandes créations, il semble juste d'en être redevable à Balzac plutôt qu'à Monnier. La portière de Monnier était seulement l'image burlesque d'une portière, et sa garde-malade la caricature atroce d'une garde-malade ; tandis que, comme l'a vu Baudelaire, animées de ces âmes qui sont « chargées de volonté jusqu'à la gueule », les portières de Balzac, ses gardes-malades, ses Cibot, elles, ont du génie[31] *». En 1840, Balzac parlait pour la dernière fois de Monnier dans un article où il fixait ses limites et sa place dans ce qu'il nommait la littérature des Idées : « Henri Monnier y tient par le vrai de ses Proverbes, souvent dénués d'une idée mère, mais qui n'en sont pas moins pleins de ce naturel et de cette stricte observation qui est un des caractères de l'École*[32]*. » Voilà donc ce que Balzac n'a pas trouvé et ce qu'il a trouvé dans l'œuvre de Monnier.*

« C'est d'Henry Monnier que date réellement le réalisme balzacien », s'écria Remy de Gourmont. Marquant l' « influence énorme » des Scènes populaires *et se demandant si elle fut bonne ou mauvaise, Noriac répondait : « l'influence fut mauvaise parce qu'elle fut le premier jalon posé sur la route du réalisme, mais elle fut*

---

31. Éd. cit., II, p. 120.
32. *Revue parisienne* du 25 septembre 1840, p. 275.

bonne parce que, plus que probablement, elle décida Balzac hésitant à s'ouvrir une voie qu'on venait de lui faire entrevoir[33]. » Ici n'est pas la question d'un réalisme balzacien, oui ou non, mais de Monnier et de toute descendance, réaliste ou autre, qu'il put engendrer. Dès 1866, Théophile Gautier faisait de Monnier le précurseur de l' « école réaliste », dans sa préface de Paris et la province ; dans Le Gaulois du 6 janvier 1877, Paul Féval jugeait Monnier « le seul qui ait virtuellement mérité la qualification de réaliste » ; Le Charivari du 7 janvier 1877 décrétait Monnier « inventeur d'un réalisme intelligent ». Quant à Paul de Saint-Victor, dans Le Moniteur universel, *il souligna le « talent de naturaliste »* de Monnier. De fait, comme l'a noté Aristide Marie[34], sans Monnier, Flaubert eût-il écrit Bouvard et Pécuchet, *qui sont la postérité évidente des* Diseurs de rien *; eût-il créé M. Homais, et Villiers de L'Isle-Adam eût-il créé Tribulat Bonhomet qui sont de la descendance de Prudhomme ? Pour Philippe Soupault, Monnier fut le « père spirituel » de Labiche. Et Jules Renard, n'a-t-il pas, par exemple, vu et fait voir comme il l'a fait les enterrements et leurs accompagnements de bavardages saugrenus à partir de* L'Enterrement de Monnier ? *Et Courteline : pour Aristide Marie, il « semble bien être de la lignée du créateur de Jean Iroux et les scènes de son* Client sérieux *voisinent d'assez près à celles de la* Cour d'assises[35] » *; on pourrait ajouter aussi, entre autres, les* Scènes de la vie bureaucratique *dans l'ascendance de* Messieurs les ronds-de-cuir. L'art de Monnier, « cette reproduction méticuleuse, admirable, hallucinante, lassante de la réalité la plus plate, la plus quotidienne », c'est,*

---

33. Article cité du *Monde illustré* du 13 janvier 1877.
34. *Op. cit.*, p. 69.
35. *Op. cit.*, p. 136.

pour André Wurmser, « ce qui fait de lui l'ancêtre de Max Jacob — qui comme lui écrit, dessine et joue, à la ville, son propre personnage — du Max Jacob du Cabinet noir[36] ».

On peut mal supporter Monnier, comme les Goncourt qui notaient : « C'est vraiment le photographe de la fange[37]. » On peut tout à la fois s'y intéresser et s'en effrayer, comme André Gide : « L'humanité qu'il peint est sordide ; notre épouvante vient de ce que cette peinture est exacte[38]. » On peut le voir seulement en maniaque de l'ineptie, complaisant au pire, preneur de son uniquement capable de capter les borborygmes du cerveau humain et de les retransmettre sans fin, pour choquer, pour ricaner, pour rien. Et pourtant... Monnier a laissé un type. Mieux, Monnier a été créateur. Il est de ceux qui, parce que leur vision n'est à l'imitation de personne, parce que ce qu'ils ont à exprimer ne l'a été par personne, innovent. Forme et fond, l'œuvre de Monnier est originale. Sa descendance existe, non son ascendance. L'ignorer, quoi qu'on en ait, c'est méconnaître quelque peu de Balzac, Flaubert, Jules Renard, Courteline, Max Jacob...

Anne-Marie MEININGER.

36. *La Comédie inhumaine*, éd. cit., p. 381.
37. *Journal*, VI, p. 205. Monnier venait de mimer pour eux son « maquereau Boireau ». Devenu le « mec Boireau », le motif du haut-le-cœur des Goncourt sévissait encore naguère dans le répertoire des récits hilarants, mais quel boute-en-train de dessert se référait à Monnier ? En 1874 déjà, Monnier « se plaignait de ce que la nouvelle génération ne lui attribuait que la création de son Prudhomme, quand il avait donné le jour aussi à Boireau, à Jean Iroux » (Champfleury, *op. cit.*, p. 174). Ce fleuron de sa couronne avait sans doute été fourni à Monnier par l'authentique Boireau, « enfant perdu des sociétés populaires », complice de Fieschi dans l'attentat contre Louis-Philippe, remarqué au procès par le rédacteur de *La Chronique de Paris* de Balzac, le 14 février 1836.
38. Avant-propos de *Morceaux choisis* d'Henry Monnier (Gallimard, 1935), p. VII. Comme le note Gide dans son *Journal*, c'est lui qui avait eu l'idée de cette édition.

Scènes populaires

LE ROMAN
CHEZ LA PORTIÈRE

(1829)

LA LOGE DU PORTIER

PERSONNAGES

MADAME DESJARDINS, *Portière*. — Cinquante-cinq à soixante ans ; d'une grande exactitude à remplir ses devoirs ; esclave du *premier* ; soumise aux volontés du *second* ; à son aise avec le *troisième*, mangeant dans la main du *quatrième* ; fière et hautaine avec les étages supérieurs. — Bonnet garni d'une petite dentelle ; tour en cheveux ; fichu de rouennerie ; robe d'indienne ; tablier de couleur ; tablier blanc par-dessus.

MADAME POCHET. — Quarante-sept ans ; sèche au moral comme au physique ; adorant les caquets et les provoquant ; veuve, depuis trois ans, de M. Pochet, ancien garçon de bureau au ministère des Cultes, n'ayant jamais eu d'amis, ni d'enfant. — Mise analogue à celle de la précédente dame.

MADAME CHALAMELLE. — Quarante à quarante-deux ans ; bonne femme au fond, ne disant jamais de mal du prochain ; 800 livres de rente légitimement acquises; raccommodant la dentelle à *celle* fin de diminuer ses frais de loyer; du vin dans sa cave; donnant parfois à dîner et traitant bien; soi-disant veuve d'un certain M. Chalamelle, commis à cheval dans les Ardennes, que ses meilleures amies prétendent n'avoir jamais existé; obligeante, peu bavarde, bien qu'habitant les étages élevés. — Bonnet garni de rubans, robe de soie les dimanches et les fêtes.

MADEMOISELLE VERDET. — Soixante ans, lèvres minces, nez pointu; physique de cigale, revêche, prude, dévote, de la confrérie de la Vierge à Saint-Eustache; n'aimant rien au monde que ses trois chats, dont un chien; pilier de paroisse et de sacristie; rendant de fréquentes visites aux dames de charité de son arrondissement; faisant des rapports rarement avantageux au suisse, au bedeau, voire même au donneur d'eau bénite; sortant de l'église pour entrer chez la portière, et de sa loge à l'église et chez les voisines, déchirant tout le monde et son père, s'il existait encore. — Avec chapeau; robe appliquée en fourreau sur son échine, mantelet ou châle noir; un paroissien à la main, qu'elle se garde de mettre dans un ridicule : un chapelet débordant sa poche.

REINE (MADEMOISELLE.) — Trente à trente-six ans; assez belle personne; port du nom de sa patronne; parlant fort peu et perlant sa conversation, qu'elle émaille de cuirs et de pataquès; gouvernante d'un vieux monsieur seul, à son aise, n'y regardant pas de près; surprise un jour, la croisée entrouverte, par la veuve Pochet, dans la chambre à coucher de son maître comme *Monsieur* passait sa chemise.

LA LYONNAISE. — Cinquante-sept ans, et n'en parlons plus; possédant un honnête embonpoint; très bornée; le plastron de la loge et de la maison; adorant les petits oiseaux, qui ne la payent point de retour; bonne femme au fond; sans aucune espèce d'usage et d'éducation; sans initiative. — Mise des plus modestes bien que fort propre; robe de cotonnade, bonnet des plus simples.

Desjardins. — Soixante-sept à soixante-huit ans; matin et soir, nuit et jour, la tête enveloppée d'un bonnet noir encadrant sa large figure; aimant la bonne chère; courant après les bonnes; paresseux comme *Figaro*; ennemi des idées avancées; crachant, mouchant, friand et gourmand; égoïste au premier chef; grossier et suffisant avec les femmes; en somme, homme fort désagréable que son épouse a toujours regardé et regarde encore comme un phénix (ce qui n'est pas). — Tablier bleu à bavette, rarement purifié[1]; comme son bonnet, du soir au matin, du matin au soir.

Un Député. — Le seigneur et maître de demoiselle Reine; soixante à soixante-cinq ans; bien conservé; lèvres épaisses; aimant le vin, et la gloire, et les belles.

M. Laserre. — Soixante ans bien sonnés. Ancien locataire, le doyen de toute la maison; vivant seul; logeant seul; faisant son ménage et ne recevant âme qui vive; ex-employé aux Contributions indirectes; écarté de ses fonctions et mis à la retraite en 1815, comme professant des opinions dangereuses et subversives. — Petite taille, figure fine et intelligente; passant ses soirées au café à voir jouer aux échecs et aux dominos; fort propre de sa personne; couché tous les jours à neuf heures; ne parlant à qui que ce soit au monde; faisant le lendemain exactement ce qu'il a fait la veille. Une ancienne machine qui s'arrêtera un beau matin[2]; un petit jardin sur sa fenêtre.

Adolphe Pochet, plus connu sous le nom de Dodoffe.
— Neuf à dix ans ; polisson dans toute l'étendue du mot ; proférant les jurements les plus affreux ; malpropre ; promenant mille à deux mille fois par jour le parement de sa veste sous son nez ; ne sachant un traître mot de grammaire ni de catéchisme ; se battant à tous les coins de rue ; rentrant toujours l'oreille déchirée ; fréquentant les plus mauvaises sociétés ; fumant des cannes à battre les habits ; dérobant dans les poches de sa mère ; ayant à deux reprises ouvert la cage aux oiseaux de la Lyonnaise, et jeté par la fenêtre un des chats de mademoiselle Verdet, le Prince Mistigris.

Azor. — Carlin de quatorze ans ; surchargé d'embonpoint ; exhalant après dîner une odeur fétide ; commençant fort à grisonner ; libertin, coureur, sur la bouche.

M. Prudhomme[3]. — *Professeur d'écriture, élève de Brard et Saint-Omer*[4], *expert assermenté près les cours et tribunaux*. — Étranger à la maison ; cinquante-cinq ans ; pudique[5] ; toutes ses dents ; de belles manières ; cheveux rares et ramenés ; lunettes d'argent ; parlant sa langue avec pureté et élégance. — Habit noir ; gilet blanc, les jours fériés ; bas blancs ; pantalon noir ; souliers lacés.

Un facteur. — Livrée de la poste ; peu de manières.

Une voix claire. — Veste de chasse ; teint blême ; cravate de couleur.

Une voix enrouée. — Chapeau sur le coin de l'oreille ; col de chemise rabattu ; cravate à la Colin ; cheveux en tire-bouchons ; veste de garçon de café ; pantalon cosaque ; bottes éculées.

Le Roman chez la portière

Madame Desjardins. — Ah çà! voyons, vas-tu pas commencer par te coucher et pas te brûler le sang comme *toutes* les jours au poêle? qu'c'est vraiment pas raisonnable de roupiller toute une soirée comme tu roupilles.

Desjardins. — Ça t'est ben facile à dire, que j'roupille; j'voudrais voir si c'est qu'tu roupillerais, si t'avais c'que j'ai.

Madame Desjardins. — Je l'aurais qu'je l'subirais, j'en ai vu ben d'autres, Dieu merci! On a ben raison d'dire, qu'les femmes c'est sus la terre pour souffrir, et pas aut'chose. Les hommes ont les douceurs, et nous l'paquet; mais vous aimez qu'on vous plaigne, c'est vot' caractère; fais pas moins c'que j'te dis, va t'coucher et laisse-nous tranquilles; tu m'ennuies, j'suis pas d'mauvaise humeur, m'en mets pas. — Tiens! t'as pas seulement fermé la porte d'la rue, tant t'es *feigniant!*

Desjardins. — P'têt ben qu'oui, p'têt ben qu'non, j'en sais rien.

Madame Desjardins. — J'vas la fermer, bouge pas, tu ferais des sottises. — Bon! Azor qu'est parti! — J'ai jamais vu d'homme pus coureur que c'chien-là. Où ça qu'il est à c't'heure? Azor! J't'en moque! — Tu vas m'la payer, aie pas peur! Voulez-vous venir ici!... J'vas aller à toi, polisson! Ah! vous voilà! Bien! Apprêtez vos reins! Vous voulez pas? — Non? — Même quand j'vous l'dis. *(Azor, sur son derrière, à dix pas de sa maîtresse, implore son pardon, laissant entrevoir l'extrémité de sa langue.)* C'est ça, vous êtes timide, quand vous avez fait des sottises. *(Elle rentre dans sa loge, saisit un fouet suspendu à un clou derrière la porte, en détache un coup sur la partie inférieure des reins d'Azor qui, ne fuyant pas assez vite, pousse un cri plaintif et va se réfugier sous l'établi du tailleur.)*

Reviens-z'y, intrigant ! Vous en allez pas si loin, à présent ; j'veux vous voir. — Vous voulez pas ? J'vous dis de venir ici ! — Ah ! vous voilà, c'est ben heureux ! — Le ferez-vous encore ? Serez-vous encore désobéissant ? Vous voulez pas prend'sus vous de l'prommettre ? — Plaît-il ? — Parlez pus haut, je n'vous entends pas. — C'est pas des caresses que j'demande, c'est d'la conduite. — Le ferez-vous encore ? — Dites-le tout de suite. — Vous voulez pas ? Une fois, deux fois, vous voulez pas ? *(Azor garde le silence le plus absolu ; puis, voyant sa maîtresse brandir de nouveau son fouet, il regagne au plus vite sa cachette, recevant, sur la même partie du corps, un second coup de l'importance du premier.)*

MADAME DESJARDINS, MADAME POCHET, ADOLPHE, AZOR

MADAME POCHET. — Bonsoir, madame, la compagnie. Après qui donc qu'vous en avez, sans vous commander ?

MADAME DESJARDINS. — M'en parlez pas ; c'est encore après c'vilain coureur de chien, qu'on n'en peut pus jouir ; ceux qu'ont pas de bêtes sont ben heureuses !

MADAME POCHET. — Il est d'fait qu'on s'y attache ; comme aux p'tits oiseaux... Y a qu'à voir la Lyonnaise avec eux, c'est leur domestique. *(A Adolphe.)* Eh ! ben dites donc, vous, là-bas ! C'est-y dans neune écurie que j'vous ai amené ? On dit rien à madame, quand l'on vient chez elle, on li souhaite point l'bonsoir, c'est trop commun, apparemment ?

MADAME DESJARDINS. — Bonsoir, mon minet.

Madame Pochet. — Li faites point d'avance, y répondra pas, si c'est point son idée. — Veux-tu ben n'pas t'tourner comme ça, ou j'vas t'coucher ; ça sera pas long tu vas voir ! — T'nez, si c'est pas eune infection, eune chemise blanche de c'matin, comme j'n'ai jamais connu qu'mon mari ! si on n'dirait pas qu'il l'a d'puis trois semaines ! vilain laid ! va voir l'petit à mame *Vaillant*, si c'est qu'il est sale comme toi !

Adolphe. — J'm'en fiche pas mal.

Madame Pochet. — Veux-tu ben pas répliquer, vilain monstre ; tu finiras sus l'échafaud, t'en es sûr ! T'nez, par curiosité, r'gardez ses yeux.

Madame Desjardins. — Dodoffe, t'es pas gentil.

Adolphe. — Ça m'est égal.

Madame Pochet. — Vilain sans-cœur !

Madame Desjardins. — On vous a pas vu à c'matin ? Vous étiez pas malade ?

Madame Pochet. — Je l'étais sans l'être ; mais la vérité, c'est qu'j'étais pressée à l'd'venir. J'avais mon savonnage ; figurez-vous, qu'j'ai évu l'temps à peine d'aller sercher ma crème et mon charbon. Du reste, vous, ça va bien ?

Madame Desjardins. — Comme vous voyez.

Madame Pochet. — Je vois qu'vous êtes core joliment jaune, v'là c'que j'vois. Au surplus, pour c'que j'vous souhaite...

Madame Desjardins. — Vous êtes ben honnête.

Madame Pochet. — Eh ben ! Et les nouvelles emménagées ?

Madame Desjardins. — Ça m'a pas encore l'air d'êt' la fleur des pois, trois jeunesses comme ça dans des chambres, sans père ni mère !... Après ça j'm'en bats l'œil, j'en aurai ni honte ni profit. J'sais toujours pas d'quel état qu'a sont.

Madame Pochet. — Les *propriétaires*, vous sentez, tirent tous, pus qui peuvent, à sa location.

Madame Desjardins. — Dame, c'est leur droit, y z'en usent.

Madame Pochet. — Ça leux z'y est ben égal, qu'vous soyez voleur, filou ou assassin ; y savent ben qu'les voleurs, les assassins et les filous volent point chez eux, y vont leur train, rien les arrête.

Madame Desjardins. — C'est leur droit, y z'en usent.

Madame Pochet. — Comme celui à ma cousine que j'vous ai conté. Y vient l'aut'jour, dans sa chambre, il y dit, qui dit : Tiens, mame Petit, ça vous fait deux pièces ! — Comment deux pièces, qu'a répond, c'est-à-dire une soupente, qu'j'm'ai faite, témoin le papier rose qu'j'm'ai mis en arrivant, avec ma nièce, quand elle a venue à Paris. Deux pièces ! sans compter que je l'enlèverai, mon papier, quand je m'en irai, et sans vot' permission encore, qu'a dit. J'y tiens déjà point tant n'a vot' maison ! j'ai pas fait d'bail à vie, qu'a dit. — C'est d'honneur vrai, la plupart, des parvenus !

Madame Desjardins. — Pas le nôtre.

Madame Pochet. — Tant qu'au nôtre, j'ai toujours su le respecter. J'dis point ça pour lui.

Madame Desjardins. — Il est digne de l'être. Comme celui à vot' cousine, p'têt' ben que si vot' cousine savait l'prend'...

Madame Pochet. — Pas moyen, elle a essayé. — Sa chamb' fume, comme si que c'était heune vapeur dans sa cheminée, à y consommer ses yeux, sans compter l'tuyau qui passe tout cont'son lit, et pour peu que l'temps tourne à l'humidité, va te promener, impossible de rester chez elle ; et pas eune donnée, son logement ! cent écus, comme vous êtes heune honnêt' femme, pas ça d'moins, pas ça d'plus. — Dites donc ?

Le Roman chez la portière   49

MADAME DESJARDINS. — Après?
MADAME POCHET. — Y avez-vous parlé, à ces jeunesses?
MADAME DESJARDINS. — J'vas vous dire...
MADAME POCHET. — Dites.
MADAME DESJARDINS. — Je leur z'y ai parlé, s'entend, sans leux z'y parler, c'est elles qui m'ont demandé si c'est qui y avait pas de pompe dans la maison : Je crois pas, que je leux z'y ai *réponnu*, c'est ici tous gens bien composés, y en a jamais évu d'aut's, y en aura jamais ; c'est point n'ici eune maison de blanchisseuses, pus souvent qu'on vous y tolérera vos loques accrochées à n'un cerceau à vos fenêtres ! C'est pas le genre d'la maison. Si vous voulez d'l'eau vous serez pas plus ne moins protégées qu'les autres, deux sous la voie, tant qu'vous en voudrez. — Mais c'est d'honneur vrai, ça vous entre dans les maisons ne plus ne moins que dans heune écurie.

LES PRÉCÉDENTS, MADEMOISELLE REINE

MADEMOISELLE REINE, *un bougeoir à la main*. — Bonsoir, mesdames, *la compagnie*. (*Elle souffle sa bougie.*)
MADAME DESJARDINS. — Tiens ! Pourquoi donc qu'vous éteignez vot'lumière ? ah ben ! par exemple ! c'est moi qu'*éteignera* la mienne. Vous la *brûlereriez* dans vot' cuisine ; autant qu'ici, a nous éclaire.
MADAME POCHET. — C'est juste. — Et vot' bûche, où qu'elle est ?
MADEMOISELLE REINE. — Madame est témoin comme quoi que j'en ai remonté tantôt *tois* de la cave.
MADAME DESJARDINS. — Nous n'en sommes pas là-dessus. Et *monsieur* comment qui va ?

Mademoiselle Reine. — J'ai toute ma soirée à moi, *mosieu* dîne en ville. — Et ces dames ?

Madame Pochet. — Pas core venues.

Mademoiselle Reine. — C'est vrai, j'y pensais pas. Sont-elles point allées voir le nouveau vicaire ?

Madame Pochet. — Vous l'a dit.

Madame Desjardins. — Me suis laissé dire que c'était plus M. Poirot, c'est-y vrai ?

Madame Pochet. — Sans compter que c'est tant pis.

Madame Desjardins. — Y z'en changent, à présent, de vicaires, comme de chemises, sans comparaison. Ah ça ! nous n'attendons qu'ces dames, pour continuer ce livre d'hier au soir. Dites donc, la belle ?

Mademoiselle Reine. — Plaît-y !

Madame Desjardins. — C'est dommage que vous étiez pas au commencement.

Mademoiselle Reine. — Ça fait rien, dites-moi seulement son nom, j' serai ben vite au courant.

Madame Desjardins. — *Co-élina* ou l'enfant du *Ministère*. C'est parfaitement écrit.

Madame Pochet. — Et intéressant ! à en pleurer toutes les larmes de son corps.

LES PRÉCÉDENTS, MADAME CHALAMELLE,
LA LYONNAISE, MADEMOISELLE VERDET

Madame Desjardins. — V'là ces dames, v'là ces dames ! Eh ben ! mesdames, entrez, le spectacle va commencer... attendez, j'vas un brin fermer la porte.

Un épicier. — Mon cousin est-il chez eux ?

Madame Desjardins. — Nous n'avons pas de ces gens-là ici. *(L'épicier se retire.)* Dites donc, vous, là-bas ! où allez-vous donc comme ça ?... vous n'pouvez pas dire où qu'vous allez ?

Un individu. — M. Corot ?
Madame Desjardins. — C'est pas ici.
L'individu. — Où est-ce que c'est ?
Madame Desjardins. — J'vous dis qu'c'est pas ici... Est-ce qu'on entre comme ça l'soir dans les maisons ?
L'individu. — Bête que vous êtes : je n'entre pas, puisque je m'en vas.
Madame Desjardins. — Bête vous-même, grand fédéré.
L'individu. — Bossue... bossue ! t'es forcée d'être bossue.
Madame Desjardins, *les poings sur les hanches*. — Va-t'en donc... eh ! voleur !... *(L'individu se sauve.)*
Madame Pochet. — Vous avez dit l'mot, madame Desjardins ; il s'a *ensauvé* dès qu'il s'a vu *r'*connu. *(La porte cochère est fermée, madame Desjardins rentre et ferme la loge.)*
La Lyonnaise. — Eh bien ! sommes-nous toutes ces dames ?
Madame Chalamelle. — Nous avons encore mademoiselle Verdet.
Mademoiselle Verdet, *frappant au carreau*. — Bonsoir, mesdames.
Madame Chalamelle. — Tiens, comme dit c't'autre, sans comparaison : *quand on parle du loup*... nous parlions de vous.
Mademoiselle Verdet. — Dites donc, madame Desjardins, c'est pas pour vous flatter, mais la maison, c'est une infection... Qu'il y a des horreurs partout dans les escaliers.
Madame Pochet. — C'est le gros caniche du tailleur du *cintième*, au fond du *collidor*. J'l'ai joliment r'levé, ce brigand de tailleur, qui s'jetterait plutôt par la croisée que de saluer quelqu'un en passant, le scélérat. Je l'déteste, ce vilain homme-là ; on n'a jamais vu des

sortes de gens pareils. J'suis donc monté chez eux ; rien d'fait à deux heures ! Lui était là, qu'avait l'air de travailler avec sa mine insolente ; madame était les bras croisés, et la demoiselle la même chose. J'leur z'y ai dit que j'étais lasse, à la fin, d'être la domestique de leur chien. Ils m'ont répondu : « Nous en sommes bien fâchés, madame », voyez-vous, d'un air... « Moi aussi », que j'ai répondu sèchement. Ça les a terrassés ; ils n'ont plus rien dit, et je me suis *enallée*. Mais, tenez, voyez-vous, j'sais ce que c'est à présent ; le mari est un mouchard ; la mère rien du tout, et la fille est enceinte. C'est la blanchisseuse qui me l'a dit. Enfin, est-ce qu'ils n'ont pas mangé un melon l'autre jour qu'on n'pouvait pas en approcher ! pas un brodé... un cantalou... deux fois ma tête. J'suis loin de m'opposer à ce qu'ils en mangent, du melon ; qu'ils en crèvent s'ils veulent, j'm'en moque pas mal encore ; mais qu'ils viennent exprès étaler leurs épluchures sur le carré en face mon paillasson, j'dis qu'c'est une petitesse.

MADEMOISELLE REINE. — Vous dites donc, mesdames, que le nouveau vicaire...

MADAME CHALAMELLE. — Nous l'avons vu. Ah ! c'est pas là M. Poirot ; oh ! non. D'abord, la Lyonnaise peut vous l'dire, il parle fort mal latin.

LA LYONNAISE. — Oh ! oui.

MADAME DESJARDINS. — C'est cependant la langue de la religion française, c'est même la langue naturelle à l'homme en général ; car qui dit l'homme dit la femme. Tenez, sans aller plus loin, prenez deux enfants tout petits, mettez-les dans heune chambre, ils parleront latin ; on a vu ça.

LA LYONNAISE. — Oh ! oui.

MADAME DESJARDINS. — Mais moi qui n'suis qu'une femme, j'veux apprendre à parler cosaque, ou écossais ; eh ben ! j'ai qu'à m'y mettre ; car enfin, pour apprendre, enfin supposons que je le veux ; eh ben, je le fais, c'est un fait.

La Lyonnaise. — Oh ! oui. Mais ce que j'plains de ce temps n'ici, c'est les petits oiseaux.

Madame Desjardins. — Moi, ce que j'vous dis pour le écossais, j'vous l'dis pour tout en général.

La Lyonnaise. — Oh ! oui. — Mais je donne aux petits oiseaux de ma croisée ; mais j'peux pas donner à tout Paris, et j'les plains.

Madame Desjardins. — Ah ça ! si nous nous entendons pas mieux... Vous m'parlez de vos oiseaux, laissez-moi tranquille, la Lyonnaise.

Mademoiselle Reine. — Allons ! voyons donc, mesdames, n'allez-vous pas encore vous chamailler ? Qu'est-ce que vous avez donc, madame Pochet ? vous ne dites rien.

Madame Pochet. — Je souffre l'martyre de l'estomac... rien ne me passe depuis quelque temps.

Madame Desjardins. — C'est comme madame Bardy... Faudrait prendre du thé, peut-être.

La Lyonnaise. — Oh ! oui, une belle chose que votre thé ! laissez-nous donc, c'est une fameuse saloperie.

Madame Desjardins. — Qu'est-ce qui vous a fait ?

La Lyonnaise. — Pas à moi, Dieu merci ! mais à un de mes maris, qu'il a failli m'enlever. Qui donc celui-là, déjà ? est-ce Prévoteau ? non, c'était un blond... Brodais... j'crois, c'était Brodais... non, non.. Pilorel... enfin, n'importe. Il m'arrive un soir qui tombait de faiblesse. — Eh ben ! quoi, que j'y dis, qu'est-ce que c'est ? J'crois bien que c'était Prévoteau à présent, n'importe... Enfin finalement j'vas voir le médecin ; il n'avait pas cabriolet alors ; il était fort honnête ; il m'dit : Votre mari est ivre-mort ! — Ivre-mort ! — Oui, donnez-lui du thé. — Qu'appelez-vous du thé ? — Plante potagère. — Bon ! où qu'ça s'achète ? — Partout. — J'prends mon *tabellier* ; j'vas donc chez l'apothicaire qui me renvoie chez l'épicier... L'épicier, je le vois encore ; il est mort, j'crois, depuis, et c't'épicier-là, c'était un Lhurel ; i m'dit : Pour combien ? — Pour deux liards. — On n'en fait pas ! — Pour combien donc qu'on en fait, pour 3 000 francs ? — Pas moins de *vuit* sous. — Je tends mon *tabellier*. — Non, donnez votre main. Il me met trois p'tites crottes noires dans le creux de la main, et voilà pour mes *vuit* sous. — J'ne reviendrai pas tous les deux jours, que je me rappelle que j'lui dis, et je m'en en fus. Arrivée chez nous, je cherche comme une épingle mon homme Brodais... ou Pilorel ; je n'sais plus. J'vous parle pas d'hier ! et je le trouve derrière le poêle, dans la cheminée. J'dis... Bon, et je mets sur le feu mon thé, en le faisant, comme dit l'épicier, fuser dans de l'eau. Je bats, je bats... je goûte, c'était fadasse, sans montant, sans rien ; j'dis : Cet homme qui trouve le lait à son déjeuner trop doux, qu'il y met de l'eau-de-vie, ne prendra jamais ça : j'y mets un peu de vin, un peu de café... du cornichon... de la moutarde... du veau... de la compote... un peu de pain d'épice... des petits radis roses... du sel... et du poivre ; je bats, je bats... de l'échalote ; je bats : ça fait purée... je bats toujours et je lui fais prendre ; enfin il n'eut pas plutôt tout pris que voilà qui... enfin... de tous les côtés... Il fut malade trois mois ; vous sentez, cet homme, ça lui avait *sargé* l'estomac... Belle ordure que votre thé !

MADAME DESJARDINS. — Il y a des personnes qu'ça leur z'y réussit. Ah ! v'là madame Dutillois ! j'm'en vas continuer la lecture d'hier, comme ayant l'haleine la plus forte. Nous en étions que Rosemonde était restée abandonnée avec sa petite... après avoir eu des reproches à se faire. Attendez... « ... *Le départ précipité...* » C'est pas ça, nous l'avons lu. « ... *Il était monté sur son palefroi...* » Nous avons lu ça que la Lyonnaise a dit que c'était un tabouret. « ... *Nadir allait chaque matin cueillir les fleurs pour orner le front de son père...* » Nous avons lu ça... — Eh ben ! qu'est-ce que tu fais donc, Dodoffe ! tu touches encore à la chandelle ; toujours tes mains dans le suif ! C'est joliment toi qui iras *cueiller* des fleurs pour orner le front de ton papa... — Ah ! voilà voilà ! « ... *Malheureuse mère, dit-elle, tu es l'assassin de ta propre enfant par les sentiments que tu lui as...* » V'là un mot que je ne peux pas lire. « I, n, in ; c, u, l... »

La Lyonnaise. — Ça s'entend.

Madame Desjardins. — Ça n'a pas le sens commun, votre interprétation, la Lyonnaise. « *Que tu lui as...* »

La Lyonnaise. — Finissez !

Madame Desjardins, *épelant.* — Q, u, é, s, qués.

La Lyonnaise. — *Inculqués !* C'est un Espagnol. Nous n'avions pas encore vu celui-là.

Madame Desjardins. — N'y a pas plus d'Espagnol là-dedans que dessus la main ; c'est seulement un mot d'auteur.

Madame Chalamelle. — Ah ! vous rappelez-vous c't'auteur qui restait ici ? Moi, je l'aimais bien ; avec ça que c'était *Monsieur Singulier.* Qu'est-ce qu'il est devenu ? *(On frappe à la porte.)*

Une voix enrouée. — Mademoiselle Pauline ?

Madame Desjardins. — Pauline... qui ?

La voix enrouée. — Pauline Fredais ; y est-elle ?

Madame Desjardins. — C'est-il une des trois emménagées d'hier au soir ?

La voix enrouée, *avec humeur.* — C'est Pauline, qu'on vous dit ; êtes-vous sourde ?

Madame Desjardins. — Oui, monsieur, elle est chez eux. V'là un joli échantillon des gens qu'elles voient !... Dieu ! qu'il a l'air violent, c't'homme-là. *(Lisant.)*

« *Malheureuse mère, dit-elle, tu es l'assassin de ta propre enfant, par les sentiments que tu lui as...* » *(On frappe.)*

Une voix claire. — Mademoiselle Pauline ?

Madame Desjardins. — Elle y est ; au quatrième, la porte à gauche. Bon ! et de deux ; v'là *Longchamps* qui commence.

La voix claire. — Je sais où c'est.

Madame Desjardins. — Il sait où c'est ! c'est emménagé d'hier ! il y a donc couché ?

Mademoiselle Reine. — Vous croyez ?... Quelle horreur !... Si *Monsieur* sait qu'il y a des *créatures* dans la maison, lui qui reçoit M. l'curé !

Madame Desjardins. — « *L'assassin de ta propre enfant par les sentiments que tu lui as...* » *(On frappe.)*

Le facteur. — Trois sous.

Madame Desjardins. — Pour qui ?

Le facteur. — Le second.

Madame Desjardins. — Dites donc, facteur, est-ce que vous vous figurez que je m'en vas me mettre comm'ça à découvert avec le second ? pas du tout. En v'là déjà pour neuf sous, et on ne parle de rien... Je ne veux plus.

Le facteur. — Laissez donc, v'là l'jour de l'an ; trois sous.

Madame Desjardins. — Vous avez raison. Voulez-vous, sans vous commander, m'passer la *sibylle*, au-dessus de votre tête, sur la tablette, à côté du p'tit cadre, mame Pochet. Excusez, la Lyonnaise... Tenez, v'là trois jolis sous.

Le facteur. — Qu'a le nez fait comme six blancs ; trois sous ?

Madame Desjardins. — Pas encore ! Tenez, v'là un joli sou de la liberté, facteur.

Le facteur. — C'est bon !

Le Roman chez la portière

Madame Desjardins. — Vous fermerez le carreau... il s'en va. Maintenant ils sont grossiers comme du pain d'orge, dans les places. N'y avait qu'à voir autrefois ! J'avais un oncle de mon mari dans les écuries du Roi, à Versailles, *palfermier*; fallait voir ces gens-là en société... *(Lisant.)* « Malheureuse mère, dit-elle, tu es l'assassin... »

La voix claire, *au carreau*. — Elle est joliment chez elle, mademoiselle Pauline !

Madame Desjardins. — C'est qu'elle sera sortie, ou elle est peut-être occupée.

La voix claire. — Qu'est-ce que vous dites d'occupée ?

Madame Desjardins. — Mais, monsieur...

La voix claire. — J'dis qu'on s'taise... ; tirez-moi le cordon.

Madame Desjardins. — Vous fermerez votre porte... Comment ?... Qu'est-ce que vous dites ?... manant, grossier, sans éducation. J'n'oserais pas répéter devant un enfant ce qui vient de m'dire. Le *propiétaire* le saura demain... Eh ben ! j'vas t'être heureuse pendant trois mois. Eh ! mon Dieu ! je n'ai plus de cœur à rien ! c'est vrai. « *Malheureuse mère, dit-elle...* » *(On frappe.)*

M. Prudhomme. — M. Dufournel ?

Madame Desjardins. — Oui, monsieur. Vous savez ous-ce que c'est ?

M. Prudhomme. — Depuis trente années consécutives...

Madame Desjardins. — Ah ! c'est vrai, je ne vous r'mettais pas, monsieur.

M. Prudhomme. — Je vous demanderai la permission d'allumer mon rat.

Madame Desjardins. — Oui, monsieur.

M. Prudhomme. — En vous remerciant mille fois. Je vais fermer le carreau; mille pardons.

Madame Desjardins. — De rien. *(On frappe.)*

Deux voix de femme. — C'est nous !

Madame Desjardins. — Tiens ! l'Opéra déjà finite. V'là la dame du fond de la cour, au rez-de-chaussée, avec sa demoiselle, qui rentre.

Mademoiselle Verdet. — Et un cavalier, dites donc ! je ne connaissais pas celui-là.

Madame Desjardins. — Je n'ai rien vu, moi. C'est une dame très généreuse.

Mademoiselle Verdet. — Il a pourtant la tête de plus que *M. Bocquet*.

Madame Desjardins. — « *Malheureuse mère, dit-elle, tu es l'assassin de ta propre enfant par les sentiments que tu lui as inculqués... inculqués... Émaillée de fleurs, là bondissaient de toutes parts de jeunes agneaux blancs comme neige.* » Ça ne suit pas beaucoup. — J'crois ben, 104 et 297. Dis donc, Desjardins, qu'est-ce t'as donc fait des pages ? dis-le donc ; tu dors comme un sabot dans ta soupente ; t'as allumé ta pipe avec... J'te dis pas de tirer le cordon, imbécile. *(Elle va fermer la porte.)* Comment faire, à présent, pour y *suppléïere* ? je ne sais pus du tout où j'en suis. V'là la Lyonnaise qui commence sa nuit ; bonsoir, la Lyonnaise !

La Lyonnaise. — Non, pas du tout : « *Émaillée de fleurs...* »

Madame Desjardins. — Je le croyais, excusez. Voyons donc sous le coussin de mon fauteuil, quelquefois... Rien du tout.

« *Malheureuse mère...* »

M. Prudhomme, *au carreau*. — J'ai éteint mon rat.

Madame Desjardins. — Dame ! monsieur, vous allez faire ce manège-là toute la soirée, si vous ne l'mettez pas, pour traverser la cour, dans la coiffe à votre chapeau.

M. PRUDHOMME. — Je crains de la compromettre... Je vais cependant aviser au moyen de ne pas vous déranger davantage; mille pardons de vos peines, mille remerciements.

MADAME DESJARDINS. — « *Malheureuse mère, dit-elle, tu es l'assassin de ta propre enfant, par les sentiments que tu lui as inculqués... Émaillée de fleurs...* »

M. PRUDHOMME, *au carreau*. — C'est encore moi : dame! que voulez-vous? tout finit par s'éteindre, dans la nature!... Le rat, c'est l'image de la vie... nous subissons la loi commune... Je vais fermer le carreau.

MADAME DESJARDINS. — Dieu! que cet homme est bête avec tout son esprit! je ne connais rien de si bête. *(La porte est restée ouverte; en allant la fermer, madame Desjardins aperçoit venir de loin un des locataires, elle la referme promptement et rentre dans sa loge.)* Dites donc, v'là ce Laserre. J'vas l'laisser un peu dehors pour le r'mercier d'ses dernières étrennes.

MADAME POCHET. — Comment, est-ce qu'il n'vous a rien donné l'an passé?

MADAME DESJARDINS. — La moitié d'un petit écu, comme vous êtes heune honnête femme.

MADEMOISELLE REINE. — Trente sous!... Oh! l'avare!

MADAME POCHET. — C'est une horreur!... *(On frappe.)*

MADAME DESJARDINS. — Pan! Oui, cogne, va!

MADEMOISELLE REINE. — Il a pourtant de quoi?

MADAME DESJARDINS. — Je crois bien; un gabelou* r'tiré... *(On frappe.)*

---

* Nom que le peuple donne aux employés des contributions.

Madame Pochet. — Pan ! Et qui est bien meublé... j'ai vu sa chambre.

Madame Desjardins. — Oui, oui, il a un mobilier assez *conséquent*... *(On frappe trois coups.)*

Madame Pochet *riant*. — V'là qui s'anime !

Madame Desjardins. — C'est son habitude. *(On frappe à coups redoublés.)* Frappe, frappe ; oh ! ça n's'ra pas la dernière fois. *(Le portier, réveillé en sursaut, tire le cordon de la soupente.)* Qu'est-ce qui te prie d'ouvrir, animal ?

M. LASERRE ET LE MAÎTRE DE MADEMOISELLE REINE
entrant en même temps.

M. Laserre. — Pourquoi tardez-vous autant, madame Desjardins ?

Madame Desjardins. — Les ordres de *monsieur* sont de ne plus ouvrir passé *ménuit*.

M. Laserre, *tirant froidement ses montres.* — Il est minuit moins un quart à mes deux montres comme à votre horloge, et comme voilà un quart d'heure que j'attends...

Madame Desjardins. — Il est *ménuit* passé... votre montre est une patraque.

Le maître de mademoiselle Reine. — La mienne marque également minuit moins un quart, madame.

Madame Desjardins, *mielleusement.* — Ah ! c'est différent, la vôtre va bien.

Le maître de mademoiselle Reine. — Quels sont donc ces nouveaux ordres ? Comment, les locataires ne peuvent plus rentrer passé minuit ?

Madame Desjardins. — Oh ! monsieur, ces ordres-là ne sont pas pour tout l'monde.

Le Roman chez la portière   61

M. Laserre. — C'est-à-dire que c'est pour moi ; c'est poli.

Madame Desjardins. — Vous n'm'avez pas payée pour ça.

Le maître de mademoiselle Reine. — Allons, allons, madame Desjardins, ne répondez pas ainsi.

Madame Desjardins, *avec empressement.* — Ah! mon Dieu! vous avez bien raison... *(Donnant la lumière à mademoiselle Reine.)* Monsieur, voici votre lumière ; on est fait pour vous attendre, et c'est avec plaisir.

Le maître de mademoiselle Reine, *montant l'escalier, à madame Desjardins.* — Mère Desjardins, on doit des égards à tout le monde. *(Il salue M. Laserre.)*

M. Laserre. — Monsieur, j'ai l'honneur de vous présenter mes respects.

Madame Desjardins. — T'nez donc, monsieur Laserre, voici trois cartes et deux lettres qui traînent ici depuis huit jours.

M. Laserre. — Comment depuis huit jours!

Madame Desjardins. — Oui... fallait-il pas vous les monter!

M. Laserre. — Ce sont les nouvelles que j'attendais... Vous auriez dû au moins me prévenir que vous aviez une lettre pour moi.

Madame Desjardins. — Ah! ben! par exemple!... fallait me d'mander s'il y avait quet'chose pour vous. *(Elle ferme son carreau et souffle sa chandelle.)*

M. Laserre, *dans la plus profonde obscurité de l'escalier.* — Comme cette canaille est intéressée. *(Il se heurte.)*

Madame Desjardins, *écoutant.* — S'il pouvait se casser l'nez! *(On entend M. Laserre tomber.)* Dieu vous bénisse!

Madame Pochet, *se réveillant.* — N'y a pas d'quoi...

voisine. Ah ça, passez-moi donc vot'chaufferette, que j'rallume ma lumière.

Madame Desjardins. — Eh! attendez donc, que c'crasseux ne profite pas de la clarté.

Une voix de cocher, *en dehors*. — La porte... s'il vous plaît !...

Madame Pochet. — Justement, v'là le premier qui rentre.

Madame Desjardins, *allant ouvrir la porte cochère*. — Azor, v'nez ici.

La voix de cocher. — La porte, s'il vous plaît !

Madame Desjardins. — Eh! on y va. *(La voiture passe; elle ferme sa porte.)* Madame rentre avec monsieur; miracle! Il fait bien froid, ce soir. *(Rentrant dans sa loge.)* Nous aurons d'la neige, bien sûr; mes cors me font souffrir qu'ça n'est pas croyable!

Madame Pochet. — Ah! mon Dieu! et moi qui n'a pas rentré mes giroflées!

Madame Desjardins. — Ah ben! elles sont frites, allez. « *Prairie émaillée de fleurs !...* » *(Azor, qui est sorti, gratte à la porte.)* Allons, en v'là d'une autre. Veux-tu venir ici, *vacabond!*

Madame Pochet. — T'nez, passez-le par le carreau, vous n'ouvrirez pas la porte.

Madame Desjardins. — Oui, mais passera-t-il?

Madame Pochet. — Vous forcerez un peu. *(Elle essaye de le faire passer par le carreau. Azor pousse des hurlements affreux.)*

Madame Desjardins, *forçant*. — Veux-tu bien passer, entêté!... Allez vous coucher tout d'suite. *(On entend sonner le coucou.)*

Madame Pochet. — Tiens, *ménuit!...* *(Les autres dames sont endormies.)* Eh bien! mademoiselle Verdet, la Lyonnaise, dites-donc, vous v'là déjà parties?... Allons coucher, allons!

Toutes ces dames, *se levant en bâillant.* — Oui, allons coucher.

Madame Pochet. — A d'main, madame Desjardins, à demain, mesdames. Nous n'avons pas beaucoup lu aujourd'hui ; c'est dommage, c'était bien intéressant !

LA COUR D'ASSISES

Entrée des Huissiers et du Jury. Les Huissiers conduisent MM. les Jurés dans la chambre du conseil. Rentrée de douze Jurés tombés au sort. Entrée de l'Accusé sous l'escorte de Gendarmes. Arrivée de la Cour.

LE PRÉSIDENT. — Huissiers, faites ouvrir les portes. *(Le public est introduit.)* L'audience est ouverte... Messieurs les jurés, veuillez prendre vos places, je vais recevoir votre serment. *(Le président lit la formule du serment.)*

« *Vous jurez et vous promettez, devant Dieu et devant les hommes, d'examiner, avec l'attention la plus scrupuleuse, les charges qui sont portées contre Jean Iroux, de ne trahir ni les intérêts de l'accusé ni ceux de la société qui l'accuse; de ne communiquer avec personne jusqu'après votre déclaration; de n'écouter ni la haine ou la méchanceté ni la crainte ou l'affection; de vous décider d'après les charges et les moyens de défense, suivant votre intime conviction, avec l'impartialité et la fermeté qui conviennent à un homme probe et libre.* »

Le Président reçoit le serment de chaque juré, qui, à l'appel de son nom, répond : Je le jure !

Le Président, *après le serment*. — Messieurs, veuillez prendre place... Accusé, votre nom !

Jean Iroux, *d'une voix enrouée et inintelligible*. — Jean Iroux.

Le Président. — Comment ?

Jean Iroux. — Jean Iroux.

Le Président. — Votre âge ?

Jean Iroux, *toujours inintelligible*. — Trente-huit ans.

Le Président. — Comment ?

Jean Iroux. — Trente-huit ans.

Le Président. — Où demeurez-vous ?

Jean Iroux. — Je n'en ai pas.

Le Président. — Votre profession ?

Jean Iroux. — Manouvrier.

Le Président. — Comment ?

Jean Iroux. — Manouvrier.

Le Président. — Journalier. Où êtes-vous né ?

Jean Iroux. — A Galard.

Le Président. — Où ?

Jean Iroux. — A Galard.

Le Président. — Où est ce pays ?

Jean Iroux. — A Galard.

Le Président. — Quel département ?

Jean Iroux. — A Galard.

Un Conseiller. — Près de quelle ville ?

Jean Iroux. — A Galard.

Un juré. — Près d'Épinal.

Un autre juré. — Département des Vosges.

Le témoin Prudhomme, *dans l'auditoire*. — Épinal, Vosges, Vosges, Épinal.

Le Président. — Huissiers, faites sortir l'interrupteur.

M. Prudhomme. — Comme témoin, je croyais de mon devoir d'éclairer la justice.

Le Président. — Taisez-vous, vous ne devez parler que lorsque vous serez appelé.

M. Prudhomme. — C'est comme vous voudrez, monsieur le magistrat.

Le Président. — Accusé, soyez attentif à la lecture de l'acte d'accusation et aux charges qui seront portées contre vous.

Le Greffier *lit l'arrêt du renvoi*. — La Cour royale, chambre des mises en accusation ; attendu que Jean Iroux est suffisamment prévenu d'avoir, au mois d'octobre dernier, étant en état de vagabondage, tenté de commettre un meurtre avec préméditation sur la personne de la veuve Loddé ; tentative qui n'a manqué son effet que par des circonstances indépendantes de sa volonté, ce qui constitue les crimes prévus par les articles 2, 296 et 302 du Code pénal, 270 et 280 du même Code, ordonne que les pièces seront envoyées à M. le Procureur général ; ordonne, en outre, que, par tous huissiers et agents de la force publique, le nommé Jean Iroux, âgé de trente-huit ans, *né à Galard, arrondissement d'Épinal, département des Vosges, journalier*, sans domicile, taille d'un mètre trente-six centimètres[6], cheveux et sourcils roux, front bas, yeux gris, nez épaté, bouche de travers, menton ramassé, barbe rousse, sera pris au corps et conduit dans la maison de justice ; sur les registres de ladite maison il sera écroué par tous huissiers requis, ce qui sera exécuté à la diligence du Procureur général.

Acte d'accusation contre Jean Iroux.

Le Procureur général expose que, par arrêt de renvoi, la Cour a ordonné la mise en accusation du nommé *Jean Iroux*, âgé de trente-huit ans, sans domicile, accusé d'avoir, étant en état de vagabondage, tenté un meurtre avec préméditation sur la personne de la veuve Loddé.

Déclare, le Procureur général que, de l'instruction, résultent les faits suivants :

Le 17 octobre dernier, vers huit heures, huit heures et demie environ du soir, par un temps froid et pluvieux, et pendant l'obscurité la plus profonde, un étranger mal vêtu se présenta à la porte de la ferme des *Étroits*, dépendant de la commune de *l'Argotière*, appartenant à la dame veuve *Loddé*, et exploitée par le sieur *Barbier ;* la porte de la ferme avait été fermée. Cet individu, voulant cependant exécuter ses funestes projets, frappe à coups redoublés ; tous les habitants de la ferme sont en émoi : le sieur Barbier seul conserve son courage et son sang-froid. Après avoir reproché à sa femme ses terreurs et ses craintes, il se dirige d'un pas ferme et assuré vers la porte charretière. — Qui va là ? s'écrie-t-il d'une voix forte et sonore. — Ouvrez, s'il vous plaît, répondit une voix inconnue et tremblante ; ouvrez, je vous demande à coucher pour cette nuit. — C'est bien tard ! lui répondit *M. Barbier*. Cependant il ouvrit et conduisit l'individu dans une grange séparée des bâtiments d'habitation ; puis il se retira, revint trouver sa famille, toujours inquiète, et ne tarda pas à se coucher.

Sur les une heure, deux heures du matin, un garçon de la ferme entendit dans la cour le bruit des pas d'un homme ; il regarda à travers un trou qui existait à la porte de l'écurie et aperçut un inconnu traversant la cour ; il le laissa passer, sortit sans faire de bruit, et le suivit des yeux. L'inconnu entra dans un corps de logis dépendant de la maison d'habitation, et, bientôt après, il aperçut une ombre projetée sur la fenêtre d'une chambre habitée par la veuve *Loddé ;* il y porta toute son attention et vit l'individu qui, armé d'un bâton, paraissait lutter avec quelqu'un. Le garçon, voyant qu'un crime se commettait, courut en toute hâte à l'escalier, et vit sortir de la chambre un homme qu'il reconnut pour un étranger ; cet homme passa près de lui, calme, les yeux fixes, et tenant encore son bâton à la main. Il se rangea pour le laisser passer, et se contenta de dire : « C'est un sorcier, il a charmé nos chiens » ; puis il répandit l'alarme dans la maison. On courut à la chambre de la dame veuve *Loddé*, qui répondit, à moitié endormie, qu'elle avait été réveillée par un étranger qui frappait à coups redoublés sur le bois de son lit, agitant un bâton, mais qu'au mouvement qu'elle fit en se réveillant, il était reparti quelques instants après. Le sieur *Barbier*, réveillé, se rendit en toute hâte à la grange, il trouva l'accusé plongé dans un profond sommeil et tenant toujours son bâton noueux à la main. L'étranger s'est réveillé au bruit que l'on a fait. Le sieur *Barbier* lui reprocha son ingratitude et son crime. Iroux déclara n'être jamais sorti et qu'il ignorait ce qu'on voulait lui dire. On l'enferma dans la grange ; et, dans ces circonstances, Jean Iroux est accusé d'avoir, étant en état de vagabondage, tenté un meurtre avec préméditation sur la personne de la veuve *Loddé*, crimes prévus par les articles 2, 296, 302 du Code pénal, et 280 du même Code.

LE GREFFIER. — Les témoins de l'affaire sont... à charge :

    Le sieur BARBIER.
    La dame BARBIER.
    La veuve LODDÉ.
    Le sieur MACLOU.

Témoin à décharge :

    Le sieur PRUDHOMME. *(Les témoins se retirent.)*

LE PRÉSIDENT. — Jean Iroux ! *(L'accusé est endormi.)*

Le Président. — Gendarme, réveillez le prévenu.
Jean Iroux. — Laissez-moi donc tranquille... gendarme.
Le Président. — Jean Iroux, répondez à mes questions.
Jean Iroux. — J'ai soif...
Le Président. — Faites apporter un verre d'eau au prévenu. D'où veniez-vous, lorsque vous frappâtes à la porte de la ferme des Étroits ? *(On apporte un verre d'eau.)*
Jean Iroux. — D'où que je devenais... Je devenais du Roquet... que j'y avais couché... que j'y étais été pour avoir de l'ouvrage... qu'on m'a traité de *faignant* et qu'on m'a dit que j'priais l'bon Dieu d'n'en pas trouver... que j'avais fait neuf lieues... que je n'me sentais pas de froid... que j'n'avais mangé qu'un sou d'pain d'la journée... que v'là que j'frappe à la porte de la ferme... qu'on m'ouvre... que j'me couche... que j'm'en dors... qu'on m'réveille... et qu'on m'mène en prison... *(Il sanglote.)*
Le Président. — Calmez-vous, répondez aux questions que je vais vous adresser... Vous veniez, dites-vous, du Roquet, où vous n'aviez pas trouvé d'ouvrage ?
Jean Iroux. — Oui, mon juge... Moi, voleur... moi, assassineur... jamais !... Moi, pas riche... moi, malheureux... oui !... *(Il pleure.)* Moi... pas noble... moi, noble... moi, riche... moi, pas voleur... moi, pas noble... moi pas riche... moi, pas scélérat... qu'on m'guillotine !... Moi, battre une vieille !... jamais !... Moi, qu'a conduit une vieille aveugle trois mois sans y rien demander... qu'alle est morte... Moi, battre une vieille, moi, battre un enfant... jamais !... Moi, respecter un chien... Mais moi, pas noble... moi, pas riche... qu'on m'guillotine !... *(Au gendarme qui s'approche pour le calmer.)*

Laissez-moi donc tranquille, gendarme... tenez, v'là ma cravate... *(Il la retire.)* qu'on m'guillotine. Moi, pas assassineur... moi, pas battre une vieille... que défunte ma pauv' mère l'était vieille aussi... pauv' femme de mère ! Quand j'ai du pain, j'y fais dire une messe. *(Il verse des larmes en abondance.)*

Le Président. — Soyez plus tranquille... calmez-vous... Avez-vous un avocat ?

Jean Iroux. — Moi, pas noble... moi, pas riche... moi, pas d'avocat... moi, pas rien... J'veux qu'on m'guillotine... Moi, battre une vieille... jamais !... *(Il retombe accablé sur son banc. Mouvement dans l'auditoire.)*

Le Président, *à l'huissier.* — Faites appeler le premier témoin. *(Au témoin.)* Levez la main... la main droite :

Vous jurez et promettez de dire la vérité, toute la vérité, rien que la vérité ?

Barbier. — Je le jure.

Le Président. — Baissez la main. Êtes-vous parent ou allié du prévenu ?

Barbier. — Non.

Le Président. — Tournez-vous du côté de MM. les jurés ; faites votre déposition.

Barbier. — J'étais à souper avec mon épouse et mon monde ; v'là que j'entends frapper à la porte de la rue. J'dis : Bon, v'là M. Chomel qui revient ; que M. Chomel, c'est un fermier d'à côté d'chez nous, qu'était allé, sauf le respect que j'vous dois, vendre du bétail au marché. Mon épouse me dit : Y a longtemps qu'il est revenu ; ça n' peut être que des gamins qui frappent à la porte. Bon, que j'vas y aller voir ; que j'y vais. J'trouve une voix qui m'demande à coucher. Bon. Qu'êtes-vous ? que j'réponds. Ouvrez ! qu'alle crie toujours. J'ouvre la porte, et j'trouve *(Se tournant du côté du prévenu.)* j'trouve... celui-ci qui m'demande à coucher. Bon... Pas gêné, que j'lui réponds ; il est là pour le dire. Ma foi, j'lui dis, attendez : j'prends ma lanterne et je l'conduis dans une grange ousce qu'on bat dedans en grange, et j'l'enferme en lui disant : Bonsoir, l'ancien... Mais, pas du tout, v'là quand j'rentre, ma femme qui me dit : Qu'est-ce qu'est venu ? J'lui fais une menterie que c'étaient des galopins qu'étaient venus frapper... car alle est pas curieuse de recevoir la nuit des gens qu'on n'connaît pas.

Le Président. — Allâtes-vous vous coucher longtemps après avoir accordé l'hospitalité au prévenu ?

Barbier. — Parbleu !

Le Président. — Vous ne répondez pas à ma question. Vous couchâtes-vous longtemps après avoir donné asile au prévenu ?

Barbier. — J'm'ai couché quet'temps après.

Le Président. — Fort bien... Vous fûtes donc réveillé pendant la nuit par un bruit que firent, à la suite de la visite de Jean Iroux dans la chambre de votre belle-mère, par leurs cris : *À l'assassin !* vos garçons de ferme ?

Barbier. — C'est sûr, qu'ils en firent du tapage. J'prends, sauf votre respect, ma culotte ; j'saute sur mon fusil ; j'vas chercher Maclou tout autour des bâtiments ; j'trouve... rien du tout... J'entre dans la grange ousqu'était l'assassin ; j'vois le scélérat, qui faisait comme si qui dormait, son gros manche à balai entre les jambes, et qu'avait l'air comme de rien du tout.

Le Président. — Que lui dîtes-vous ?

Barbier. — Je l'ai traité comme il l'méritait : et de brigand, de voleur, et de tout ; qu'on n'était pas plus scélérat : et que je ne sais ce qui m'a empêché d'le massacrer; qu'enfin, avec son air de filou, y me regardait; y disait qui n'savait pas ce qu'on avait après lui... Enfin, je ne me suis pas contenté de ça, j'l'ai enfermé à double tour... qu'on est allé chercher la garde... que les gendarmes sont venus et qu'ils l'ont *empoigné.*

LE PRÉSIDENT. — Avez-vous autre chose à déclarer ?

BARBIER. — Non, puisque j'vous ai tout dit.

LE PRÉSIDENT. — Allez à votre place. *(A l'huissier.)* Introduisez un autre témoin. *(La dame Barbier est introduite.)* Levez la main.

LA DAME BARBIER. — Laquelle, monsieur le président ?

LE PRÉSIDENT. — La main droite.

LA DAME BARBIER. — Excusez, monsieur, c'est que j'ne peux me moucher que de celle-là, j'm'en vas tenir la gauche en attendant. *(Elle se mouche.)* Excusez, v'là c'que c'est.

LE PRÉSIDENT. — *Vous jurez et promettez de dire la vérité, toute la vérité, rien que la vérité ?*

LA DAME BARBIER. — Oui, monsieur.

LE PRÉSIDENT. — Baissez la main. Êtes-vous parente ou alliée du prévenu ?

LA DAME BARBIER, *avec emportement.* — Moi! parente de ce scélérat-là! Oh! le brigand! oh! le gueux!

LE PRÉSIDENT. — Toute injure envers le prévenu vous est interdite; faites votre déposition. Tournez-vous du côté de MM. les jurés.

LA DAME BARBIER. — Bonsoir, jury... Messieurs, comme vous êtes tous honnêtes hommes, ce brigand-là, excusez, ce... Enfin, monsieur entra chez nous pour massacrer notre pauvre mère. Pauvre femme! il a voulu la massacrer, le gredin qu'il est.

Le Président. — Je suis encore obligé de vous rappeler à la question. Connaissez-vous le prévenu ?

La dame Barbier. — J'en serais bien fâchée ! Dieu merci, non.

Le Président. — Le vîtes-vous dans votre ferme ?

La dame Barbier. — J'l'ai vu quand les gendarmes l'ont emmené, que si l'on ne m'avait pas retenue je lui aurais arraché les yeux. (*Se retournant du côté de son mari.*) Ça t'apprendra, monsieur Barbier, à recevoir chez nous des assassins.

Le Président. — Avez-vous quelque chose à ajouter à votre déposition ?

La dame Barbier. — Non... monsieur... que je voudrais bien qu'on lui apprît à ne plus venir assassiner dans les...

Le Président, *l'interrompant*. — C'est assez ; taisez-vous. Allez à votre place. (*La femme Barbier se retire.*)

Le Président. — La dame veuve Loddé ? (*La veuve Loddé est introduite.*)

Le Président. — Levez la main. (*La veuve Loddé reste immobile*). Levez la main.

La veuve Loddé. — Que je lève la main ?

Le Président. — La main droite...

Vous jurez et promettez de dire la vérité, toute la vérité, rien que la vérité ?

La veuve Loddé. — Oui.

Le Président. — Baissez la main... baissez la main. Huissier, donnez un siège au témoin. Tournez-vous du côté de MM. les jurés... Faites votre déposition... Comment ? je ne vous entends pas ; parlez plus haut... N'étiez-vous pas couchée lorsqu'un individu pénétra dans votre chambre et vous réveilla en frappant à coups redoublés sur votre lit ? Comment ?...

La veuve Loddé. — Oui... monsieur... que je croyais que c'était Maclou...

La Cour d'assises

Le Président. — Reconnaissez-vous le prévenu ?
La veuve Loddé. — Non... monsieur... que je croyais que c'était Maclou...
Le Président. — Fûtes-vous réveillée par le bruit qu'il fit en frappant sur votre lit ?
La veuve Loddé. — Oui... monsieur... que je croyais que c'était Maclou...
Le Président. — Vous ne pouvez pas le reconnaître ?
La veuve Loddé. — Non.
Le Président. — Vous n'avez pas autre chose à dire ?
La veuve Loddé. — Que je croyais que c'était Maclou.
Le Président. — Allez à votre place... Maclou ? *(Le témoin est introduit.)*
Le Président. — Levez la main...
Vous jurez et promettez, etc.
Maclou. — Oui... mon juge.
Le Président. — Êtes-vous parent ou allié du prévenu ?
Maclou. — Non, mon juge.
Le Président. — Baissez la main. *(Le témoin baise sa main. Rires dans l'auditoire.)* Je vous dis de baisser la main. Tournez-vous du côté de MM. les jurés ; faites votre déposition. Reconnaissez-vous dans l'accusé l'individu qui se présenta à la ferme des *Étroits* ?
Maclou. — Comme j'vous voyons. J'étions dans l'écurie, que j'entendons comme quelqu'un qui marchait dans la cour ; j'voyons qui rattournait dans la cour, j'croyons qu'c'était l'bourgeois ; mais non... J'me mettons après lui, et que j'voyons qui rattournait dans la cour ; qu'j'avons peur ; qu'les chiens n'disaient pas la moindre des choses, et que j'voyons qu'i remuyons, qu'i remuyons un bâton ; que j'me mettons

à y aller ; que l'bourgeois qui vient, nous nous mettons à fouiller ensemble, nous trouvons ren ; qu'la mère Loddé m'dit quand j'y montons : T'es donc venu pour m'réveiller ?

Le Président. — Passa-t-il près de vous dans l'escalier ?

Maclou. — Jamais.

Le Président. — L'avez-vous rencontré dans l'escalier ?

Maclou. — Ah ! oui.

Le Président. — Il passa donc près de vous ?

Maclou. — Ah ! non.

Le Président. — Voyons, soyez conséquent. Je vous fais une question... Est-ce oui ou non ?

Maclou. — Mais j'n'ons rien dit, mon juge... j'n'ons rien dit. J' sommes honnête homme... j'ons vu c't'homme qu'étions v'nu ; qu'je n'connaissions point... que j'sommes ben loin de dire ce que j'ons pas vu.

Le Président. — Je vous demande si vous l'avez rencontré dans l'escalier.

Maclou. — J'nons jamais fait de tort à parsonne... d'puis que j'sommes chez l'même bourgeois, mon juge ; jamais d'tort à parsonne.

Le Président. — Nous n'attaquons en rien votre probité ; je vous demande si l'accusé s'est porté à des voies de fait sur la personne de la veuve Loddé ?

Maclou. — Alle m'a dit qu'il avions donné des coups de manche à balai sur le bois du lit ; qu'alle croyait qu'c'étiont moi.

Le Juré. — Je demande si les coups ont été portés sur la veuve Loddé, avec intention ?

Maclou. — Je l'ons vu qui donniont des coups de manche à balai, et je l'ons vu danser, qu'il aviont l'air d'battre la m'sure sur l'lit.

Le juré. — Je prie monsieur le Président de faire préciser ma question. Je m'explique sans doute mal ; mais je désire que ce fait soit bien éclairci.

L'Avocat général. — Le fait est peu important.

Le juré. — Il a beaucoup d'importance pour ceux qui sont appelés à juger.

Le Président. — Bien, monsieur le juré ; je vais poser la question. Maclou, dans votre pensée, les coups portés par Jean Iroux vous semblaient-ils avoir été portés sur la veuve Loddé avec intention ?

Maclou. — Je n'savons pas, puisqu'i battions la mesure, et qu'alle avions dit, la mère Loddé : Je m'lève pas encore, qu'alle m'avions dit.

Le Président. — Allez à votre place. Le témoin Prudhomme ?

> *Le témoin dépose son chapeau sur un banc, s'avance avec sa canne à la main et répond à toutes les questions d'une voix forte et sonore.*

Le Président. — Votre nom ?

M. Prudhomme. — Joseph Prudhomme.

Le Président. — Votre état ?

M. Prudhomme. — Professeur d'écriture, élève de Brard et Saint-Omer, expert assermenté près les Cours et Tribunaux.

Le Président. — Levez la main.

M. Prudhomme. — De tout mon cœur.

Le Président. — *Vous jurez et promettez de dire la vérité, toute la vérité, rien que la vérité ?*

M. Prudhomme. — Je le jure devant Dieu et devant les hommes.

Le Président. — Êtes-vous parent ou allié du prévenu ?

M. Prudhomme. — Je pourrais l'être, je ne le suis

pas : tous les jours on voit, dans les familles les plus respectables, des scélérats, des intrigants, des...

Le Président, *l'interrompant*. — Taisez-vous. Tournez-vous du côté de MM. les jurés.

M. Prudhomme. — Messieurs, votre très humble et très obéissant serviteur.

Le Président. — Faites votre déposition.

M. Prudhomme. — En ma qualité de professeur en fait d'écriture, messieurs, je dois donner mes soins à tous les sujets de l'un et de l'autre sexe, indifféremment, qui me sont confiés. Jean Iroux fut de ce nombre. Il était neveu, à la mode de Bretagne, d'un nommé Trochant ou Trochet, qui l'avait fait venir à Paris, la moderne Athènes, le centre et le foyer des Arts et de la civilisation, cette sultane qui...

Le Président. — Vous vous éloignez de la question.

M. Prudhomme. — J'y reviens, puisque vous semblez le désirer. Je mis tous mes soins à me rendre digne de la confiance que le nommé Trochant ou Trochet, son oncle, comme je viens d'avoir l'honneur de le dire, à la mode de Bretagne, avait mise en moi. Vain espoir ! efforts superflus ! j'en fus pour mes peines. A la fin, convaincu de la stérilité du sol qu'il m'avait été donné de fertiliser, je le rendis à qui de droit.

Jean s'en alla comme il était venu[7].

Je l'accompagnai de mes vœux. De retour aux lieux qui l'avaient vu naître, arriva cette époque où l'homme qui trop longtemps opprima la France, celui dont l'ambition insatiable, immodérée[8], trouva...

Le Président. — A la question, à la question.

M. Prudhomme. — Pardon, premier Président ; pardon, messieurs les jurés... Cette époque où celui que la pudeur me défend de nommer, celui dont les mères de famille...

La Cour d'assises

Le Président. — Je vous prie de ne pas vous écarter...

M. Prudhomme. — Oui, premier Magistrat. Dont les mères de famille ont longtemps déploré la venue, fit quitter à Jean Iroux sa terre natale, il porta le mousquet en qualité de conscrit...

Le Président. — Quand l'avez-vous revu ?

M. Prudhomme. — Un jour, je me promenais sans savoir où j'allais, en pensant à toute autre chose, quand je vis venir à moi mon ancien disciple. Sa mise était celle de la non-fortune, celle de l'indigence. Il se fit reconnaître à moi. Je lui qu'oui, que je me remémorais, autant que possible était, ses traits quoique altérés par le libertinage ; et ce fut alors qu'il eut recours à ma bienfaisance. Je tirai ma bourse de cette même culotte, je me rappelle le fait comme aujourd'hui. J'en retirai cinq francs, en lui adressant ces paroles : *S'ils peuvent parvenir à ton bonheur, sois-le.* Il les prit, je me dérobai à sa gratitude.

Le Président. — Vous ne lui adressâtes pas de questions sur sa position ?

M. Prudhomme. — J'eusse craint de le blesser dans son amour-propre, monsieur le Magistrat.

Le Président. — Avez-vous encore quelque chose à dire ?

M. Prudhomme. — Voilà tout ce que je peux, je dois, ce qu'il est de mon devoir de dire pour éclairer la justice.

Le Président. — Allez à votre place.

M. Prudhomme, *d'un ton solennel.* — Je saisis avec empressement cette occasion, messieurs, pour consacrer à la France entière, à l'Europe et à l'Univers, ici rassemblé dans vos membres, mon attachement sans bornes au Roi...

Le Président, *l'interrompant.* — Allez à votre place.

M. Prudhomme. — Au Roi, à la gendarmerie.
Le Président. — Taisez-vous.
M. Prudhomme, *avec feu*. — Tout ce qui peut contribuer à notre bonheur, le Roi, les autorités constituées, la gendarmerie et son auguste famille [9].
Le Président. — Huissiers, faites sortir le témoin.
M. Prudhomme. — Je le dirais dans les bras du bourreau. Vive le Roi, la gendarmerie ! *(Plusieurs huissiers le font sortir de la salle au milieu des rires prolongés de l'auditoire.)*

Réquisitoire de M. l'Avocat général.

Le Président. — La parole est à M. l'Avocat général.

M. l'Avocat général. — Messieurs, la société vient aujourd'hui demander vengeance d'un crime qui a jeté l'épouvante dans la ferme des *Étroits*, dépendant de la commune de *l'Argotière*. Vous avez aujourd'hui sous les yeux le coupable que nous poursuivons.

Nous aurons peu d'efforts à faire pour démontrer qu'en effet, Jean Iroux est le vrai coupable. Il y a longtemps qu'on l'a dit, messieurs, l'homme qui se place en dehors de toutes les vertus ne peut jamais suivre que la route du vice.

Engagé de bonne heure dans ses sentiers tortueux, Jean Iroux devait venir devant vous, messieurs, comme une preuve évidente de cette vérité si ancienne, qu'un crime toujours précède un autre crime.

Qu'est-ce donc que l'accusé ? un simple journalier, gagnant par jour un modique salaire, qui pouvait le faire vivre honorablement. Né avec cette révolution d'épouvantable mémoire... *(Murmures dans l'auditoire.)* Né avec cette révolution d'épouvantable mémoire, élevé à cette école du libéralisme, il suça le lait de l'indépendance, et sa vie errante et vagabonde vous prouve assez, messieurs, combien il a profité de ces principes subversifs de l'ordre social, et dont la présence dans le monde civilisé est un fléau pour l'espèce humaine.

L'accusé s'endort.

Après ces réflexions préliminaires et qui me sont suggérées par le tableau que vous avez devant les yeux, j'aborde franchement l'accusation portée contre Jean Iroux. On dira sans doute, messieurs, de la part de l'accusé : Où sont les preuves ? Ces preuves, qu'en avons-nous besoin ? Les preuves, vous les demandez ? Oubliez-vous donc la présence de Jean Iroux dans la ferme des *Étroits*, dépendant de la commune de *l'Argotière* ? Je ne pense pas que vous révoquiez en doute ce fait. Vous avez entendu la déposition du témoin Maclou. Permettez-moi, messieurs les jurés, de rappeler cette déposition à votre mémoire.

C'était entre trois heures, trois heures et demie, ce n'est pas moi qui parle, ou quatre heures, c'est, je le répète, le charretier Maclou. C'était, dis-je, à trois heures et demie, quatre heures du matin environ, ma mémoire n'est point assez fidèle pour préciser l'heure. Toute la ferme était plongée dans le sommeil le plus profond, elle se reposait dans une douce quiétude. Le laborieux cultivateur se livrait aux douceurs du repos qui devait réparer les pénibles travaux de la journée ; les animaux domestiques étaient aussi plongés dans le sommeil ; le coq avait cessé de chanter à la troisième heure. Soudain un bruit continu vint annoncer à ces paisibles habitants de la chaumine un événement qui devait les saisir de stupeur et d'effroi.

L'accusé est profondément endormi.

Le bruit augmente, le charretier Maclou saisit ses vêtements, court à la porte et trouve quoi ? un homme couvert de la livrée de la misère, dont la figure annonçait les souffrances physiques et morales. Qu'était-il, cet homme ? c'était *Jean Iroux*. Que voulait-il ? ce n'est pas à nous qu'il appartient de le dire, nous l'accusons au contraire, et nous l'interpellons à cet égard, que voulait-il ? Si ses intentions étaient pures, quelle nécessité y avait-il de se présenter à l'heure où tous les gens de bien doivent être rentrés dans leur domicile ?

Un juré. — Vous savez bien qu'il n'en avait pas.

L'Avocat général, *continuant*. — Et c'est justement là son crime, je vous y attendais. Maintenant, messieurs les jurés, que nous sommes sur le véritable terrain de l'accusation, il me reste peu de chose à faire pour achever la démonstration claire et évidente du crime que la société tout entière reproche à *Jean Iroux*. Nous le répétons encore une fois, la présence de l'accusé dans un lieu isolé, un homme qui vient seul, au milieu de vingt personnes tranquilles et honnêtes, n'est-il pas conduit dans ce lieu par une pensée coupable ? On l'a dit à juste raison : *Le crime veille à côté de la vertu qui dort*. Le charretier Maclou dormait. Qui a troublé son sommeil ? *Jean Iroux*.

> *Ici M. l'Avocat général paraît ému, il reste quelques instants sans parler et reprend en ces termes :*

Messieurs les jurés, nous avons rempli la tâche pénible que la société nous avait imposée. Notre ministère nous a paru bien doux, puisque nous nous adressions à des hommes qui ne voudraient pas tromper la confiance que nous leur accordons. Ah ! sans doute, messieurs les jurés, c'est un devoir pénible

La Cour d'assises

d'appliquer une peine ; mais combien l'honnête homme doit se rassurer en pensant que cette peine servira un jour de leçon à ceux qui, comme *Jean Iroux*, voudraient porter dans la société la perturbation !

> *L'accusé, qui s'est endormi depuis le commencement du réquisitoire de M. l'Avocat général, est toujours plongé dans le plus profond sommeil.*

LE PRÉSIDENT. — La parole est au défenseur du prévenu.

Défense de l'avocat du prévenu.

Il a l'accent méridional très prononcé.

Messieurs les jurés,

Justitia est constans et perpetua voluntas, jus suum cuique tribuendi[10]. Cette maxime du Roi législateur de Rome devra recevoir ici son application, puisqu'on a parlé de la société, qu'en son nom on est venu demander d'ouvrir les portes de la prison, de forger pour *Jean Iroux* les fers de l'esclavage ; que le défenseur, à son tour, celui dont le mandat est plein de noblesse et de dignité, fasse entendre la voix de la raison et de l'humanité.

Justitia est constans et perpetua voluntas, jus suum cuique tribuendi.

LE PRÉSIDENT. — Avocat, tâchez de mettre moins d'érudition dans vos plaidoiries, et veuillez éviter de si fréquentes citations.

LE DÉFENSEUR, *ôtant ses lunettes*. — Monsieur le Président, je croyais pourtant que cela ne pouvait pas nuire dans une plaidoirie ; si monsieur le Président le désire, je donnerai la traduction avec.

Le Président. — La traduction est aussi inutile que le texte.

Le défenseur, *remettant ses lunettes, continue sur son manuscrit.* — Je disais donc, messieurs les jurés, avant l'interruption de M. le Président ; je disais donc : *Justitia est constans*... Je m'arrête, messieurs, je continue en français. Tâchons d'examiner ces divers phénomènes... Pardon... je suis tout troublé... je tenais la page trois, et n'en suis encore qu'à la première où je développe la théorie du sommeil.

Un savant*, dont la magistrature s'honore et que la gourmandise respecte... un savant a dit : « *Le sommeil est cet état d'engourdissement dans lequel l'homme, séparé des objets extérieurs par l'inactivité forcée des sens, ne vit plus que de la vie mécanique.* » Jeté sur la terre, l'homme a besoin de repos, surtout quand il s'est beaucoup fatigué ou qu'il a bien dîné. Comment donc arrive la fatigue ? par le travail ou le manque d'aliments, par cette diète, véritable épouvantail de l'homme civilisé. Tout individu dans la nature doit avoir part au bienfait de la nutrition ; pourquoi, s'il s'en trouve privé de ce bienfait, lui en faire un crime ?

Appliquons à l'espèce, messieurs, appliquons, dis-je, à l'espèce, des principes conservateurs de l'ordre social, et voyons... voyons si mon client doit être mis en dehors de cette maxime du législateur de Rome... *Justitia est constans*... Vous savez le reste, messieurs, je ne la pousserai pas plus loin.

On a parlé de la naissance de l'accusé ; on vous a dit qu'il était né avec cette révolution d'épouvantable mémoire : moi aussi, messieurs, je suis né au milieu de la tourmente révolutionnaire ; l'orage a grondé sur mon berceau. La hache meurtrière m'a privé de mon

---

* Brillat-Savarin, *Physiologie du Goût*.

lait nourricier ; elle a coupé les liens du maillot, et dans cet état d'abandon j'ai puisé malgré moi des principes d'indépendance et de liberté. *Si parva licet componere* [11]... Pardon, messieurs, je me trompe ; je ferai cette citation plus loin... J'ai donc, ai-je dit, puisé malgré moi des principes d'indépendance et de liberté... de liberté... *Libertas respexit adolescentem* [12]... Quand Mirabeau, montant à la tribune...

Le Président. — Je me vois forcé de vous rappeler encore une fois qu'il ne s'agit point ici de faire un cours d'histoire : votre défense est tellement simple que déjà vous devriez l'avoir présentée.

Le défenseur. — *Experto crede Roberto* [13], dit le proverbe, et je m'en rapporte à M. le Président. Je disais, messieurs ; non... pardon, j'allais dire au ministère public : Où sont les preuves du crime ? car, enfin, *Delictum est factum jure prohibitum quo quis dolo alterius privatim laeditur* [14]. Ici, où est le fait défendu ? est-ce parce que l'accusé est somnambule ? Mais alors, que M. l'Avocat général fasse le procès au sommeil. Morphée, messieurs, dit Chompré dans son *Dictionnaire* [15], Morphée ou le Sommeil, est ainsi représenté : avec une blonde chevelure, couronnée, ceinte de pavots ; or, les pavots...

Le Président. — Je dois déclarer que si vous continuez vos digressions, je vous interdirai la parole et nommerai un défenseur d'office.

Le défenseur. — Celui qui plaide d'office, ordinairement, le fait parce qu'il n'a pas de cause ; or, il n'a pas de cause parce qu'il ne sait pas plaider : donc un avocat d'office ne sait pas plaider. *Argumentum ad hominem. Continuo*, je continue :

En résumé, messieurs, personne n'a souffert ; les preuves manquent : on ne peut donc condamner. Maintenant je vous ai démontré d'une manière claire

et lucide l'innocence de l'accusé ; je dépose le fardeau
de la défense, et remets entre vos mains, messieurs, je
remets Iroux. Peut-être a-t-il un père ? S'il en a un,
messieurs, il doit être bien vieux ; courbé qu'il doit
être sous le poids des ans, il attend ce jour où l'homme
va incessamment quitter la terre pour entrer dans un
monde meilleur. Éloignez son fils de l'échafaud ; que
la condamnation de ce malheureux, connue plus tard,
ne fasse pas un jour rougir les cheveux blancs du vieil
et respectable auteur de ses jours ; qu'il rentre au sein
de la société dont il est appelé à être un des plus beaux
ornements ; qu'il prenne une compagne...

> *Jean Iroux, qui jusqu'alors et pendant
> tout le cours des débats est resté presque
> toujours endormi, sort de son apathie et crie
> de toutes ses forces qu'il ne veut pas se
> marier.*

LE DÉFENSEUR, *continuant d'une voix émue, entrecoupée par ses sanglots.* — Qu'il prenne une compagne ;
qu'il inculque à ses enfants les bons, les vrais principes... Pardonnez, messieurs, pardonnez à mon émotion, elle est bien naturelle. Je réclame l'indulgence de
la Cour pour mon malheureux client.

> *Il se rassied au milieu de l'hilarité qu'a
> produite son plaidoyer sur l'auditoire.*

LES HUISSIERS. — Silence, messieurs.

LE PRÉSIDENT. — Accusé, avez-vous quelque chose à
ajouter pour votre défense ?

JEAN IROUX. — Qu'on m'guillotine. Moi, battre une
vieille, jamais... moi pas noble...

LE PRÉSIDENT. — Les débats sont fermés.

LE DÉFENSEUR. — Pardon, monsieur le Président ;
mais j'ai oublié de répondre aux principaux arguments du ministère public.

Le Président. — C'est un tort irréparable. La loi défend d'accorder la parole au défenseur, comme au ministère public, quand le président a déclaré que les débats étaient fermés. Lui seul a la parole pour le résumé.

Le défenseur. — Mais si, dans ce résumé, vous ne résumiez pas tout, monsieur le Président ; si vous élargissiez l'accusation en étranglant la défense ?

Le Président. — Il n'en peut jamais être ainsi.

Un avocat, *présent au barreau*. — Cela s'est pourtant vu ; c'est un tort que la loi permet.

Le Président. — L'observation est inconvenante, et si, à l'ouverture des débats, le président des assises ne prête pas, comme MM. les jurés, le serment de ne trahir ni les intérêts de l'accusé ni ceux de la société qui l'accuse, il lui reste le souvenir du serment qu'il a prêté en revêtant la toge, et le témoignage de sa conscience, qu'il ne doit jamais oublier dans ses pénibles fonctions. Si quelques-uns l'oublient, c'est un crime de leur part, et le mépris de leurs collègues leur est acquis à tout jamais.

Vous excuserez, messieurs les jurés, la longueur de cet incident qui a retardé la continuation des débats ; mais le zèle que vous avez apporté dans tout le cours de la session, l'exactitude à remplir vos devoirs et la haute sagacité que vous avez montrée, nous prouvent plus que jamais les bienfaits de votre institution et nous font espérer votre indulgence pour cette interruption. Nous serons aussi bref que nous semble le comporter cette affaire.

Un malheureux, accablé sous le poids de la fatigue et de la misère, se présente dans une ferme où l'hospitalité du maître lui offre un asile. Bientôt ses sens sont assoupis : toutefois son sommeil fut agité ; des rêves vinrent l'assiéger. De cet état inquiet, il ne tarda pas à passer au somnambulisme. Alors il se leva, se rendit dans la chambre de la veuve *Loddé*; il dansa, frappa de son bâton sur le bois du lit dans lequel elle reposait. Cependant il ne la maltraita pas. Rentré à la grange, il se mit de nouveau sur un lit de paille. Un sommeil bienfaisant et réparateur lui faisait oublier sa misère et la faim, quand il fut réveillé par le fermier et arrêté comme un assassin. Voilà toute la cause. Vous avez entendu M. l'Avocat général et le défenseur de l'accusé, ce serait abuser de vos moments que de vous rappeler les moyens qu'ils ont fait valoir, et qui sans doute ont dû frapper vos esprits. Ce sera à vous de décider entre l'attaque et la défense; mais n'oubliez pas les circonstances dans lesquelles *Jean Iroux* s'est introduit dans la chambre de la veuve *Loddé*; et puisque dans cette cause on a abusé du droit de citation, veuillez nous en passer une, pour nous permettre de répéter avec l'auteur déjà cité : « *Que l'homme qui dort n'est déjà plus l'homme social que la loi protège encore, mais ne lui commande plus.* »

Dans ces circonstances, vous êtes appelés à prononcer sur ces questions que nous avons l'honneur de vous soumettre :

1. *Jean Iroux* est-il coupable d'avoir, le 17 octobre dernier, tenté un meurtre avec préméditation sur la personne de la veuve *Loddé* ?

2. A-t-il commis cette tentative étant en état de vagabondage ?

Si, sur l'une ou l'autre de ces deux questions, vous n'étiez d'avis de l'affirmation qu'à la simple majorité de sept contre cinq, vous voudriez bien en faire mention en marge de chaque question.

Les jurés se retirent dans la chambre de leurs délibérations. On fait retirer l'accusé.

Après dix minutes de délibération, les jurés rentrent. — Rentrée de la Cour.

Le Président. — Monsieur le chef du jury, veuillez faire connaître la réponse du jury.

Le chef du jury *se lève, la main droite sur le cœur.* — Sur mon honneur et ma conscience, devant Dieu et devant les hommes, la déclaration est, sur les deux questions, à l'unanimité : Non, l'accusé n'est pas coupable ! *(Bravos dans l'auditoire.)*

M. Prudhomme. — Honneur à jamais à la magistrature française ! j'ai les yeux baignés de douces larmes.

Une femme. — Ça s'rait l'horreur de la vie. Pauvre homme !

D'autres voix. — N'poussez donc pas.

Un huissier. — Silence, messieurs.

Le Président. — Les signes d'approbation et d'improbation sont défendus. Faites entrer l'accusé. *(Rentrée de l'accusé au milieu des gendarmes.)*

Le Président, *au greffier.* — Greffier, donnez lecture à l'accusé de la déclaration du jury.

Le greffier *lit :* — La déclaration du jury est, sur les deux questions : Non, l'accusé n'est pas coupable.

Le Président. — Vu la déclaration du jury, de laquelle il résulte que *Jean Iroux* n'est pas coupable des crimes qui lui étaient imputés ; en vertu des pouvoirs qui nous sont conférés par la loi, déclarons *Jean Iroux* acquitté de l'accusation portée contre lui ; en conséquence, ordonnons qu'il sera sur-le-champ mis en liberté, s'il n'est retenu pour autre cause. L'audience est levée.

Jean Iroux. — J'en rappelle.

L'EXÉCUTION

(1829)[16]

UNE RUE

Lolo, *s'approchant d'une fenêtre du rez-de-chaussée et craignant d'être aperçu de l'atelier.* — Hé! Titi, es-tu là?

Titi. — Oui, attends que l'bourgeois ait l'dos tourné; les compagnons sont allés dîner. J'suis à toi.

Lolo. — Viens-tu voir guillotiner?

Titi. — Nous avons l'temps.

Lolo. — Ah! oui, pas mal, le temps! pour être bien placé en Grève[17], il faut y être au coup de la demie d'deux heures.

Titi. — Ous-ce qu'est ma veste?

Lolo. — Viens sans; vas-tu pas faire toilette?

Titi. — Mais il m'faut ma veste, je veux ma veste. Qu'est-ce qu'a effarouché ma veste?

Lolo. — C'est vrai; nous irons à Clamart[18].

Titi. — Quoi faire?

Lolo. — Pour tout voir jusqu'à la fin; c'est là qu'on vide les paniers. Est-ce que tu comptes rentrer chez ton bourgeois?

Titi. — Oui, tiens!

Lolo. — Laisse-moi donc, capon, demain il fera jour ; n'as-tu pas peur ? V'là deux nuits que j'fais la noce, moi : allons, viens-tu ? je file mon nœud.

Titi. — Non, tiens, attends donc ; me v'là. *(Il saute dans la rue.)*

Lolo. — Viendras-tu ?

Titi. — Attends ; je ne puis courir fort... mon soulier prend l'eau.

Lolo. — R'tire-le ; fourre-le dans ton estomac. Dieu ! es-tu embêtant. *(Lolo heurte un vieillard.)*

Le vieillard. — Prenez donc garde à vous, vous avez failli me jeter à terre.

Lolo. — Qu'est-ce que vous avez encore à r'clamer, vous ? Je n'l'ai pas fait exprès, est-ce que je l'ai fait exprès ? Pourquoi que vous ne pouvez pas marcher ? On prend les omnibus quand on n'peut plus marcher, vieux grigou !

Le vieillard. — Polisson !

Lolo. — Hé ! vieux voleur, vieux filou, hé ! avec tes bas bleus ! *(Heurtant avec intention une pauvre femme.)* Gare la graisse, ma grand'mère ! *(La pauvre femme se dérange.)* Hé Titi, oh ! hé !

Titi. — Pourquoi donc que tu vous bouscules comme ça tous les passants ?

Lolo. — Pourquoi qui ne s'rangent pas !

Titi. — Oh ! que d'foule ! Comment que nous passerons ?

Lolo. — On s'coule dans les jambes. Fais comme moi ; c'est bien aut'chose en Grève, va !

Titi. — Il y a t'i des femmes !

Lolo. — C'est elles que ça amuse le plus, elles disent à ça qu'elles veulent seulement les voir passer.

Titi. — Combien qui sont de guillotinés aujourd'hui ?

Lolo. — Trois avec la mère.

Titi. — Je resterai pas jusqu'à la fin.

Lolo. — Ce n'est rien que ça. Mon père en a vu jusqu'à des soixante par jour, dans la révolution, qu'les ruisseaux en étaient tout rouges ; et des riches, encore. En v'là-t'y du peuple ! Tiens, Titi, r'garde donc un peu sur les toits, ils sont tout noirs de monde. Hein ! nom d'un... tiens, la vois-tu là-bas, la guillotine ?

Titi. — Non.

Lolo. — Avance, monte sur mes épaules... Vois-tu ?

Titi, *sur les épaules de Lolo.* — L'à-bas, oui, c'est ça ?

Lolo. — Un peu, mon n'veu. *(Titi descend.)* Dites donc, monsieur au chapeau gris, laissez-moi passer.

Le monsieur. — Il n'y a pas de place.

Lolo. — Si, y en a : laissez-moi passer, hein ? J'suis pas bien gros.

Le monsieur. — Passe et dépêche-toi.

Lolo. — Laissez-moi passer avec mon camarade, c'est la première fois qu'il voit ça, hein ? Laissez-le passer.

Le monsieur. — Va te promener. Ce n'est pas ici ta place, paresseux.

Lolo, *de loin.* — C'est la vôtre, à vous ? vous êtes donc un mouchard ? Hé ! Titi ?

LA GRÈVE

Lolo. — Hé ! Titi ?

Titi. — Me v'là. *(Ils parviennent jusqu'au parapet en face l'instrument du supplice.)*

Lolo, *à ses voisins.* — *Laissez-moi monter après l'S du réverbère avec mon camarade ; ça vous fait rien ?*

Les habitués, *montés sur le piédestal.* — Va-t'en.

Lolo. — Non, hein ? Laissez-moi monter ; qu'est-ce que ça vous fait ?

Les habitués. — Le gendarme va te faire descendre.

Lolo. — Non, puisque je le connais ; j'vous dirai quand ils viendront, les criminels ; laissez monter mon camarade, hein ?

Les habitués. — Il y a assez de toi.

Lolo. — Hé ! Titi ?

Titi. — Après ?

Lolo. — Viens-tu ?

Titi. — J'suis bien.

Lolo. — Viens donc ici ! *(Il grimpe.)*

Un gendarme a cheval. — Dis donc, hé ! gamin, veux-tu descendre de d'là ?

Un habitué. — Il disait comme ça qu'il vous connaissait, monsieur le gendarme.

Le gendarme. — Qu'est-ce que vous dites, vous, beau blond ?

L'habitué. — Je dis qu'il disait comme ça...

Le gendarme, *l'interrompant.* — Je vous dis, moi, qu'on s'taise, ou j'vous colloque à l'ombre. Grand serin !

L'habitué. — Je me tais, gendarme.

Le gendarme. — C'est c'que vous devriez toujours faire.

L'habitué. — Oui, gendarme.

Lolo. — Gendarme ! vous ne l'avez pas vu, il se fiche de vous ; il vous a tiré la langue.

Le gendarme. — Tu vas commencer, toi, là-haut, par me faire le plaisir de descendre de d'là.

Lolo. — N'ayez pas peur, gendarme, je m'tiens bien, je n'tomberai pas. Officier, laissez-moi là ; je ne tomberai pas.

L'OFFICIER. — *Je m'importe peu* que tu tombes ou que tu ne tombes pas ; je prétends que tu descendes.

LOLO, *remontant*. — Ohé ! les gendarmes, ohé ! des navets ! Ah ! ces têtes ! Tiens, tiens, tiens, tous ces soldats qu'er·ourent la guillotine ! Ils s'en moquent pas mal, eux ! Dites donc ? hé ! les militaires, c'est pas là votre place ; vous n'êtes pas de service ; allez-vous-en donc à la plaine de Grenelle voir vos fusillés à mort[19] ; ça n'vous regarde pas, ça ; vous n'avez pas l'droit de rester là ; allez-vous-en donc, c'est l'exemple au peuple, c'est not'exemple, à nous. Ils sont encore bon enfant, eux !

PLUSIEURS VOIX. — Place à louer ! Place à louer !

LOLO. — Hé ! Titi, es-tu bien ?

TITI, *dans la foule*. — Pas mal. Arrive-t-il quet'chose ?

LOLO. — Je ne vois rien. Si, si... attends... oui, non, c'est moi qui s'trompe. Il y a-t-il des femmes, nom d'un !... j's'rais-t-y bien placé là pour en voir tomber de d'sus les toits ; j'n'aurai jamais c'bonheur-là, bien sûr. Tiens, v'là l'bijoutier du n° 10 qui n's'embête pas, lui ; il vous a loué tout son preu*. Dites donc, mesdames, ça vous amuse-t-y ? De quoi, monsieur ? C'est-y votre épouse qu'est à vos côtés ? Ah ! c't'tête ! Vous vous fâchez ? Vous avez donc l'caractère mal fait ? Allez, j'ai pas pas peur de vous, avec vos moustaches ; vous n'avez seulement pas la croix. Allons, hû !

PLUSIEURS VOIX. — Places à louer ! Places à louer !

LOLO. — Taisez donc vos gueules, avec leurs places à louer ; c'est *monotome*, c'est *canulant*.

TITI. — Hé ! Lolo, viennent-t-y ?

---

* *Preu*, premier étage.

Lolo. — Tout à l'heure ; v'là le juge rapporteur : ça ne va pas tarder ; i se rend à l'Hôtel de ville. V'là la foule qui s'fend ; gare la graisse ! Hé ! hé ! là-bas ! hé ! houp !

Plusieurs voix. — Places à louer !

Titi. — Ça va-t-il venir bientôt ?

Lolo. — C'est selon, s'ils n'd'mandent pas. Ils sont bien heureux, on ne leur refuse rien, d'abord. Ils disent comme ça qu'ils ont des révélations à faire pour prendre du temps ; on leur sert tout ce qu'ils veulent, du vin, des omelettes soufflées, de tout... est-ce que j'sais, moi... Ils n'sont pas à plaindre, va !

Plusieurs voix. — Places à louer ! Places à louer ! Voulez-vous une jolie place, madame ? Pas cher, tout en face. Places à louer ! Places à louer !

Une voix de femme. — Prenez donc garde, gendarme, vous allez écraser c't'enfant.

Le gendarme. — Pourquoi qui n'est pas couché ? L' grand malheur ! Ça n's'ra jamais qu'un gamin d'moins.

Plusieurs voix. — Places à louer ! Places à louer !

Lolo. — Hé ! les v'là qui s'agitent là-bas ; ça n'va pas tarder ; les v'là apparemment qui sortent du Palais de Justice. Oh ! hé ! les autres ; oh ! hé ! v'là les serins*, les hussards de la guillotine qu'arrivent. Oh ! j'suis-t-y content ! Les v'là, les v'là ! nous allons rire. *(Il s'agite et bat des mains.)* Oh ! hé ! oh ! hé ! là-bas ! Tiens, j'les vois ; ils sont tous dans la même charrette. On a été prodigue avec eux, ils ont chacun un calotin... les v'là qui détournent le café... les v'là, oh ! viennent-ils vite !

---

* La gendarmerie départementale, qui accompagne les condamnés, porte les buffleteries jaunes.

Plusieurs voix. — Places à louer ! Places à louer !
(*Les gendarmes font ranger la foule.*)

Lolo. — Il y en a-t-y des gendarmes, il y en a-t-y ! Oh ! la mère... Oh ! la gueuse ! elle parle au calotin... Ah ! scélérate ! va ! caponne, caponne ! il est trop tard, vieille sorcière... Tu vas la danser, va, sois paisible, apprête-toi. Tiens, je n'vois pas M. Sanson.

Un habitué. — Y doit y être cependant.

Lolo. — Quand j'vous dis qu'il n'y est pas, grand nigaud ! Il paraît qu'il n'exécute pas aujourd'hui, il aura du monde à dîner apparemment. C'est l'premier aide qu'est dans la charrette : je l'connais bien, M. Fardeau, il demeure dans la maison d'mon oncle Camus, au quatrième, sur le même carré : n'y a que le plomb qui les sépare.

Titi. — P't-être bien que c'est son fils, à M. Sanson [20] ?

Lolo. — Non, ce n'est pas son fils, vu qu'il est trop jeune, il n'fait qu'marquer. A-t-il une jolie marque c'crapaud-là ! il s'essaye quet'fois : c'est lui qu'a marqué Polyte, mon cousin. Il n'a fait qu'vous flatter son épaule. L'autre s'attendait qu'il allait commencer, pas du tout ; il était marqué : c'était la graisse qu'il y mettait. C'est tout d'suite bâclé avec lui. Les v'là, les v'là arrivés. (*Profond silence dans l'assemblée.*)

Lolo. — V'là M. Sanson, Titi ; vois-tu M. Sanson ?

Titi. — Non. Ous-ce qu'il est ?

Lolo. — Tu ne l'vois pas sur l'échafaud, c'grand bien mis, qu'est chauve ? il s'ra v'nu dans son cabriolet. Tiens, c'est l'plus jeune qui commence ; on l'descend ; il veut embrasser son prêtre, il a peur. Le prêtre est plus pâle que lui, il a plus peur ; il est tout jeune aussi, son prêtre, il pleure... Attachez-lui donc les jambes... il est attaché... coulez-le sur la planche... bien... et d'un ! (*Mouvement.*)

Lolo. — En v'là un autre. Oh! comme il se débat! l'calotin lui présente le crucifix. Ne lui présentez donc pas votre crucifix, il va cracher dessus ; c'est l'plus brigand, celui-là ; c'est lui qu'a dit des sottises au président, qui l'a appelé grand filou. Il a défait ses bras ; attachez-lui donc ses bras, vous allez lui couper les mains. C'est pas un parricide... v'là qu'on y attache les bras... et de deux! *(Mouvement.)* Encore un, c'est l'trois. C'est un rouge, tous les rouges c'est tout bon ou tout mauvais. On a oublié de l'faire vacciner, celui-là, est-il grêlé! A-t-il les yeux mauvais, l'brigand! c'est lui qu'a porté les coups à la victime avec son ciseau... Il embrasse son prêtre ; il s'laisse faire, l'calotin, il s'laisse faire, lui... On l'monte... Enlevé *(Mouvement.)*

Titi. — V'là la mère, c'est la dernière. Oh! est-elle petite! qu'est-ce qui dirait une petite gueuse comme ça aussi méchante. Ôtez-y donc son bonnet. Quelle vieille horreur! elle embrasse aussi son prêtre, la scélérate. Ôtez-y donc son bonnet, à la fin, on ne guillotine pas en bonnet ; jamais, jamais, ça s'est jamais fait... *(Un des aides exécuteurs enlève le bonnet de la condamnée.)* A la bonne heure! Tiens, vois donc, Lolo, elle est en titus[21] grise. Oh! qu't'es laide, vieille brûlée ; t'as beau rouler tes gros yeux, va! jouis de ton reste. T'as beau faire... enfoncée... au panier... Alle a pas d'sang! *(Mouvement d'horreur plongé dans l'assemblée.)*

Lolo, *descendant de l'S du réverbère.* — A Clamart! Clamart! Hé! Titi! viens-tu? Hé! Titi! ohé!

Titi. — Non, j'm'en vas.

Lolo. — Es-tu pâle! tu pleures! qu't'es bête! mais c'est des scélérats. Viens donc, viens donc à Clamart, à Clamart!

Titi. — Quoi faire?

Lolo. — J'te l'ai dit, suivons la charrette ; viens,

tenons-nous ensemble, nous les verrons encore quand on les videra ; si par bonheur la charrette s'arrête, nous monterons après ; nous ouvrirons les paniers, nous y toucherons ; c'est comme ça qu'j'ai des cheveux du dernier.

LE DÎNER BOURGEOIS

LA CHAMBRE A COUCHER
DE MADAME JOLY
TRANSFORMÉE EN SALON

SCÈNE PREMIÈRE

M. ET MADAME JOLY, VICTORINE, *à son piano.*

JOLY, *en chemise.* — C'est drôle comme notre chambre à coucher, depuis qu'il n'y a plus de lit, est grande, ça fait un joli salon.

MADAME JOLY, *habillée, un tablier devant elle, les manches retroussées jusqu'au coude.* — Qui est-ce qui te demande ça ? vous restez là, monsieur Joly, depuis ce matin, comme un Terme [22]. Vous ne faites rien, et la compagnie va arriver.

JOLY. — Ah ben ! par exemple ! en voilà une forte, comme un Terme !

MADAME JOLY. — Oui, certainement.

JOLY. — Comment ! je suis levé depuis cinq heures... je suis allé acheter un pain de sucre, rue de la Verrerie... j'ai *été* à la boucherie... j'ai démonté les deux lits... j'ai déplacé la commode, le secrétaire... ça s'est fait tout seul peut-être ?... et je suis là comme un Terme !

Madame Joly. — Et moi, je n'ai rien fait non plus ? c'est amusant, quand on n'a pas de domestique, de faire comme ça la cuisine pour tout le monde !

Joly. — Il faut bien faire quelque chose pour la société... que diable !.. Tu as madame Payen qui te seconde.

Madame Joly. — Oui, voilà une belle aide... Allons... allez donc passer un habit, une cravate ; ne restez donc pas ainsi tout nu devant votre fille... qu'on va venir, j'vous dis... Eh ben ! Victorine, tu regardes toujours dans la rue, tu ne sauras pas ta leçon ce soir.

Victorine. — Dame ! c'est *ennuyant*.

Madame Joly. — C'est ça, tu seras encore timide, et tu feras bouillir du lait à madame Locard, qui prétend qu'il n'y a de bonnes femmes de ménage que celles qui ont été raccommodeuses de dentelle.

Joly. — Oui, c'est vrai, madame Locard ; avec ça qu'elle marie bien son Olympe !

Madame Joly. — J'espère qu'elle ne nous l'amènera toujours pas à dîner aujourd'hui... Ce n'est pas là une connaissance pour Victorine... Va donc, monsieur Joly, au nom de tous les saints !... va donc passer ton habit. *(Joly sort.)*

SCÈNE II

LES PRÉCÉDENTS, MADAME PAYEN

Madame Payen. — Madame, ous-ce qu'est les échalotes ?

Madame Joly. — J'y vais moi-même ; attendez un instant. *(Elle fait l'inspection de la chambre.)* Tiens, v'là ton père qui aura touché aux rideaux avec ses mains sales... Dieu ! quel vilain homme ! *(Elle sort.)*

SCÈNE III

M. Joly, entrant par la porte opposée avec deux pots de jacinthe à la main, qu'il va poser sur la cheminée, renverse l'eau sur le parquet. Il a passé son habit.

Victorine. — Prenez donc garde, papa, vous jetez l'eau par terre ; vous ne regardez jamais à ce que vous faites.
Joly. — Tu as raison... diable !... si ta mère venait à arriver... Tais-toi.
Victorine. — Elle dirait encore... et elle aurait raison.
Joly. — Ce n'est rien, mon minet. *(Il tire son mouchoir de la poche de son habit et essuie le parquet.)*
Victorine. — Avec votre mouchoir de poche... c'est du propre !
Joly. — Il n'y a plus rien... Embrasse-moi, ma petite chérie. *(On sonne.)*
Victorine. — Tenez, papa, on sonne.

SCÈNE IV

LES PRÉCÉDENTS, M. ET MADAME DURET

Joly. — Bonjour madame Duret... permettez... *(Il l'embrasse.)* Ça va bien, depuis hier, monsieur Duret ? Donnez-moi votre chapeau.
Madame Duret. — Et madame Joly ?
Joly. — Elle vient tout à l'heure... Victorine, dis à ta

maman de venir, que monsieur et madame Duret sont ici.

Duret. — Elle est grande comme père et mère.

Joly. — Vous êtes bien bon.

Madame Duret. — Elle apprend toujours la musique ?

Joly. — Comme vous voyez.

SCÈNE V

LES PRÉCÉDENTS, MADAME JOLY

Madame Joly, *entrant*. — Excusez, monsieur Duret ! Comment vous portez-vous ?

Duret. — Permettez, madame... *(Il l'embrasse.)*

Madame Joly. — Ah ! mon Dieu ! qu'il fait chaud aujourd'hui ! ouvre donc un peu, monsieur Joly. *(A voix basse à son mari.)* Va donc chez ton vilain pâtissier, nous n'aurons rien à cinq heures. *(Joly sort.)*

SCÈNE VI

LES PRÉCÉDENTS, *excepté* JOLY

Madame Duret. — J'aime bien votre logement... Dis donc, monsieur Duret, quelle différence avec le nôtre !

Madame Joly. — Le vôtre est bien commode aussi... mais, voyez-vous, il y a un grand inconvénient ici : nous n'avons qu'un boyau de cuisine ; il faut de la chandelle en plein midi ; elle est si petite qu'on ne peut pas s'y retourner... *(Elle lui prend la main.)* Comme j'ai chaud... j'étouffe là-dedans. Je suis tout en nage.

Madame Duret. — Tous les logements ont leur désagrément... Nous tenons au nôtre, parce que M. Duret est à la *proximation* de son bureau.

Duret. — Deux pas.

Madame Duret. — Nous n'y tenons pas autrement. D'abord nous avons des portiers si désagréables! Avec ces gens-là, il faudrait toujours être l'argent à la main. Et encore...

Madame Joly. — C'est comme ici, ni plus ni moins... Ça porte chapeau... Que voulez-vous? le monde renversé.

Madame Payen, *en dehors*. — Madame Joly!

Madame Joly. — J'm'en-y vas... Excusez, madame Duret!... Victorine... avance donc tenir compagnie à M. et madame Duret. (*Madame Joly sort.*)

SCÈNE VII

LES PRÉCÉDENTS, *excepté* MADAME JOLY

Madame Duret. — Eh bien! mademoiselle, toujours raisonnable?

Victorine. — Oui, madame.

Duret. — Nous aimons bien papa et maman?

Victorine. — Oui, monsieur.

Madame Duret. — Toujours votre piano?

Victorine. — Oui, madame.

Duret. — Vous rappelez-vous quand vous veniez à la maison, rue de Paradis?

Victorine. — Oui, monsieur.

Madame Duret. — Vous étiez bien petite.

Victorine. — Oui, madame.

Madame Duret. — C'est une bonbonnière, que cette pièce *ici*.

Duret. — C'est à peu près notre chambre à coucher... s'il y avait une fenêtre de plus. *(Victorine profite du moment où l'on ne fait plus attention à elle pour s'échapper.)*

SCÈNE VIII

DURET, MADAME DURET

Madame Duret. — Elle est bête comme un chou, cette petite fille... Elle ne sait pas dire deux mots.

Duret. — Il ne faudrait pas dire ça devant la mère.

Madame Duret. — On va le dire aussi... Vous êtes singulier, monsieur Duret! vous êtes parfois d'une simplicité...

Duret. — Il me tarde que l'on se mette à table; j'ai mon pauvre estomac sur les talons.

Madame Duret. — Vous savez bien, monsieur Duret, que c'est toujours ici la même chose. Est-ce qu'on sait jamais quand est-ce qu'on dînera? C'est pour cela que je déteste venir dîner ici. Après cela, vous voulez toujours arriver le premier. De quoi avons-nous l'air? d'affamés...

Duret. — Je n'aime pas à me faire attendre.

Madame Duret. — C'est bon d'arriver le premier à votre bureau, et encore... on vous en sait bon gré, n'est-ce pas?

Duret. — Que veux-tu?

Madame Duret. — Il devient bien gras, leur papier; dire que nous avons eu le nôtre en même temps.

Duret. — Nous n'avons pas d'enfants, non plus.

Madame Duret. — A qui la faute? *(On sonne.)*

SCÈNE IX

LES PRÉCÉDENTS, NARGEOT

NARGEOT, *à Victorine, en dehors.* — M. et madame votre mère se portent bien ? *(Il salue en entrant M. et madame Duret.)*

MADAME DURET. — Cette pauvre madame Joly se donne bien du mal. *(Elle va à la fenêtre.)* On a de la vue ici.

NARGEOT. — Beaucoup, oui, madame... Il y aura beaucoup de monde aujourd'hui à la promenade.

MADAME DURET. — Oui, monsieur ; nous avons traversé les boulevards en venant ici : il y avait un monde affreux.

NARGEOT. — Oui, madame, il y a beaucoup de monde dehors.

MADAME DURET. — Nous avons tant de gens qui n'ont que leur dimanche !

NARGEOT. — C'est un fait... que l'on en profite.

MADAME DURET. — Oui, monsieur.

SCÈNE X

LES PRÉCÉDENTS, MADAME JOLY

MADAME JOLY. — Excusez si M. Joly n'est pas là ; il va rentrer tout de suite.

NARGEOT. — Madame, j'ai bien l'honneur.

MADAME JOLY. — Ah ! je ne vous voyais pas de prime abord, monsieur Nargeot. C'est ma fille qui ne me dit rien ; elle a une de ses amies qu'elle cause avec elle de la croisée ; qui ne sort que les dimanches, on ne peut pas l'avoir un instant...

Madame Duret. — Que voulez-vous ? c'est de son âge. *(Duret, fixe et immobile, regarde les tableaux depuis l'arrivée de Nargeot.)*

Madame Joly. — Vous avez raison... Mais on doit aussi être un peu à la société... Comment se portent M. et madame votre mère, monsieur Nargeot ?

Nargeot. — Mais, vous êtes bien honnête... merci, madame, ils vous disent mille choses.

Madame Joly. — Et la pharmacie, comment la gouvernez-vous ?

Nargeot. — Vous me faites honneur.

Madame Duret. — Ah ! monsieur est M. Nargeot... que ses parents sont à Fontainebleau ?

Nargeot. — Oui, madame.

Madame Duret. — Et monsieur est chez l'apothicaire ? Joli état !... Cela vaut mieux que les bureaux.

Madame Joly. — C'est ce que nous disons tous les jours avec M. Joly.

Madame Duret. — Dis donc, Duret !... les bureaux...

Duret, *sortant de sa rêverie, sans changer de place.* — Oui, c'est une jolie partie, au temps où nous sommes.

Madame Joly. — Excusez, je vais faire un tour là-bas.

Madame Duret. — Faites, madame Joly, faites... Ah ! M. votre père est à Fontainebleau... pays du raisin.

Nargeot. — Oui, madame.

Madame Duret. — Il a là un jardin ?

Nargeot. — Non, madame. *(On sonne.)*

SCÈNE XI

LES PRÉCÉDENTS, M. ET MADAME LOCARD

(Ils font en entrant une inclination à laquelle répondent Duret et Nargeot.)

Madame Locard. — Ne vous dérangez pas, madame, je vous prie.

Locard. — Il fait bien beau, aujourd'hui.

Madame Duret. — Oui, monsieur.

Madame Locard. — Je crois que tout Paris est dehors.

Madame Duret. — C'est ce que je disais tout à l'heure à monsieur.

Madame Locard. — Nous venons de traverser les Tuileries ; on jetterait une épingle qu'elle ne tomberait pas par terre. *(Locard va se placer devant les tableaux du côté opposé à celui de Duret.)*

Madame Duret. — C'est de même, madame, aux boulevards.

Madame Locard. — J'ai regretté d'avoir pris ma pelisse.

Madame Duret. — C'est qu'en vérité on y regarde à deux fois de se découvrir... les soirées sont encore froides... J'ai bien une pelisse aussi, madame... mais je ne la porte pas... J'ai un jupon de dessous et ma robe est ouatée. *(On sonne.)*

SCÈNE XII

LES PRÉCÉDENTS, WILSON

(Wilson salue en entrant. Il a l'accent anglais et prononce le seul mot bonjour.*)*

WILSON. — Bonjour. *(Il va se placer auprès de M. Duret. Tous les hommes sont devant les tableaux, les dames devant la cheminée; Wilson marche sur le pied de M. Duret et lui dit* bonjour *pour toute excuse.)*
DURET, *faisant une grimace.* — Bonjour, monsieur.

SCÈNE XIII

LES PRÉCÉDENTS, JOLY

JOLY. — Bonjour, madame Locard; permettez... *(Il l'embrasse.)* Ah! c'est bien aimable à vous d'être venue... Où est donc Locard?... Tiens, je ne vous voyais pas, là-bas... Bonjour, monsieur Nargeot... bonjour, monsieur Wilson... donnez-moi vos chapeaux.
WILSON. — Bonjour.
JOLY. — Mesdames, vous voyez un monsieur qui ne fera pas beaucoup de bruit; monsieur est anglais, et ne parle pas français... *(On sonne.)*
MADAME LOCARD. — Pauvre jeune homme... c'est bien désagréable pour un étranger.
MADAME DURET. — Ah! vraiment oui... venir de si loin...

Le Dîner bourgeois

SCÈNE XIV

LES PRÉCÉDENTS, M. ET MADAME PRUDHOMME

JOLY. — Bonjour, monsieur Prudhomme ; madame, permettez... *(Il l'embrasse.)*
PRUDHOMME, *d'une voix forte et sonore.* — Monsieur Joly, vous ne me demandez pas la permission, à moi. Mesdames, j'ai l'honneur de vous présenter mes devoirs... Messieurs, je suis votre serviteur... Où est donc madame Joly, que je vous rende, monsieur Joly, la monnaie de votre pièce ?

SCÈNE XV

LES PRÉCÉDENTS, MADAME JOLY

MADAME JOLY. — Excusez, mesdames.
PRUDHOMME, *s'avançant.* — Je viens réclamer auprès de vous, madame, un engagement contracté avec M. Joly... permettez... *(Il l'embrasse.)* Il a embrassé madame Prudhomme.
MADAME JOLY, *d'un air aimable.* — C'est de toute justice. *(S'approchant du mari.)* Et ton vilain pâtissier ?
JOLY, *bas à sa femme.* — J'en sors... il me suit.
PRUDHOMME, *s'approchant de l'Anglais.* — Eh bien ! jeune homme, voilà un beau temps pour la promenade ?
MADAME JOLY. — Monsieur ne vous répondra pas ; c'est un Anglais ; il ne parle pas français.
PRUDHOMME. — Ah ! monsieur est d'Albion... Il n'y a pas de mal à ça, monsieur... tous les hommes sont faits

pour s'estimer... et, comme dit la chanson[23] *(Il chante)* :

> Peuples, formons une Sainte-Alliance
> Et donnons-nous la main.   Béranger

Ah! monsieur est anglais... Eh bien! monsieur, comment trouvez-vous notre belle patrie?

WILSON. — Bonjour.

PRUDHOMME. — Bonjour, monsieur. Ah! vous êtes venu comme ça sans savoir la langue; c'est le tort que vous avez eu; car vous devez être embarrassé à chaque pas, dans les endroits publics, au spectacle, partout. Monsieur, je ne verrai peut-être jamais Londres, je suis professeur d'écriture, élève de Brard et Saint-Omer; je demeure ici, rue Thibautodé, n° 17. Et ce n'est point dans cette profession que l'on peut beaucoup donner à ses plaisirs, surtout moi : je suis chargé d'un travail particulier, comme attaché de loin à la magistrature. Mais j'irais dans votre pays, que je crois que j'apprendrais la langue.

WILSON, *impatienté.* — Bonjour.

PRUDHOMME. — C'est précisément parce que vous ne me comprenez pas ; mais, monsieur, il n'y a pas de temps perdu; vous êtes jeune, et, en travaillant, rien ne résiste à l'homme... Comme ça, c'est un voyage d'agrément que vous êtes venu faire à Paris?...

MADAME JOLY. — Allons, messieurs, la main aux dames, s'il vous plaît.

PRUDHOMME. — Comme je le disais tout à l'heure pour les peuples, je l'applique aux dames :

> Formons, mesdames, une Sainte-Alliance
> Et donnons-nous la main.

Madame Joly lui présente sa main ; M. Joly prend celle de madame Duret, M. Duret, celle de madame Locard, et les messieurs restent un quart d'heure à la porte à se faire des politesses.

LA SALLE A MANGER

SCÈNE XVI

La société est introduite ; les membres attendent que les amphitryons leur indiquent les places qu'ils doivent occuper.

Madame Joly. — Madame Locard, là, s'il vous plaît, en face de moi... bien... Monsieur Prudhomme, à côté de madame... Madame Duret, à côté de M. Prudhomme... Monsieur Wilson ?... Joly, dis donc à ton monsieur anglais qu'il se place à côté de madame Duret... bien. Madame Prudhomme, monsieur Nargeot, à côté de moi... Monsieur Locard, à ma gauche... Victorine, mets-toi à côté de M. Nargeot. Tu sais, toi, monsieur Joly, là-bas... Madame Duret, sans vous commander, voulez-vous, s'il vous plaît, servir la soupe ? je reviens à la minute. *(Elle sort.)*

SCÈNE XVII

LES PRÉCÉDENTS, *excepté* MADAME JOLY

Madame Duret. — Volontiers. *(A madame Locard.)* Madame ?

Madame Locard. — Merci, madame... Mais, madame Joly ?

Joly. — Ne vous en inquiétez pas.

Madame Locard, *voulant passer son assiette.* — A madame Prudhomme.

Madame Prudhomme. — Je n'en ferai rien, madame.

Madame Duret, *à madame Prudhomme.* — Madame... *(A M. Locard.)* Monsieur... *(M. Locard fait la politesse à son voisin, et l'assiette fait deux fois le tour de la table à chaque plat nouveau. Le silence le plus profond règne dans la salle pendant la soupe.)*

....
....
....

SCÈNE XVIII

Arrivée du bouilli et de madame Joly.

Madame Joly. — Excusez... mesdames... c'est que j'ai une femme de ménage *qu'est* si maladroite...

Prudhomme, *après avoir mangé sa soupe.* — Ah ! voici une excellente pièce d'estomac.

Madame Joly. — Vous trouvez ?

Prudhomme. — Je ne mens jamais. *(Il offre à boire à ses voisins.)* Voici, dit-on, mesdames, qui ôte un écu de la poche du médecin.

Duret. — Oui, mais qui le remet dans la poche du dentiste.

Prudhomme. — Ah ! je ne savais pas celui-là... il est fort joli. *(On sert le bouilli.)*

Joly. — Ne nous pressons pas ; d'abord, la table n'est pas louée.

Madame Locard. — Voilà un bouilli parfait... Ah! le bon bœuf!...

Madame Duret. — C'est à manger à la cuiller.

Madame Prudhomme, *à M. Joly*. — Est-ce toujours votre même boucher?

Madame Joly. — M. Vesseron?

Joly. — C'était plutôt un ami qu'un boucher.

Madame Prudhomme. — Qui avait épousé une demoiselle Barbier?

Madame Joly. — Il y aura deux ans à la Saint-Nicolas, que je l'aurai quitté. C'était la fête à M. Joly; nous avions du monde à la maison. Tenez, monsieur Nargeot, nous avions, ce jour-là, monsieur et madame votre mère... Si bien que je vais à la boutique ce jour-là, et je demande un morceau de gîte à la noix, ou de la tranche au petit os : pas du tout, pendant que je causais donc au comptoir avec madame Vesseron, voilà que l'étalier, qui était alors un grand insolent que je n'ai jamais pu souffrir... me flanque dans sa balance un gros os qu'ils appellent de la réjouissance, avec un morceau de la culotte.

Prudhomme. — Ah! ah! de la culotte.

Madame Prudhomme. — N'allez-vous pas déjà commencer, monsieur Prudhomme?

Prudhomme. — Pardon, je ne le ferai plus.

Madame Joly. — Voilà la conduite de M. Vesseron à mon égard.

Madame Locard. — Eh bien! c'est comme ça qu'ils achètent des maisons!

Madame Duret. — Et que leurs femmes ont des manteaux rouges et des chapeaux bleus.

Madame Joly. — Eh bien! Victorine... vous n'prenez pas du bouilli... vous n'avez pas faim... vous avez été manger avec la petite voisine... vous savez bien que je vous l'avais défendu... je ne veux plus que vous y retourniez. *(Victorine sanglote.)*

Madame Locard. — Ah ! madame Joly... elle ne le fera plus.

Joly. — Victorine... allons, ma biche... sois raisonnable.

Madame Joly. — Je te prie de te taire, monsieur Joly... si c'était un fils, je ne dirais rien... mais, comme mère, je peux et je dois parler.

Madame Duret. — Allons, madame Joly.

Prudhomme, *à sa voisine*. — Madame, vous servirai-je à boire... Eh bien ! monsieur l'Anglais... comment trouvez-vous notre cuisine ?

Wilson, *embarrassé*. — Bonjour.

Madame Joly. — Oh ! il n'en dira pas plus ; il ne parle pas.

Prudhomme. — Oui..., il n'est pas très fort.

Joly. — Monsieur Nargeot, voici du pain.

Madame Locard. — Je vous en demanderai par la même voiture.

Joly. — Volontiers.

Prudhomme. — Ah ! les bons épinards...

Madame Joly. — Il faut y retourner, monsieur Prudhomme.

Prudhomme. — Merci, belle dame... je vous rends grâce... j'ai déjà bien mangé.

Madame Joly. — Monsieur Nargeot, vous ne buvez pas !

Nargeot. — Faites excuse, madame.

Madame Joly. — Allons, monsieur Duret... retournez donc aux épinards... vous les aimez...

Duret. — Merci... madame.

Madame Joly. — Monsieur Prudhomme, vous ne mangez pas !

Le Dîner bourgeois

PRUDHOMME. — Pardonnez-moi, madame, je suis revenu au bouilli.

MADAME JOLY. — Monsieur Duret, des épinards ; je vous en prie... vous ne voulez pas me désobliger ?

DURET. — C'est pour ne pas vous faire injure.

MADAME JOLY. — Eh bien ! monsieur Locard ?

LOCARD. — Non, merci, madame ; j'y suis revenu.

MADAME JOLY. — Victorine, aide ta mère, nous allons enlever tout ça pour faire place au dessert. Excusez, messieurs et mesdames, nous allons, s'il vous plaît, enlever la nappe de dessus. (*Les conversations sont fort animées entre tous les membres de la société. Wilson seul reste muet.*)

SCÈNE XIX   dessert

LES PRÉCÉDENTS,
MADAME PAYEN *apportant le dessert.*

JOLY. — Tenez, monsieur Prudhomme, faites circuler les flacons.

PRUDHOMME. — Ah ! ça, c'est du derrière des fagots ?

JOLY. — C'est toujours le même... vous le connaissez... du Pouilly.

PRUDHOMME. — Oui... oui... c'est une fort jolie connaissance.

MADAME JOLY. — Allons, messieurs, chacun la sienne... vous allez nous chanter quelque chose.

TOUTES LES DAMES. — Ah ! oui, messieurs.

PRUDHOMME. — Allons, messieurs les jeunes gens !

MADAME DURET. — Allons, monsieur Nargeot.

MADAME JOLY. — Ah ! oui, monsieur Nargeot... en votre qualité de plus jeune.

NARGEOT. — Mais, madame, je n'en sais pas.

MADAME JOLY. — Ah ! que si ! Allons donc, sans façon.

NARGEOT. — Je cherche.

MADAME JOLY. — Comment! votre papa *qu'en* sait tant!

JOLY. — Quelque chose des *Chevilles*[24].

PRUDHOMME. — Ah! oui, de maître Adam.

NARGEOT *chante*.

> Aux soins que je prends de ma gloire
> Se joignent d'autres soins divers;
> Je veux bien vivre dans l'histoire,
> Mais il me faut vivre à Nevers :
> Qu'on me blâme ou non, peu m'importe !
> Trop d'honneur souvent est fatal ;
> Pégase est un cheval qui porte
> Les grands hommes à l'hôpital.

TOUTE LA SOCIÉTÉ. — Bravo! bravo! très bien.

MADAME LOCARD. — Allons, messieurs, à la ronde.

MADAME JOLY. — Allons, monsieur Duret.

DURET. — Ah! mesdames, il y a longtemps que je n'ai chanté.

MADAME DURET. — Si... va donc... Duret : *Sans la gaieté*[25].

DURET.

> Sans la gaieté, sans les amours,
> Tristement vous passez vos jours
> ....
> ....
> Sans la gaieté, sans les amours,
> Tristement vous passez vos jours.

Je ne me rappelle pas; te rappelles-tu, madame Duret?

MADAME DURET.

> Sans la gaieté, sans les amours,
> ....
> Tristement vous passez vos jours ;
> C'est un cruel martyre...

Duret. — Ah! oui.

> C'est un cruel martyre.
> Sans la gaieté, sans les amours,
> Tristement vous passez vos jours ;
> C'est un cruel martyre.

Je ne me rappelle pas du tout.
Madame Joly. — Si fait, mais très bien.
Duret.

> C'est un cruel martyre.
> En France on fait très peu de cas
> ....
> En France on fait très peu de cas
> De tous ces messieurs qui n'ont *point*
> Le petit mot, le petit mot pour rire.

On applaudit.

Prudhomme. — Très bien, très bien... Sans la gaieté, sans les amours, le fait est que le reste est bien peu de chose..., Messieurs, je propose de boire à la santé de madame Joly.

Toute la table. — A la santé de madame Joly ! *(On se lève et on trinque.)*

Madame Joly. — A M. et à madame votre mère, monsieur Nargeot.

Prudhomme. — Aux dames !... *(On se rassied.)* C'est à monsieur l'Anglais... c'est à vous, monsieur. *(Il lui fait des signes.)*

Wilson. — I cannot.

Prudhomme. — Je ne sais pas... je ne sais comment faire.

Madame Joly, *lui fait des signes.* — Oui ! *(Wilson se dispose à chanter ; silence dans l'auditoire.)*

Wilson *chante*[26].

> Oh the gallant fisher's life,
>   It is the best of any,
> 'Tis full of pleasure, void of strife,
>   And 'tis belov'd by many.
>   Other joys
>   Are but toys,
>   Only this
>   Lawful is,
>   For our skill
>   Breeds no ill,
>   But content and pleasure.

TOUT LE MONDE. — Très joli, très joli.

MADAME DURET. — Ah ! c'est charmant.

WILSON *continue*.

> In a morning up we rise,
>   Ere Aurora's peeping,
> Drink a cup to wash our eyes,
>   Leave the sluggard sleeping.
>   Then we go
>   To and fro,
>   With our knacks
>   At our backs,
>   To such streams
>   As the Thames,
>   If we have the leisure.
>
> When we please to walks abroad
>   For our recreation,
> In the fields is our abode,
>   Full of delectation.
>   Where in a brook
>   With a hook,
>   Or a lake
>   Fish we take,
>   There we sit,
>   For a bit
>   Till we fish entangle.
>
> We have gentles in a horn
>   We have paste and worms too,
> We can watch both night and storms too.

Le Dîner bourgeois

>   None do here
>   Use to swear,
>   Oaths do fray
>   Fish away,
>   We sit still,
>   And watch our quill;
> Fishers must not wrangle.
>
> If the sun's excessive heat
>   Make our bodies swelter,
> To an osier hedge we get
>   For a friendly shelter
>   Where in a dike
>   Pearch or pike,
>   Roach or dace,
>   We do chase,
>   Bleak or gudgeon
>   Without grudging.
>   We are still contented.

MADAME JOLY. — C'est très joli.

MADAME LOCARD. — Mais ça le fatigue peut-être, ce jeune homme ?

WILSON *continue*.

>   Or we sometimes pass an hour
>   Under a green willow,
>   That defends us from a shower,
>   Making earth our pillow
>   Where we may
>   Think and pray,
>   Before death
>   Stops our breath :
>   Other joys
>   Are but toys,
>   And to be lamented.

TOUT L'AUDITOIRE. — Bravo! bravo!

MADAME JOLY. — Allons, Victorine, chante-nous un morceau.

VICTORINE. — Mais, maman... je n'ose pas.

Madame Joly. — Allons donc... mademoiselle, ne faites pas la sotte. Allons, levez-vous... tenez-vous droite. Allez, son père, soufflez-la... vous savez :
Je n'aimais plus...[27]

Joly, *soufflant.*
Tu n'aimais plus...

Victorine *se lève et chante.*
Je n'aimais plus...

Madame Joly. — Tenez-vous droite, mademoiselle ; vous avez l'air d'une contrefaite.

Victorine.
Tu n'aimais pas...

Joly.
J'étais triste et rêveur.

Victorine.
Je n'aimais plus...
J'étais triste et rêveur.

Joly.
Ne touchant plus à ton luth sonore...

Victorine.
je n'aimais plus, j'étais triste et rêveur,
Ne touchant plus à mon luth sonore
Avec pitié l'Amour vit ma douleur.

Joly.
Tu n'aimes plus, tu veux chanter encore.

Victorine.
Je n'aime plus, je veux chanter encore.

Madame Joly. — Asseyez-vous, mademoiselle, on a assez de vos chansons. *(Victorine pleure.)* Je vais envoyer les pleurnicheuses tout à l'heure à la porte.

Madame Locard, *à M. Prudhomme.* — Allons, monsieur, à votre tour.

Prudhomme. — Volontiers, madame ; mais je ne sais guère que des couplets de comédie.

Le Dîner bourgeois   123

Madame Locard. — Eh bien, va pour des couplets de comédie.

Prudhomme. — Le couplet que je vais chanter est tiré de la pièce des *Deux Pères ou la Leçon de botanique*[28], fort joli ouvrage, qui a eu certainement beaucoup de succès, et qui le méritait, dans son temps.

M. *Forlis* est le père de la jeune personne. C'est *Vertpré* qui, ayant créé le rôle, est mort fou[29]. Bon acteur, très bon acteur, *Vertpré*. L'autre père, celui du jeune homme, c'était *Hippolyte*... *Hippolyte*... c'était son nom de théâtre, l'autre DUBUISSON ; mais il avait plusieurs cordes à son arc, il peignait très bien la miniature[30], et j'ai été dans la garde nationale avec lui... Prosper, le fils de *Vertpré*, qui était *Henry*, retiré avec pension, faisait alors avec Julien les délices de la rue de Chartres[31] ; *madame Belmont*, qui a épousé *Henry*, qui a été de là à Feydeau, en quittant le Vaudeville, son berceau, où elle était adorée[32], et Rustique, le jardinier, qui était *Carpentier* qui s'est tué[33] ; *Fichet*, qui ressemblait tellement à la marchande de gâteaux de Nanterre[34], qu'on la disait sa sœur. Le fait est que dans une pièce qu'on représentait alors, le *Boguey renversé*[35], il représentait la marchande de gâteaux de Nanterre, à s'y tromper, *Fichet*, son triomphe, il lui ressemblait comme deux gouttes d'eau.

Voici donc l'analyse de la pièce :

M. *Forlis* ne veut pas que sa fille fréquente Prosper, qui est donc le jeune homme, *Henry*, dont le père, *Hippolyte*, est en Amérique ; il l'a retenue le matin sous la clef ; Prosper est venu au rendez-vous, ne l'a pas trouvée, lui fait des reproches et elle lui répond. *(Il chante.)*

> Sous la clef j'étais retenue ;
> Mon père m'ouvre et promptement
> Vers vous, Prosper, je suis venue
> Sans m'arrêter aucun *moment* (*bis*) ;
> Sans m'arrêter aucun *moment* ;
> Courant toujours sans perdre haleine,
> Rien ne pouvait me *retenir*,
>
>> *Avec intention marquée.*
>
> Et même auprès de la fontaine,
>   J'ai passé sans m'y regarder (*bis*).
>
> En chœur, s'il vous plaît, mesdames et messieurs.
>
>> *Avec intention marquée.*
>
> Et même auprès de la fontaine,
>   J'ai passé sans m'y regarder (*bis*).
>   J'ai passé sans m'y regarder (*bis*).

MADAME JOLY. — Bravo, bravo ! Ah ! monsieur Prudhomme, vous êtes toujours aimable... Comment faites-vous pour toujours chanter si bien ?

PRUDHOMME. — Ah ! madame... j'ai un peu de goût, et j'ai *vu* beaucoup vu chanter.

MADAME JOLY. — C'est très bien.

MADAME DURET. — Est-ce que monsieur Joly ne chantera pas ?

MADAME JOLY. — Ah ! ben oui ! monsieur Joly ! il va faire passer la société au salon. Allons, messieurs, la main aux dames ! (*La société quitte la salle à manger et passe dans le salon.*)

UN VOYAGE
EN DILIGENCE

Les scènes se passent dans la cour, dans les bureaux et dans l'intérieur de la diligence. Les parents, les amis, les connaissances, les portiers, les commissionnaires et les oisifs se pressent autour des voyageurs. Les chevaux sont à la voiture.

LA COUR DE LA DILIGENCE

UN VOYAGEUR, UN AMI

L'AMI. — Je crois que vous aurez du soleil sur le midi.

LE VOYAGEUR, *fermant son parapluie*. — Je n'en sais rien, le temps cependant a l'air pris pour toute la journée.

L'AMI. — Où êtes-vous placé ?

LE VOYAGEUR. — Sur la banquette.

L'AMI. — C'est la place la plus agréable ; on a de l'air, au moins.

LE VOYAGEUR. — Je me passerais bien du brouillard de ce matin.

L'AMI. — Pas moi ; ça aura abattu la poussière.

LE VOYAGEUR. — Je vais un instant au bureau : vous ne partez pas encore ?

L'AMI. — Non ; je veux vous voir monter en voiture.

Le voyageur entre au bureau.

UN PETIT GARÇON DE SEPT A HUIT ANS,
LE PÈRE, LA MÈRE, *tenant un enfant dans ses bras*,
UN INCONNU

LA MÈRE. — Êtes-vous sûr, au moins, que nous allons bientôt partir ?

LE PÈRE. — Certainement, puisque les chevaux sont à la voiture.

LA MÈRE. — Que je suis fatiguée... Je n'ai pas fermé l'œil de la nuit.

LE PÈRE. — Et moi donc ! Tu dormiras dans la voiture.

LA MÈRE. — Avec un enfant sur les bras, n'est-ce pas ?

LE PÈRE. — Qu'est-ce que tu veux que j'y fasse... Allons, monte.

La mère se place dans la rotonde.

LE PETIT GARÇON. — Papa, je voudrais bien aussi y aller, dans la voiture.

LE PÈRE. — File... et laisse-nous tranquilles.

L'INCONNU. — Dès que vous serez arrivés, tu auras de mes nouvelles.

LE PÈRE. — Donne-moi le passeport.

L'INCONNU. — J'allais oublier... le voici... On ne te le demandera peut-être pas... ce ne serait que dans le cas...

LE PÈRE. — Est-ce là tout ?...

L'INCONNU. — Voici cent francs *qu'elle* m'a donnés.
LE PÈRE. — Tu n'as que ça... Donne ; qu'on ne te voie pas avec moi [36].
L'INCONNU. — Adieu. Quand nous reverrons-nous ?
LE PÈRE. — Oui... quand ?
L'INCONNU. — Adieu.
LE PÈRE. — Jamais ici... je l'espère bien.

L'inconnu s'éloigne, le père monte en voiture.

UNE PARENTE, UN AMI, UN VOYAGEUR

LA PARENTE. — Théodore, tu nous écriras, n'est-ce pas ? Tu n'oublieras pas de voir les Duret ?
LE VOYAGEUR. — Sois tranquille.
L'AMI. — Où es-tu placé ?
LE VOYAGEUR. — Dans la rotonde.
L'AMI. — C'est la meilleure place... Tu diras à M. Borel qu'il nous envoie de nouveaux échantillons... Bien des choses à Dufour, à Magnien, à tout le monde. Tu as ma lettre ?
LE VOYAGEUR. — Dans mon portefeuille.
LA PARENTE. — Si tu vois Félicité, tu lui diras ce que je t'ai dit relativement à Cabiran.
LE VOYAGEUR. — Qu'est-ce qu'on attend ? les chevaux sont depuis deux heures à la voiture.
L'AMI. — Tu as ton manteau, n'est-ce pas ?
LE VOYAGEUR. — Oui, dans la machine.
L'AMI. — Il ne fait pas froid de jour, on ne peut pas dire qu'il fasse froid ; mais les nuits sont froides... Tu auras la complaisance, n'est-ce pas, de remettre toi-même la note à M. Deslandes ?
LE VOYAGEUR. — Aussitôt arrivé.

La parente. — Tu diras aussi à Félicité que tout ce qui a eu lieu, c'est bien par sa faute, que si elle avait bien voulu...

L'ami. — Vous arriverez demain ?

Le voyageur. — Après-demain... Deux jours et deux nuits...

L'ami. — Oui ! tiens, c'est vrai ; de bonne heure même... J'ai fait cette route-là trente fois au moins, je ne me rappelle jamais.

La parente. — Et à Sophie, si tu la vois chez son oncle, bien des choses : tu lui diras qu'elle m'écrive.

Le voyageur. — Je vais voir un peu au bureau où sont mes effets.

Il entre au bureau.

PERRIER, GIRAUD, PLUSIEURS VOYAGEURS

Perrier. — Tiens !... vous v'là, monsieur Giraud ?

Giraud. — C'est vous, monsieur Perrier... vous partez aujourd'hui ! Je ne vous savais pas à Paris.

Perrier. — Comme vous voyez.

Giraud. — Je suis bien aise d'être avec vous ; quand on est comme ça d'connaissance... Et votre frère ?

Perrier. — Mais merci... Il est resté, lui..., vous savez, il ne peut guère quitter ; il en faut toujours un de nous deux à la maison... Nous sommes trois de chez nous là-haut.

Giraud. — Qui donc ça ? Où donc qui sont ?

Perrier. — Ils étaient là tout à l'heure... Y a d'abord M. Lefèvre.

Giraud. — Bah ! M. Lefèvre est avec vous ? Et puis qui encore avec ?

Perrier. — Le fils Bourdin... le fils Pécoux.

Giraud. — Tiens, tiens, tiens... Et vous êtes venu à Paris faire vos bamboches, vous, farceur ? chercher une femme ?

Perrier. — Oh ! pas ici ; elles ne voudraient pas de moi.

Giraud. — Pourquoi pas ?... Allez, ici comme partout... y a du bon et du mauvais : c'est une loterie... Ah ! le fils Bourdin est avec vous ?

Perrier. — Mon Dieu, oui.

Giraud. — Et sa sœur, comment s'en est-elle tirée avec son mari ?

Perrier. — Dame ! Elle s'en est tirée que l'père Bourdin a tout remboursé.

Giraud. — Ah ça ! combien sont-ils donc encore de ces Bourdin-là ?

Perrier. — Ils sont encore... deux garçons et trois demoiselles, en comptant celle qu'est mariée.

Giraud. — Oui-da... J'ai vu un temps, moi, que ces gens-là étaient si bien ! Je vous parle de quand ils ont commencé à faire bâtir. Tenez, rappelez-vous ce que je vous dis là, monsieur Perrier, c'est une fortune qui s'en ira en os de boudin.

Perrier. — Je n'voudrais pas avoir à donner ce qu'ils ont à payer là-dedans.

Giraud. — Ni moi... Comme ça, vous n'êtes pas fâché de vous en retourner ?

Perrier. — C'est-à-dire, oui et non... Je suis fâché sans l'être.

La conversation n'offre rien de bien remarquable jusqu'à l'arrivée du fils Bourdin.

LES PRÉCÉDENTS, BOURDIN

Perrier. — Je vas un peu voir ousce que sont les autres.

Il s'éloigne.

Giraud. — Allez, allez... bonjour, monsieur Bourdin... Vous êtes donc des nôtres ?

Bourdin. — Oui, monsieur Giraud. Vous v'là donc à Paris ?

Giraud. — Comme vous voyez.

Bourdin. — Vous n'avez pas vu Perrier par ici ?

Giraud. — Il était là il n'y a pas deux minutes.

Bourdin. — Nous sommes là-haut, tous pays.

Giraud. — Oui, Perrier m'a conté ça... Est-ce qu'il ne viendrait pas un peu à Paris pour se marier ?

Bourdin. — Lui, Perrier ? oh ! non. J'crois qu'c'est plutôt pour bambocher.

Giraud. — Je m'disais ben aussi... Ils n'ont pas d'affaire ici... Le père Perrier a laissé des écus, et ses garçons vont les faire rouler, j'vois ça d'ici. Dame ! c'est tout simple, ils sont jeunes ; après ça... le père n'était pas ben riche... ses enfants ly ont coûté gros.

Bourdin, *répétant la phrase de Perrier.* — Je n'voudrais pas avoir à donner ce qu'ils ont à payer là-dedans.

Giraud. — Ni moi.

UNE JEUNE PERSONNE, UN JEUNE HOMME

La jeune personne. — Adieu, chéri ; tu m'écriras, n'est-ce pas ? Tu adresseras tes lettres à madame Parmentier, rue du Vieux-Marché.

Le jeune homme. — Oui... allons, adieu... allons, voyons, ne fais pas l'enfant.

La jeune personne, *les larmes aux yeux.* — Adieu ! Tu ne m'embrasserais pas, toi.

Le jeune homme. — Si, voyons.

Il l'embrasse.

La jeune personne. — M'écriras-tu ?

Le jeune homme. — Oui, j'te dis.

Le conducteur. — En voiture, messieurs, en voiture !

La jeune personne, *dans la diligence.* — Chez madame Parmentier.

Le jeune homme. — Oui, oui... Allons, adieu.

La jeune personne. — Rue du Vieux-Marché...

> *La jeune fille cache sa figure dans son mouchoir.*
>
> *Le jeune homme s'éloigne en allumant un cigare.*

une vieille dame, *un petit chien sous le bras, suivie d'une servante portant une chaufferette.*

La vieille dame. — J'espère que vous n'avez pas donné un centime de plus à cette horreur de cocher ? J'aurais mille fois préféré venir à pied que dans son infernale voiture... Voyons, quand vous resterez là plantée comme une borne ? Voyez à allumer ma chaufferette chez le portier. Où suis-je placée ? où est l'intérieur maintenant ?

Un commissionnaire. — C'est ici, madame, donnez-moi votre petit chien.

Le petit chien laisse échapper un cri d'effroi.

La vieille dame. — Voulez-vous bien ne pas porter la main sur ma petite bête, vilain butor ?

Le commissionnaire. — Il est gentil, vot'chien !

La vieille dame. — Il est ce qu'il est... insolent !

Le conducteur. — Allons, allons, madame, finissons-en !

La vieille dame. — J'en finirai, j'en finirai, quand cela me plaira.

Les voyageurs. — Partirons-nous aujourd'hui, conducteur ?

Le conducteur. — Vous voyez, madame, c'est vous qui faites attendre.

La vieille dame. — C'est moi, c'est moi... Ces messieurs ont bien peu d'égards pour une femme : j'attends ma domestique. *(S'adressant à la jeune personne qui vient de monter.)* Mademoiselle, donnez-moi ma place.

La jeune personne. — Mais, madame...

La vieille dame. — Il ne s'agit pas de tout cela, mademoiselle, je veux ma place, il me faut ma place.

La jeune personne. — C'est ma place, madame ; pourquoi voulez-vous me la prendre ?

Elle pleure.

Un monsieur *aux moustaches épaisses.* — Vous ne devez pas non plus, madame, prendre toute une diligence pour votre ménagerie.

La vieille dame. — Ma ménagerie ! ma ménagerie paye, monsieur ; et d'ailleurs ça ne vous regarde pas. Vous ne voulez décidément pas me donner ma place ?

Le voyageur *aux moustaches épaisses.* — Pas possible.

Un voyage en diligence

La vieille dame. — C'est ce qu'il faudra voir. Ah ! je n'aurai pas ma place ! Je ne partirai plutôt pas.

Elle entre au bureau.

L'homme *aux moustaches*. — A l'honneur de vous voir... Voulez-vous ma place, mademoiselle ?
La jeune personne. — Merci, monsieur.
Les voyageurs. — Conducteur, partons-nous ?
Le conducteur. — Quand nous serons chargés. Nous avons des voyageurs en retard... Allons donc, là-bas ! monsieur, est-ce pour aujourd'hui ? C'est se moquer du monde, aussi ça, à la fin !
M. Mignolet. — Je me suis assez pressé; ce n'est pas à moi qu'il faut vous en prendre, c'est ma femme qui me fourre un tas de choses dans les poches... elle aurait plus tôt fait de me donner quatre malles de plus... comme je lui disais : Stéphanie, donne-moi quatre malles de plus...
Le conducteur. — Vous nous conterez cela demain.
M. Mignolet. — Toussaint, vous direz à madame Mignolet qu'elle vous envoie chez l'huissier, si le quinze, à deux heures, le premier n'a rien envoyé, et vous mettrez immédiatement après l'écriteau. Vous m'entendez ?
Le portier. — Oui, monsieur. Adieu, monsieur, bon voyage !
M. Mignolet. — Merci, Toussaint ; et vous aussi. Prenez donc garde, monsieur le conducteur, vous allez briser cette petite caisse.
Le conducteur. — Est-ce qu'elle est en cristal ? Eh bien ! chargez-vous-en alors.

Il s'éloigne.

M. Mignolet, *au commissionnaire*. — Vous prendrez attention à cette caisse, s'il vous plaît ?

Le commissionnaire. — C'est donc vous qui faites attendre comme ça ?

M. Mignolet. — Je me suis assez pressé : ce n'est pas à moi qu'il faut s'en prendre, c'est ma femme qui me fourre un tas de choses dans les poches...

Le commissionnaire, *lui donnant une bourrade*. — Gare la graisse ! Voulez-vous vous faire écraser ?

M. Mignolet. — Vous êtes un brutal... Où faut-il m'adresser pour ma place ?

Le commissionnaire. — Au bureau.

M. Mignolet. — En vous remerciant.

LE BUREAU

M. MIGNOLET, QUATRE COMMIS

M. Mignolet, *s'adressant au second commis, qui, le nez au vent, termine son déjeuner*. — Monsieur, pardon si je vous dérange, seriez-vous assez bon pour m'indiquer la place que je dois occuper dans la diligence, et que mon portier a dû arrêter avant-hier matin ? Un nommé Toussaint.

Le second commis, *ricanant*. — Qu'est-ce que vous voulez ?

M. Mignolet. — Monsieur, voulez-vous me faire l'honneur...

Le second commis, *indiquant son voisin de droite*. — Adressez-vous à monsieur.

M. Mignolet, *au premier commis*. — Monsieur, seriez-vous assez bon...

Le premier commis ne répond pas.

Le second commis, *à son voisin*. — As-tu vu Girard depuis son mariage ?

Le premier commis. — Je l'ai vu une fois.

M. Mignolet. — Mille pardons, monsieur, si je vous interromps.

Le second commis. — Sa femme est assez gentille...

M. Mignolet. — Monsieur, puis-je savoir...

Le second commis. — Froidasse... Qu'est-ce que vous réclamez ?

M. Mignolet. — Ce n'est point, monsieur, une réclamation que j'ai à faire... Je désirerais seulement savoir...

Le premier commis. — Savoir quoi ?

M. Mignolet. — Quelle place je dois occuper dans la diligence.

Le troisième commis, *arrangeant ses ongles, et de sa place*. — Où Girard a-t-il trouvé cette femme-là ?

> *Mignolet reste toujours immobile devant le premier commis.*

Le premier commis. — Adressez-vous au fond de la cour, au bureau de Valenciennes.

M. Mignolet. — Mais, monsieur, j'ai l'honneur de faire observer que je ne vais pas à Valenciennes.

Le premier commis. — C'est bien une femme de vingt-cinq ans, n'est-ce pas ?

M. Mignolet. — En vous remerciant, messieurs, j'ai l'honneur de vous saluer.

Le plus plaisant des commis. — Enchantés d'avoir fait votre connaissance.

> *Mignolet sort du bureau.*

LA COUR DE LA DILIGENCE

M. DE VERCEILLES, ERNESTINE, *sa fille*, L'ABBÉ BLONDEAU, LAURENT, *domestique*

M. DE VERCEILLES. — Eh bien ! mon cher abbé, avez-vous assez tourné autour de la voiture ? Êtes-vous persuadé à présent qu'Ernestine et moi nous ne courons pas risque de la vie en voyageant dans le coupé d'une diligence ?

L'ABBÉ. — C'est qu'il me paraît si extraordinaire de voir monsieur le comte voyager comme un premier venu !

M. DE VERCEILLES. — Un premier venu ! Le temps n'est-il pas aux premiers venus ? Il n'y a rien de plus à la mode que les premiers venus, aujourd'hui.

L'ABBÉ. — Enfin, vous avez préféré cela à la poste.

M. DE VERCEILLES. — Mais, mon Dieu ! je sais fort bien que j'aurais pu prendre la poste, si j'avais voulu prendre la poste ; mais je ne l'ai pas voulu. La poste, c'est toujours l'administration. Je me méfie de tout ce qui tient à l'administration ; que voulez-vous ? c'est plus fort que moi.

L'ABBÉ. — Je ne dis pas que monsieur le comte ait tort. Cependant...

M. DE VERCEILLES. — Les postillons, les préfets, tout cela se tient. La belle nécessité qu'on puisse me suivre à la piste tout le long de mon voyage[37].

ERNESTINE. — Mon père ! mon père !

M. DE VERCEILLES. — Est-ce que ce que je dis est trop fort ?

ERNESTINE. — Dans la cour d'une diligence ! vous qui êtes si prudent ?

M. de Verceilles. — Vraiment, avec cette petite fille-là je ne pourrai bientôt plus rien dire.

L'abbé. — Vous ne voulez pas entrer dans le bureau en attendant le départ ?

M. de Verceilles. — Dans le bureau ! Pour être avec qui ? Je suis sûr que cela incommoderait Ernestine. Les bureaux de voitures sentent toujours le poulailler.

L'abbé. — Je crains que vous ne preniez de l'humidité ici.

M. de Verceilles, *à un garçon d'écurie*. — Monsieur, quand partira-t-on ?

Le garçon. — Tout de suite, monsieur, tout de suite.

M. de Verceilles. — Allez-vous-en, l'abbé, allez-vous-en. La fraîcheur du matin ne vaut rien pour votre catarrhe ; remontez dans la calèche et retournez à l'hôtel.

L'abbé. — Je voudrais vous voir embarqués auparavant.

M. de Verceilles. — Il me semble que vous en savez assez pour pouvoir tranquilliser la comtesse. Vous êtes bien sûr que la voiture est solide, qu'Ernestine, moi et Marie nous serons fort à l'aise dans le coupé...

L'abbé. — Parce que mademoiselle Ernestine est mince.

M. de Verceilles. — Il faut espérer que dans un voyage de vingt-quatre heures elle n'engraissera pas assez pour nous gêner.

L'abbé. — Assurément.

M. de Verceilles. — Alors, l'abbé, rien ne doit vous retenir. Allez-vous-en. Ma fille, où est donc Marie ?

Ernestine. — Elle va revenir. J'avais oublié quelque chose dans la calèche.

M. de Verceilles, *à Laurent*. — Laurent !

Laurent. — Monsieur le comte ?

M. de Verceilles. — Vous allez dans l'intérieur ; je

vous répète encore de ne pas dire un mot ; ne parlez même pas de la pluie ni du beau temps.

Ernestine. — Quand nous serions des conspirateurs...

M. de Verceilles. — Ernestine, Ernestine, croyez que je n'ai pas entièrement perdu la tête.

Ernestine. — Je ne dis pas cela, mon père.

M. de Verceilles. — Ce n'est pas la première fois que je me trouve dans des temps comme ceux-ci. On n'a jamais trop de circonspection.

L'abbé. — Il est certain que nous sommes sur un volcan...

M. de Verceilles. — Ces jeunes têtes-là ne savent la conséquence de rien.

Le conducteur. — Monsieur, excusez ; c'est-il vous qu'est au coupé ?

M. de Verceilles. — Oui.

Le conducteur. — Combien monsieur est-il ?

M. de Verceilles. — Les trois places.

Le conducteur. — Alors, monsieur peut monter.

M. de Verceilles. — Il va nous falloir attendre Marie, à cette heure.

Ernestine. — La voici, mon père.

M. de Verceilles, *à Marie*. — Allons donc, mademoiselle ; allons donc ! Adieu, l'abbé. Faites travailler mon petit Paul ; n'écoutez pas sa mère ; vous connaissez ma femme, elle a toujours peur qu'on ne fatigue son fils.

L'abbé. — L'enfant est délicat.

M. de Verceilles. — Je ne dis pas de forcer ; mais il y a une mesure dans tout. Profitez aussi du temps que je n'y serai pas pour empêcher tout doucement le petit bonhomme du général de venir aussi souvent déranger vos leçons.

Un voyage en diligence 139

L'abbé. — Depuis huit jours il a des engelures aux talons.

M. de Verceilles. — Je ne le savais pas. Tant mieux. *(Il va pour monter en voiture.)* L'abbé, encore un mot ; défendez à Simon, en vous reconduisant, de mettre les chevaux au galop ; il n'en fait jamais d'autre quand je ne suis pas là.

L'abbé. — Que monsieur le comte soit sans inquiétude, j'y veillerai. Bon voyage, mademoiselle.

Ernestine. — Et vous, monsieur Blondeau, soignez-vous bien.

M. l'abbé s'éloigne. M. de Verceilles, sa fille et Marie sont placés dans le coupé.

Adrien, *une pipe à la bouche.* — Eh bien ! est-ce qu'on ne part pas aujourd'hui ? Est-ce qu'on attend un changement de ministère ? *(Au commissionnaire.)* Thomassin, où as-tu mis mon portemanteau ?

Le commissionnaire. — Un portemanteau et un carton à chapeau ?

Adrien. — Précisément.

Le commissionnaire. — J'viens d'monter tout ça.

Adrien. — Très bien.

Il chante.

L'or est une chimère.
Sachons, sachons nous en servir [38].

Le commissionnaire. — Il y a longtemps qu'on n'vous a vu par ici, monsieur Adrien.

Adrien. — Oui, c'est vrai.

J'ai longtemps parcouru le monde,
Et l'on m'a vu, soir et matin [39]...

C'est Cherrier qui part aujourd'hui ?

Le commissionnaire. — Non, monsieur, il est sur Toulouse.

ADRIEN. — Tiens, c'te farce... c'était un bon enfant... J'ai été bien des fois avec lui... un vrai chauffeur ! C'est donc Fournais, alors ?

LE COMMISSIONNAIRE. — Oui, monsieur.

ADRIEN. — Sais-tu si c'est qu'il a vendu son chien d'chasse !

LE COMMISSIONNAIRE. — Faut croire que oui... j'ne le vois plus avec.

ADRIEN. — Il l'aura vendu.

LE CONDUCTEUR. — A cheval, à cheval !... *(Apercevant Adrien.)* Tiens, c'est vous, farceur, qui vous faites attendre comme ça ?

ADRIEN. — Bonjour, Fournais. Comment, attendre ? J'étais là, tranquillement, au café, avec Leclère et son épouse, à consommer un petit verre en attendant le son du galoubet. Il y a longtemps que nous avons été ensemble ; et votre chien ?

LE CONDUCTEUR. — Je n'l'ai plus... Bon ! Tonnerre de Dieu ! encore un voyageur ?... nous coucherons ici, c'est sûr. Allons donc, monsieur, c'est ridicule aussi, ça !

M. PRUDHOMME, MADAME PRUDHOMME,
CLOTILDE

M. PRUDHOMME. — Ouf ! je n'en puis plus... je suis tout en nage... je n'ai pas un fil de sec... Figurez-vous que je me suis aperçu au milieu du chemin que j'avais oublié une partie de mes effets.

LE CONDUCTEUR. — Sacré n... de D...! vous ne risquez rien, vos effets partiront un autre jour.

MADAME PRUDHOMME. — Comment, un autre jour !

M. PRUDHOMME. — Calme-toi, Gabrielle, calme-toi... C'est le premier mouvement.

Un voyage en diligence

Le conducteur. — Vous arrivez justement au moment de partir ; il faut tout défaire à présent ; que le diable vous...

Le reste de la phrase reste dans ses dents.

Madame Prudhomme. — Vous emporte vous-même... Je n'ai jamais vu un manant pareil.

M. Prudhomme. — Méprise, Gabrielle, méprise ces invectives... Dieu ! que j'ai chaud !

Madame Prudhomme. — Et dire qu'il n'y a pas ici un endroit où tu pourrais changer de chemise !

M. Prudhomme. — Que veux-tu ! à la guerre comme à la guerre.

Le conducteur, *sur l'impériale.* — Montez donc, monsieur !

M. Prudhomme. — Adieu, Gabrielle, tu m'écriras... adieu, Clotilde, ferme bien les portes... adieu.

Madame Prudhomme. — Je veux te voir monter.

M. Prudhomme. — Ne reste pas sous la roue... adieu... *(Il fait des efforts inouïs pour atteindre au marchepied.)* Je ne pourrai jamais parvenir à franchir cette distance. Conducteur, procurez-moi un gradin, un marchepied, quelque chose...

Adrien. — Le fait est que monsieur n'a pas l'élasticité d'une plume. On est allé chercher plusieurs gradins, monsieur.

M. Prudhomme. — Ah ! monsieur, mille remerciements... Je n'avais pas encore eu l'honneur de vous voir.

Les voyageurs. — Allons donc, messieurs, allons donc !

Adrien. — Cette dame qui était là est votre épouse, monsieur ?

M. Prudhomme. — Oui, monsieur... c'est un modèle...

ADRIEN. — Comme taille.

M. PRUDHOMME. — Sa taille, monsieur, n'est plus ce qu'elle a été ; mais c'est une femme qui, à son âge, est encore à savoir ce que c'est qu'un corset... Eh bien, ce marchepied ?

ADRIEN. — Je vais vous aider... hissez-vous... Hé houp !... houp-là !... aidez-vous, ou j'lâche tout.

Adrien laisse M. Prudhomme suspendu qui retombe sur le pied d'un voyageur.

LE VOYAGEUR. — Que le diable vous emporte !

M. PRUDHOMME. — Je vous demande un million de pardons, monsieur ; c'est par une cause bien indépendante de ma volonté si je vous ai écrasé le pied. Je vous en demande mille pardons.

LE VOYAGEUR. — On fait au moins attention à ce qu'on fait.

M. PRUDHOMME. — Ceci est une leçon pour moi, monsieur, une bien grande.

LA VIEILLE DAME. — Il n'y a pas moyen de se faire rendre justice. Je veux ma place... je veux ma place !

L'HOMME *aux moustaches*. — Vous voilà encore, madame... vous ne deviez pas partir ?

LA VIEILLE DAME. — Eh bien, monsieur, je pars, ne serait-ce que pour vous faire damner.

M. Prudhomme a pu se placer dans la diligence ; Adrien est monté sur l'impériale ; tous les voyageurs sont à leur place ; le postillon est sur son siège. Les parents se précipitent aux portières. On entend ces mots : « Adieu, adieu, tu nous écriras. Vous nous donnerez de vos nouvelles. Bien des choses à tout le monde, vous n'oublierez pas ce que je vous ai dit. Vous avez le petit panier ? Allons, adieu. » L'arrivée du conducteur impose silence ; la diligence part au galop. Adrien, placé à la droite du conducteur, laisse de côté sa pipe pour lui disputer l'honneur de sonner la trompette.

L'EXTÉRIEUR DE LA DILIGENCE

LE CONDUCTEUR, ADRIEN, UN ANGLAIS

Le conducteur, *au postillon.* — Avançons donc, allons-nous rester en panne ?

Le postillon. — C'est c'te charrette qui barre la rue.

Le conducteur. — Allons donc, vous ! Hé ! là-bas... allez-vous nous laisser moisir ici ?... *(Au postillon.)* Coupe-lui donc la figure en deux avec ton fouet, à c'brigand-là... Allume ! Allume !

La diligence part au grand trot, sans aucun égard pour les piétons, dont les réclamations sont accueillies à coups de fouet.

Le conducteur. — Il y a longtemps qu'on ne vous a vu par ici, mauvais sujet ?

Adrien. — C'est vrai, j'allais toujours sur c'te route ici avec Cherrier. Il est donc sur Toulouse à présent, Cherrier ?

Le conducteur. — Il y a un mois environ.

Adrien. — C'est un bon enfant. Et votre chien de chasse ?

Le conducteur. — Ne m'en parlez pas. J'n'en aurai plus d'ces satanés chiens.

Adrien. — Pourquoi donc ça ?

Le conducteur. — Comment, entre le deuxième relais et celui-ci, dans un chemin uni comme la main, v'là la roue d'avant qui l'empoigne, v'là mon chien coupé en deux comme avec un couteau. Un chien que rien au monde ne l'aurait tué, il vous sautait de dessus l'impériale à terre que nous étions au grandissime galop, comme vous avaleriez un verre de punch.

Adrien. — C'est Pyrame que vous l'appeliez ?

Le conducteur. — Non, Zampa.

Adrien. — Ah, oui, c'est vrai ; c'est le chien du café Vergé qui s'appelle Pyrame.

Le conducteur. — Et dire encore que j'venais d'en r'fuser, il n'y avait pas deux jours, trois cents francs d'un Anglais.

Adrien. — C'est toujours comme ça... Prêtez-moi donc votre cornet.

Le conducteur. — Quand nous serons sortis de Paris, tout à l'heure.

Adrien. — Vous êtes pas mal chargé aujourd'hui ?

Le conducteur. — Oui, c'est pour les jours où nous ne l'sommes pas ; c'te route ici n'est pas ce qu'elle a été... Nous avons là-dessous une demi-douzaine de Savoyards ; les autres ne monteront qu'après la barrière, à cause de la bascule.

Adrien. — Le soleil ne les incommodera pas, ceux qui sont là-dedans... mais y a de quoi étouffer !

Le conducteur. — Il s'en étouffe aussi quelquefois... Que voulez-vous ?

Adrien. — Dame ! c'est tout simple... Avez-vous sur vous un peu d'amadou, hé, vieux, que je rallume ma pipe ?

Le conducteur. — Voilà.

L'INTÉRIEUR

L'homme *aux moustaches*. — Mademoiselle, vous avez bien tort de ne pas prendre ma place.

La jeune personne. — Je vous remercie, monsieur.

La vieille dame. — Nous avons eu affaire à de grands malotrus, n'est-ce pas, Mimire ?

Le petit chien ne répond pas.

Un voyageur. — Ça n'a pas le sens commun de charger ainsi une voiture !

Un autre voyageur. — C'est-à-dire que je suis toujours à me demander comment il se fait qu'il n'arrive pas encore plus d'accidents.

M. Prudhomme garde le silence. Il est occupé à vider ses poches dans celles de la voiture.

Le premier voyageur. — La route est assez belle.

Le deuxième voyageur. — C'est en plein hiver qu'il faut la voir.

M. Prudhomme. — Règle générale, messieurs, quand on monte en diligence, on devrait toujours faire son testament... Je solliciterai la faveur d'ouvrir de mon côté ; ce concours d'haleines nécessite l'ouverture de l'une des deux portières ; car il y a encore à éviter le courant d'air.

La vieille dame. — Mais, monsieur, mieux alors vaudrait être sur l'impériale.

M. Prudhomme. — J'aurai, madame, l'honneur de vous faire observer que je ne puis cependant pas étouffer.

L'homme *aux moustaches*. — Vous ne pouvez pas, madame, empêcher d'ouvrir du côté opposé au vôtre.

La vieille dame. — Je vous prie, monsieur, de ne pas m'adresser la parole davantage... Je ne vous dis rien, quand vous ricanez dans vos moustaches... je ne ris pas, moi... et n'en ai pas sujet.

M. Prudhomme, *mettant la tête à la portière*. — Le temps a l'air de se vouloir lever.

Un voisin. — Je crois plutôt que nous aurons de l'eau.

M. Prudhomme. — Je l'avais d'abord pensé. Pardon, monsieur... vous n'êtes pas de Paris ?

Le voisin. — Non, monsieur.

M. Prudhomme. — Je m'en étais douté. Monsieur va-t-il à la même destination que la voiture ?

Le voisin. — Non, monsieur.

M. Prudhomme. — Alors monsieur s'arrêtera probablement en route ? Monsieur est avocat ?

Le voisin. — Non, monsieur.

M. Prudhomme. — Mon chapeau dans le filet ne vous incommode pas, mademoiselle ?

La jeune personne. — Non, monsieur.

L'homme *aux moustaches*. — Donnez-moi votre petit panier, mademoiselle, je vais le mettre dans le filet.

La jeune personne. — Merci, monsieur.

M. Prudhomme. — C'est la première fois, sans doute, que mademoiselle voyage ?

La jeune personne. — Non, monsieur.

M. Prudhomme. — Je dis mademoiselle, je puis me tromper ; je suppose que vous n'êtes pas mariée ?

La jeune personne. — Non, monsieur.

M. Prudhomme. — Plus nous nous éloignerons de Paris, plus la route deviendra agréable. Tenez, mademoiselle, croisons nos jambes... bien... c'est cela... Ça fait que nous ne nous gênerons pas... Allongez, allongez, ne craignez rien... c'est cela. Monsieur est militaire ?

L'homme *aux moustaches*. — Oui, monsieur.

M. Prudhomme. — Je ne m'étais donc pas trompé ! Je suis assez physionomiste ; fantassin ou cavalier ? si toutefois, monsieur, il n'y a pas d'indiscrétion...

L'homme *aux moustaches*. — Non, monsieur.

M. Prudhomme. — Je vous en fais mon compliment... Ah! dame, quand, pendant trente années consécutives, un pays a envoyé des troupes dans les quatre coins de l'Europe, il n'est pas étonnant de se rencontrer avec des militaires. J'ai été réquisitionnaire[40], moi qui vous parle, monsieur, puis de la garde nationale dès sa première institution, sous M. de La Fayette. Je ne vous parle pas d'hier[41]... Notre costume a subi depuis des modifications; de très grandes modifications ont été apportées à notre costume; oui, monsieur. J'ai vu MM. nos officiers en laine... c'était fort original; mais c'était comme cela, il n'y avait pas à dire. J'ai vu Louis XVI, Mirabeau, le comte de Vergennes, Collot-d'Herbois, toute la Convention, les Girondins, et le siège et la prise de la Bastille, la Fédération... Aussi, je vous assure que rien de ce qui se fait de nos jours ne m'étonne.

La vieille dame. — Je crois bien, après toutes ces horreurs-là.

M. Prudhomme. — Vous avez aussi vu cela, vous, madame?

La vieille dame. — Oui, monsieur, dans les bras de ma nourrice; car vous n'avez pas, j'aime à le penser, la sotte prétention de me croire votre contemporaine!

M. Prudhomme. — Non, certainement, madame.

La vieille dame. — J'ai beaucoup vu aussi, moi, monsieur, certainement. J'ai vu le monde... le grand monde... j'ai rencontré des malotrus aussi... quelquefois... mais je ne me suis jamais trouvée, si ce n'est aujourd'hui, pour la première fois, avec des gens assez peu généreux pour laisser une portière ouverte, quand c'est une dame qui en réclame la fermeture.

M. Prudhomme. — Ah! monsieur est militaire.

LA ROTONDE

M. Mignolet, *à sa voisine*. — Mais que diable ! madame, il me semble que vous pourriez bien changer votre petit bonhomme de côté ; voici bientôt une grosse demi-heure qu'il me frotte la joue avec la tartine de confiture qu'il tient à la main.

La mère. — Faut avouer que vous êtes peu complaisant, vous !

M. Mignolet. — J'en suis bien fâché, madame ; mais j'ai déjà eu, ce me semble, l'honneur de vous faire observer qu'il y avait bien une grosse demi-heure que je souffrais sans me plaindre.

La mère. — Eh bien ! je vous dis, moi, que vous n'aimez pas les enfants ; c'est vrai, ça, vous ne l'avez peut-être jamais été ?

M. Mignolet. — Je vous avouerai, madame, qu'il y a malheureusement si longtemps, que c'est tout au plus si je me le rappelle.

Le père. — Donne-moi un peu le petit ; car il y a des gens si ridicules !

M. Mignolet. — Il me semble, monsieur, que mon observation n'était pas de nature à vous offenser.

Le père. — Qu'est-ce que vous avez encore à réclamer, vous ? est-ce que je vous parle ? Si vous vous sentez morveux, mouchez-vous, et que ça finisse.

M. Mignolet, *prenant trois intonations différentes*. — Ça me suffit, monsieur, ÇA ME SUFFIT, ÇA ME SUFFIT !

Le père. — C'est vrai, ça aussi, qu'as-tu besoin de lui donner comme ça des confitures, à c't'enfant ? ça vous fait avoir des désagréments de toute une voiture, et v'là tout.

La mère. — Qu'est-ce que vous voulez qu'on fasse

aussi pour l'amuser, c't'enfant ? si ça tachait, encore, les confitures ! Il faut avoir bien peu de bonne volonté ou détester furieusement les enfants, quand on peut leur faire plaisir, et qu'il ne vous en coûte que de passer une éponge sur vos effets, pour vous y refuser.

Le père, *à son fils aîné*. — Ferdinand, auras-tu bientôt fini de t'accrocher à cette portière, que tu vas la déchirer... allons, voyons, tenez-vous tranquille à la fin... Bien, c'est du propre, reprends donc vite le petit, que je suis tout trempé... Que le diable vous emporte, toi et ton moutard !

La mère. — Viens, mon trésor ! Ah ! mon Dieu ! c'est vrai !... c'est la voiture qui l'aura secoué, c'pauvre chat ; viens, mon trésor chéri *(l'enfant pousse des cris)*, viens, trésor embaumé... viens, bonne chatte à sa maman.

Un voisin, *s'éveillant*. — Eh bien ! qu'est-ce que c'est ? est-ce que nous versons ?... Dieux ! quelle odeur ! il y a de quoi s'asphyxier... Est-ce qu'on devrait aussi recevoir des nouveau-nés dans une voiture ?

Le père. — Qu'est-ce que ça vous fait ?

Le voisin. — Comment, *qu'est-ce que ça me fait ?*... vous êtes encore pas mal bon enfant, vous ?... *qu'est-ce que ça me fait !* c'est-à-dire que si tout le monde de la voiture était comme moi, on vous fouetterait*, avec tout votre *bataillon*, sur la route, *v'là ce que ça ferait*, insolent !

Le père. — C'est ce qu'il faudrait voir !... nous avons payé.

Le voisin. — Qu'est-ce que ça me fait encore à moi, que vous ayez payé ? moi aussi, j'ai payé... ce petit vieux là-bas a payé aussi.

---

* Nous ferons observer à nos lectrices que fouetter n'est même pas encore le mot propre.

M. Mignolet. — A telles enseignes, monsieur, qu'il y a quatre jours que la totalité de ma place a été remboursée, le jour où je l'ai envoyé arrêter par mon portier, un nommé Toussaint.

Le voisin. — *Vous avez payé!* Eh bien! vous êtes encore assez étonnant, vous! *vous avez payé!* c'est-il une raison parce que j'ai payé aussi, moi, pour que je fasse des horreurs et des infamies dans la diligence ?... Qu'est-ce que vous aureriez à dire alors si je m'mettais à en faire, moi, des horreurs et des infamies dans la diligence, et si je vous disais : *j'ai payé!*

Le père. — Vous n'avez pas le sens commun !

Le voisin. — Tenez, si je n'respectais pas votre épouse qu'est une femme, il y a deux heures que j'm'aurais amusé à vous cracher à la figure... n'm'échauffez toujours pas les oreilles... C'est vrai, ça... vous infectionnez toute une voiture et vous n'êtes pas content encore ! vous dites à ça *j'ai payé!* imbécile !

Le père. — Comment, imbécile !

Le père donne une bourrade à son voisin, qui la lui rend aussitôt, et la discussion prend un caractère plus sérieux.

La mère. — Allons, allons, Bertéché, tais-toi.

Ferdinand. — Papa ! ah ! mon papa !

M. Mignolet. — Je vais un peu ouvrir pour renouveler l'air.

La lutte continue entre les deux voisins autant que le permet la capacité de la diligence, ils se calment peu à peu, ils resteront froids tout le temps du voyage.

LE RELAIS

Les voyageurs. — Conducteur ! ouvrez-nous la portière, s'il vous plaît ?

> *Des boiteux, des aveugles, un crétin et des scrofuleux se précipitent aux portières de la diligence.*

Une vieille femme. — N'oubliez pas, bonnes âmes charitables ! une pauvre vieille de quatre-vingt-dix-sept ans, qui n'pouvons plus gagner sa pauvr'vie.

> *L'aveugle estropié sur la clarinette la valse de « Robin des Bois ».*

Le crétin. — Aboûum, aboûum ! fâ, fâ ! aboûum aboûum.

> *Il se présente à la portière du coupé.*

Ernestine. — Ah ! mon père ! quelle horreur !
M. de Verceilles. — Qu'est-ce encore ?
Le crétin. — Aboûum, aboûum ! fâ, fâ ! aboûum !
M. de Verceilles. — Il est affreux ! Retirez-vous, voulez-vous vous retirer ?
Adrien, *au crétin.* — Tiens, te voilà, mon pauvre Pierre ; tu n'as donc pas encore trouvé à te marier ?
Le crétin. — Aboûum, aboûum ! fâ, fa ! aboûum !
Adrien. — Tu dis toujours la même chose.
Le crétin. — Fâ, fâ ! aboûum, aboûum !
Adrien. — Tiens, voilà un sou ; fais le beau. *(Le malheureux lève les bras en l'air et se tient en équilibre sur les pointes de ses sabots.)* C'est bien, va-t'en, on en a assez... Hé ! Fournais, voulez-vous prendre quelque chose ?
Le conducteur. — Nous avons bien le temps ; allons, allons, messieurs, voyons, dépêchons-nous !

Les voyageurs. — Conducteur, ouvrez-nous la portière.

Le conducteur. — Oh! ben oui, vous ouvrir! j'vous connais; nous n'en finirons jamais... au prochain relais, ça n'est pas long.

M. Prudhomme. — Je vous intime l'ordre de m'ouvrir, m'entendez-vous, conducteur?

Le conducteur. — Oui, mon gros papa. Allons donc, postillon, à cheval... allons-nous coucher ici?

La vieille dame. — Conducteur, avez-vous demandé mon verre d'eau sucrée?

Le conducteur. — On vous le fait, madame, vous l'aurez au prochain relais.

La vieille dame. — Vous êtes un grossier personnage; je m'en plaindrai à vos chefs.

Le conducteur. — Vous savez, madame, que nous en avons un qui est bien enrhumé. Allons, messieurs, voyons donc, en finirons-nous aujourd'hui?

Adrien. — Voilà! C'est la bonne qui ne veut pas me prendre en sevrage.

Le conducteur. — Allons donc, farceur!

Adrien. — Adieu, méchante; voilà, voilà!

La servante d'auberge. — Voulais-vous me laissais... taisais vos mains.

Le monsieur *aux moustaches*. — Vous ne voulez rien accepter, mademoiselle?

La jeune personne. — Je vous remercie, monsieur.

Le boiteux. — N'oubliez pas, messieurs, mesdames, un pauvre orphelin de cinquante-deux ans, qui n'a plus ni père ni mère pour gagner sa pauvre vie. *(Changeant de ton.) Pater noster, qui es in cœlis, sanctificetur nomen tuum...*

M. Prudhomme. — Je vois qu'il faut en prendre son parti.

Le boiteux. — *Fiat voluntas tua... adveniat regnum tuum...*

M. Prudhomme. — Allez travailler !... Des gaillards comme ça, dans la force de l'âge... c'est inouï... Les autorités s'endorment ; elles laissent exister d'aussi coupables industries... Ah ! mon Dieu ! prenez donc garde à ce que vous faites, vous, monsieur de l'impériale, il paraît que c'est mon épaule qui doit vous servir de marchepied ?

Bourdin. — Je ne l'ai pas fait exprès.

M. Prudhomme. — Il n'aurait, parbleu ! plus manqué que vous l'eussiez fait exprès !

Le conducteur. — C'est des bêtises, ça, monsieur, d'rester aussi longtemps, c'n'est pas raisonnable, non plus.

Le postillon. — En route !... Hé... hé ! là-bas... Eh houp ! houp-là !... Allume ! allume... hé ! là-bas.

> *Toutes les paroles qu'il adresse à ses chevaux sont précédées et suivies de grands coups de fouet.*

Le conducteur. — Est-ce que Félicien est malade ?

Le postillon. — Oui !... Aïe donc... holà ! toi ; hé... hé là-bas ! Vigoureux... hup... allume, allume... Oui, il a la fièvre depuis bientôt trois jours.

Le conducteur. — Bah !... Qu'est-ce que c'est donc que ce cheval que t'as là !

Le postillon. — Qui ça ? l'porteur ?

Le conducteur. — Non, là-bas.

Le postillon. — Là ?

Le conducteur. — Oui, là, à droite.

Le postillon. — Il y a d'jà du temps que je l'avons... c'est un cheval que M. Camus a acheté de M. Fessard.

Le conducteur. — Je n'vous l'connaissais pas.

Le postillon. — Y n'valons rien, c'étions une bête ruinée.

Adrien. — Comment, ruinée !... Comment, elle a éprouvé des pertes, c'te pauvre bête ?

Le conducteur. — Alors, donnez-moi une pipe de tabac.

Adrien. — Voilà, prenez.

> *Il lui présente sa blague, brodée de verroteries.*

Le conducteur. — Excusez !... en voilà une jolie de blague !

Adrien. — Oui, c'est assez gentil... c'est c'te femme mariée, que je vous ai parlé, qui me l'a faite... c'est son mari qui me l'a apportée.

Le conducteur. — Il est encore bon enfant, celui-là !

Adrien. — Ils sont tous comme ça... uniques. . . . .
. . . .

Ces blancs ont été placés dans l'intention de ne point admettre le public dans la confidence que M. Adrien va faire au conducteur de ses amours.

Le conducteur, *après avoir entendu la confidence.* — Alors, vous devez y être attaché, à c'te p'tite femme-là ?

Adrien. — Vous voyez, d'après ce que j'viens d'vous dire, attaché à mort ; aussi, vous m'f'rez l'amitié, Fournais, d'emporter de là-bas un bon pâté de foie gras à son adresse ; ça vous procurera la satisfaction de la voir.

Le conducteur. — Tout ce que vous voudrez.

Adrien. — Il n'est pas mauvais, c'tabac-là.

Le conducteur. — Non, il se laisse fumer. Quand j'étais sur la route de Valenciennes, c'est là que j'en avais du crâne de tabac ; j'les connaissais tous à la douane, j'passais tout ce que j'voulais. Que j'en ai gagné de c'te gueuse d'argent !

Adrien. — Aussi, en avez-vous d'ces polissons d'écus.

Le conducteur. — Eh ! non. J'étais garçon, et j'les faisais sauter. Et puis, voyez-vous, une chose : maintenant l'état est perdu ; les administrateurs, ils nous pillent tout, que c'est effrayant ! Il leur z'y faut des costumes à nos frais, des casquettes, est-ce que je sais, moi ; ils gagnent sur tout. Enfin, l'autre jour, croiriez-vous, j'avais emporté un melon avez moi ? Eh bien ! est-ce qu'ils ne me l'ont pas fait payer au bureau !

Adrien. — Aussi, vos administrateurs la passent douce.

Le conducteur. — S'ils la passent douce ! ils sont tous gros qu'ils ne peuvent plus s'traîner.

Adrien. — Qu'est-ce que vous voulez, après tout, c'est dans tous les états, ça. — Mais, comme dit Potier dans *Le Chiffonnier* : Faut être philosophe.

Le conducteur. — Tiens ! Potier, je l'ai vu du temps qu'il était à la Porte Saint-Martin [42]. Dieu ! que c'crapaud m'a fait rire. On l'dit immensément riche.

Adrien. — Quatre-vingt mille livres de rente en maisons.

Le conducteur. — Ça vaux mieux que d'être conducteur.

Adrien. — J'crois bien !

Le conducteur. — Et dire qu'avec du toupet et d'la mémoire tout l'monde en f'rait autant. Moi, j'aurais aimé c'gredin d'état-là, la tragédie ! mais c'est les parents, tout ça, la famille qui n'veut pas...

Adrien. — Ah oui, les préjugés. Eh ? c'est encore des bêtises, tout ça. Voyez Talma, est-ce qu'il n'était pas admis à toutes les parties de l'Empereur ? c'est-à-dire que si l'Empereur avait suivi tous les conseils de

Talma, il serait encore sur le trône[43], et nous n'y aurions pas vu tous les capucins que nous y avons vus.

LE CONDUCTEUR. — Talma ? je l'ai vu aussi. En voilà encore un qui en a fait de c't'argent !

ADRIEN. — Sept ou huit millions au moins ; y n'connaissait pas sa fortune. Fallait voir son enterrement, à Talma ! tout Paris s'y était porté[44] ; nous étions, nous, au moins soixante de connaissance ; et puis des ambassadeurs, des notaires, des auteurs, est-ce que je sais ; c'était bien autre chose qu'à Louis XVIII. Nous avons vu dans un magasin que j'ai été, un jeune homme que son père était chapelier à Talma.

LE CONDUCTEUR. — Je l'croirais bien.

LE DÎNER

LE POSTILLON. — Ho ! ho !... hé ! là-bas... attendez que j'aveigne mon sac d'avoine qu'est sous les pieds du conducteur. Vous pouviais vous vanter d'avoir été crânement menés.

LE CONDUCTEUR. — Attends que j'te donne ton argent.

ADRIEN. — Je n'suis pas fâché de m'mettre quelque chose dans l'cornet *.

LES VOYAGEURS. — Voulez-vous nous ouvrir la portière, s'il vous plaît.

UN GARÇON D'AUBERGE. — Voici messieurs... Madame dîne-t-elle ?

LA VIEILLE DAME. — Présentez-moi une chaise pour descendre... tenez mon petit chien.

---

* Le cornet est mis là pour l'estomac.

L'homme *aux moustaches*. — Mademoiselle, descendez-vous ?

La jeune personne. — Merci, monsieur.

La vieille dame, *à la servante*. — Vous me ferez un cabinet, mademoiselle.

Perrier. — Ah ! on respire au moins. Nous sommes comme des veaux sous c'cuir là-haut. J'ai les jambes que je n'les sens plus. Monsieur Giraud, v'nez-vous avec nous ?

Giraud. — Où est-ce que vous allez ?

Perrier. — A deux pas d'ici, avec les autres ; on est assassiné dans c't'auberge ici.

Giraud. — J'veux ben ; et le fils Bourdin ?

Perrier. — Il est avec.

Le père. — Viens-tu avec ton p'tit ? sortiras-tu de c'te voiture ?... Ferdinand, où allez-vous ? V'nez ici, monsieur ; vous allez avoir tout à l'heure sur votre derrière.

M. de Verceilles. — Donnez-moi un marchepied pour descendre.

Un garçon de l'auberge. — Monsieur dîne-t-il ?

M. de Verceilles. — Donnez d'abord un marchepied.

On apporte un marchepied.

Le garçon. — Monsieur dîne-t-il ?

M. de Verceilles. — Marie, voyez si vous ne laissez rien dans la voiture.

Le garçon. — Monsieur dîne-t-il ?

M. de Verceilles. — Qu'est-ce que vous dites ?

Le garçon. — Monsieur dîne-t-il ?

M. de Verceilles. — Sans doute, si vous avez de quoi me donner à dîner.

Le garçon. — Ah ! monsieur, ce n'est pas là ce qui manque.

M. de Verceilles. — Laurent, vous verrez cela.

Le garçon. — De sorte que monsieur dîne à part?

M. de Verceilles. — Qu'est-ce que c'est qu'à part?

Le garçon. — Monsieur ne dîne pas avec les autres voyageurs?

M. de Verceilles. — Je ne crois pas.

Le garçon. — Charlotte, conduisez monsieur et mademoiselle au n° 13.

L'AUBERGE

Adrien. — Bonjour, madame Hamelin.

Madame Hamelin. — Tiens! c'est vous, mauvais sujet? vous voilà donc encore une fois dans notre pays?

Adrien. — Comme vous voyez.

Il chante.

> Et l'on revient toujours,
> Toujours, toujours, toujours,
> A ses premiers amours,
> A ses premiers amours. [45]

Madame Hamelin. — En avez-vous fait des farces, hein?

Adrien. — Oui, j'en ai bien quelques-unes à me reprocher... mais j'n'en fais plus.

Madame Hamelin. — Vous v'là donc rangé?

Le père. — Eh bien! serons-nous servis aujourd'hui?

Madame Hamelin. — Charlotte?

La servante. — Madame?

Madame Hamelin. — Apportez le potage.

Adrien, *à M. Mignolet.* — Vous êtes dans la rotonde, j'crois, monsieur?

M. Mignolet. — Oui, monsieur, si cela peut vous être agréable.

Adrien. — Mais beaucoup. Vous n'avez pas, monsieur, un fils dans le 2ᵉ hussards ?

M. Mignolet. — Non, monsieur, je n'ai pas cet avantage, n'ayant pas d'enfants.

Adrien. — Pardon, excuse.

M. Mignolet. — Il n'y a pas de mal à ça, monsieur, il n'y a pas de mal à ça.

M. Prudhomme, *en dehors*. — La fille, je solliciterais une serviette pour mes mains.

La servante. — Oui, monsieur, en voilà une.

M. Prudhomme. — Elle est encore toute mouillée. Je payerai ce qu'il faut, donnez-m'en une vierge ; vous me présentez un torchon.

La servante. — Nous n'en avons pas d'autres.

M. Prudhomme. — Je ne vous en fais pas mon compliment. *(Il entre dans la salle à manger.)* Ah ! me voilà enfin. Ces dames et ces messieurs sont, je le vois, en bonnes dispositions. Donnez-moi du potage... Merci, monsieur, je vous rends mille grâces... Quelle mauvaise voiture nous avons là ?... je crains bien d'être encore trois ou quatre jours sans pouvoir m'asseoir... ces diables de banquettes sont d'un dur !

Adrien. — J'crois ben, on les rembourre avec des noyaux de pêches.

M. Prudhomme. — Oui, monsieur, je crois votre observation excellente, avec des noyaux de pêches... Eh bien, mademoiselle, comment nous trouvons-nous ? Bien, sans doute ?

La jeune personne. — Oui, monsieur.

L'homme *aux moustaches*. — Voulez-vous du bouilli, mademoiselle ?

La jeune personne. — Merci, monsieur, je veux bien.

M. Mignolet. — Mademoiselle la bonne, voici deux fois que je demande du potage.

La servante. — On est allé en faire venir, monsieur.

M. Mignolet. — Dépêchez-vous, mademoiselle ; la voiture va partir, je n'aurai rien pris.

M. Prudhomme. — Par une singulière concordance du calendrier, c'est aujourd'hui qu'à deux différentes époques, bien entendu, François Ier et Bonaparte sont passés par cette ville.

Adrien, *les yeux hagards, s'agitant sur sa chaise.* — Ah ! mon Dieu ! mon Dieu !

Tous les voyageurs se tournent du côté d'Adrien.

M. Prudhomme. — Qu'avez-vous, monsieur, qu'avez-vous ? aurais-je, dans l'observation historique que je viens de faire, blessé vos susceptibilités politiques ?...

Adrien. — Non, monsieur ; mais j'ai oublié de me faire attacher pour boire ce vin-là. C'est à vous faire sauter au plafond.

Madame Hamelin. — Vous n'en faites jamais d'autres, c'est si bête !

Adrien. — Prenez-vous-en à votre marchand de vin, ou attachez-nous... Bon ! v'là une belle pomme... Qui est-ce qui veut jouer du champagne*... j'en réponds, de celui-là, c'est moi qui l'fournis... Ne parlez pas tous à la fois... Personne ne dit mot... une fois, deux fois... Adjugé.

Il retire sa proposition.

---

* Dans les tables d'hôte, les commis voyageurs, surtout ceux dans les vins, proposent, au dessert, de jouer du champagne. Ils fixent une pomme sur une fourchette qui fait le tour de la table ; chaque joueur doit enlever avec son couteau un morceau de la pomme, celui qui la sépare de la fourchette perd la partie.

M. Mignolet. — Madame, faites-moi donner du potage, je vous en supplie.

Madame Hamelin. — Pardon, monsieur, dans l'instant on va vous l'apporter... C'est ici à côté, à la table de MM. les officiers... Charlotte ?

La servante. — Madame !

Madame Hamelin. — Voyez au n° 7 si MM. les officiers ont encore affaire au potage.

M. Prudhomme. — Voici une poule qui est centenaire au moins.

M. Mignolet. — Madame, faites-moi donner autre chose, ce potage est glacé.

> *L'arrivée de plusieurs <u>musiciens</u> impose silence aux justes récriminations des voyageurs.*

Le conducteur. — Allons, messieurs, dépêchons-nous.

M. Prudhomme. — Dépêchons-nous, dépêchons-nous... mais, conducteur, vous-même n'avez pas encore préludé.

Le conducteur. — Ça ne sera pas long ; en deux temps, deux mouvements ; passez-moi le poulet.

Adrien. — Voilà, vous avez du cachet vert, vous... pas gêné !

Le conducteur. — Oui, je n'peux pas m'habituer au vin d'pays.

Adrien. — Moi, difficilement.

Le père. — Madame, combien est-ce que c'est ?

Madame Hamelin. — Vous êtes ?

Le père. — Mon épouse et deux enfants.

Madame Hamelin. — C'est douze francs.

La mère. — Combien que vous dites, madame ?

Madame Hamelin. — Douze francs.

La mère. — Douze francs !!! douze francs !!!

LE PÈRE. — Est-ce que vous vous moquez du monde, à la fin ?

LA MÈRE. — Nous donnerons quatre francs pour nous deux, mon mari et moi, et cinquante sous pour nos deux petits, et c'est bien honnête, c'est à prendre ou à laisser... Douze francs ! une gargote de dîner pareil ! douze francs !

MADAME HAMELIN. — Encore je n'vous compte pas un seau d'eau chaude pour votre enfant.

LE PÈRE. — Faites donc taire votre musique, s... n... de D..., on ne s'entend pas, à la fin. *(A sa femme.)* Tais-toi et laisse-moi parler. Ah ça ! madame, c'est une farce, n'est-ce pas ?

LA MÈRE. — Si c'est une farce ! j'crois bien, douze francs !

MADAME HAMELIN. — Vous n'voulez pas payer, n'est-ce pas ? Eh ben, nous allons voir.

LA MÈRE. — Non, sûr que nous ne payerons pas. C'est une injustice... Douze francs ! Si jamais je r'mets les pieds ici, plutôt être pendue ! Douze francs !!!

LE PÈRE. — Laisse-moi donc m'expliquer ; toi, tu es là à crier, tu t'emportes, laisse-moi faire. Madame, vous êtes une vraie voleuse.

MADAME HAMELIN. — Vous en êtes un autre, vous, monsieur, avec votre cravate rouge[46] ; vous allez voir à qui que vous avez affaire... Oh ! je suis une voleuse... j'en suis bien aise.

LE CONDUCTEUR. — Payez, allez, ce sera plus tôt fait.

LE PÈRE. — Je payerai si ça m'fait plaisir ; gardez vos conseils pour qui vous les demandera.

LE CONDUCTEUR. — Ce que j'vous en dis, moi...

LA VIEILLE DAME, *arrivant*. — Mon Dieu ! que l'endroit d'où je viens est mal tenu ; c'est mieux chez les sauvages. Peut-on tenir des garde-robes aussi malpropres... Faites-moi servir un bouillon... Un bouillon seulement... Ai-je affaire à des sourds... un bouillon... mademoiselle, un bouillon seulement, et une pâtée bien légère, une toute petite pâtée... bien légère.

Le père. — Je n'sais ce qui m'retient de tout briser ici.

> *La vieille dame se trouve, en cherchant une place disponible, derrière le père des enfants, qui, en gesticulant, jette à terre le petit chien qu'elle tenait dans ses bras.*

La vieille dame. — Zémire! Ah! Dieu! vous m'avez donné, vilain butor, un coup de coude abominable dans les seins. Mimire, pauvre Mimire, es-tu blessée?

Le père. — Ne m'dites rien, vous! Je l'écrase sous mes pieds, votre sacré chien!

La vieille dame. — Arrêtez cet homme! Il est furieux. Mimire, Mimire!

Adrien. — Prenez garde! ils ont la gendarmerie dans leur manche.

Le père, *exalté*. — Qu'est-ce ça me fait à moi, votre gendarmerie! Qu'est-ce qu'on m'fera! on me tuera. Eh bien, tant mieux! ça m'est égal.

> *Il saisit une chaise qu'il lève en l'air, et brise quelques verres sur la table.*

Adrien. — Bon! quarante-cinq à quinze[47].

Ferdinand. — Papa! papa! papa!!!

La vieille dame. — A la garde! A l'assassinat! Mimire! Mimire!

La mère. — Bertéché! Bertéché!! Arrêtez mon mari... il va tout briser, je le connais.

Le père. — Laissez-moi!

La mère. — Emmenez-le... j'vas payer, puisqu'on ne peut faire autrement... Mais j'vas mettre la table dans mes deux paniers.

> *Le père est emmené.*

ADRIEN. — C'est ça, emportez tout dans vos paniers ; voulez-vous que je vous aide ?...

M. MIGNOLET. — Je n'ai pas dîné, madame.

ADRIEN. — C'est pas une raison.

M. PRUDHOMME. — Il serait si agréable de voyager, si les auberges savaient concilier leurs intérêts et ceux des voyageurs.

LE CONDUCTEUR. — Messieurs, en voiture, les chevaux sont après.

LA SERVANTE. — N'oubliez pas la bonne ?

M. PRUDHOMME. — Pour votre serviette, que je n'ai pas eue, n'est-ce pas ?

LA SERVANTE. — N'oubliez pas la bonne ?

M. MIGNOLET. — Je me suis passé de souper.

LA SERVANTE. — N'oubliez pas la bonne ?

LA VIEILLE DAME. — Est-ce que je n'ai pas payé mon bouillon ? Ma pauvre Mimire était si troublée qu'elle n'a pas seulement pu commencer sa pâtée ; c'est autant de gagné pour vous.

LA SERVANTE. — Merci !

LA VIEILLE DAME. — Laissez-moi en repos, dévergondée, avec vos papillotes.

L'HOMME *aux moustaches*. — Tenez, la bonne, pour mademoiselle et pour moi.

ADRIEN. — Fournais, prenons-nous le café ici ?

LE CONDUCTEUR. — J'veux bien.

ADRIEN. — Charlotte, du café et deux petits verres... Quel rageur que c't'individu-là !...

LE CONDUCTEUR. — A quoi qu'ça sert ? puisqu'il faut toujours payer.

ADRIEN, *à la servante, qui apporte le café*. — Merci ; baisez papa, vilain loulou.

LA SERVANTE. — Voyons, Adrien, laissez-moi ; voyons, finissez avec vos bêtises.

Le conducteur. — Allons, en route, mauvaise troupe.

Adrien. — Voilà.

La servante. — N'oubliez pas la bonne ?

Adrien. — Jamais dans mes prières ; tiens, méchante.

La servante. — Merci, bien obligée.

L'IMPÉRIALE

Le conducteur. — Allons, en route, nous sommes en retard. Y sommes-nous ?

Adrien. — J'vas un peu m'arranger, moi pas bête ; j'vas mettre mon manteau ; tant pis.

Le conducteur. — J'ai cru que nous n'démarrerions jamais pas d'chez c'te mère Hamelin.

Adrien. — J'ai vu l'moment que c't'enragé d'homme allait tout saccager.

LE COUPÉ

M. de Verceilles. — Je ne voyagerai plus qu'en diligence : c'est admirable ! pas de retards, pas de relais qu'il faille attendre : on est servi à point nommé ; personne ne vous parle ; pas d'écrous à resserrer ; rien à démêler avec les postillons ; je le répète, c'est admirable. Ne trouvez-vous pas, Ernestine ?

Ernestine. — Ah ! mon père, il y aurait bien quelque chose à dire...

M. de Verceilles. — Quoi donc ?

ERNESTINE. — On est bien ; mais on n'est pas à son aise comme dans une voiture à soi.

M. DE VERCEILLES. — Je ne vois pas cela.

ERNESTINE. — On voudrait s'arrêter, on ne le pourrait pas.

M. DE VERCEILLES. — On voyage pour aller et pas pour s'arrêter.

ERNESTINE. — Quand mon cousin saura que nous sommes passés devant sa préfecture sans seulement lui dire un petit bonjour...

M. DE VERCEILLES. — Il saura que nous sommes passés en diligence. C'est positivement ce passage devant sa préfecture qui m'a déterminé à ne pas prendre la poste, puisque vous voulez le savoir[48].

ERNESTINE. — Vraiment ?

M. DE VERCEILLES. — C'est une de mes raisons, au moins. J'approuve mon très cher neveu en tout ce qu'il fait ; mais, certes, s'il m'eût consulté et qu'il eût voulu suivre mes conseils, il se serait tenu tranquille. Ce n'est pas l'argent qui pouvait le tenter.

ERNESTINE. — Il est jeune ; il ne savait que faire.

M. DE VERCEILLES. — Je ne le blâme pas. Est-ce que je vous ai dit que je le blâmais. Seulement, je n'aurai pas voulu le déranger en descendant chez lui.

ERNESTINE. — Nous n'y serions restés qu'un instant.

M. DE VERCEILLES. — Vous connaissez bien les préfets !... enchantés de se montrer dans toute leur gloire. Il aurait fallu dîner, coucher peut-être, afin d'avoir le temps de nous entourer de toutes les notabilités fonctionnaires et industrielles du département. Nous aurions été là comme dans un omnibus. Autant passer notre chemin.

ERNESTINE. — Il faut avouer que nous avons dans la diligence ou sur la diligence un monsieur qui se donne bien du mouvement.

M. de Verceilles. — Ce diable d'homme, à lui seul, fait autant de bruit qu'une émeute.

Ernestine. — Voilà, par exemple, mon père, un inconvénient qu'on n'aurait pas dans une voiture de poste.

Marie. — Mademoiselle trouve ça un inconvénient ?

M. de Verceilles. — Je croyais que vous dormiez, Marie.

Marie. — Non, monsieur ; c'est un commis voyageur, tout le monde le trouve aimable. Tantôt, à l'auberge, il a sauté de la croisée d'un premier étage sans sourciller. Un chat n'aurait pas fait mieux.

Ernestine. — Et c'est donc très agréable, cela, Marie ?

Marie. — Mais dame ! mademoiselle, vingt autres s'y seraient tués. Sans compter qu'il a donné à Laurent un paquet de cigares.

M. de Verceilles. — Est-ce que Laurent fume ?

Marie. — Non, monsieur. D'ailleurs Laurent fumerait, que, comme il sait que monsieur le comte n'aime pas qu'on fume, il ne fumerait pas ; c'est seulement pour dire.

L'INTÉRIEUR

L'homme *aux moustaches*. — Comment vous trouvez-vous, mademoiselle ?

La jeune personne. — Très bien ; merci, monsieur. Comme ce monsieur m'a fait peur à l'auberge !

L'homme *aux moustaches*. — Oui, il s'est fâché tout rouge.

La jeune personne. — Il a l'air bien méchant.

L'homme *aux moustaches*. — Vous avez peur des gens qui ont l'air méchant, mademoiselle ?

La jeune personne. — C'est-à-dire j'en ai peur... je ne les aime pas.

L'homme *aux moustaches*. — Si vous aviez froid cette nuit, vous me demanderiez mon manteau : il est à votre service.

La jeune personne. — Merci, monsieur. Et vous ?

L'homme *aux moustaches*. — Nous partagerons.

La jeune personne. — Comme vous avez de grosses moustaches.

L'homme *aux moustaches*. — Vous ne les aimez pas ?

La jeune personne. — Si, monsieur. Au surplus, tout le monde en a à présent. Il y a dans notre maison un jeune homme, c'est cependant un clerc de notaire, il a des cheveux longs comme un marchand de salade et de la barbe comme une chèvre.

L'homme *aux moustaches*. — A la Jeune-France[49].

La jeune personne. — Oui, monsieur... Oh ! ça nous fait rire, toutes les demoiselles du magasin.

L'homme *aux moustaches*. — Ne demeurez-vous pas, mademoiselle, dans le quartier de la Bourse ?

La jeune personne. — Oui, monsieur, près de la rue Vivienne, rue des Filles-Saint-Thomas, n° 17.

L'homme *aux moustaches*. — C'est extraordinaire : j'ai justement un de mes amis qui demeure dans votre maison.

La jeune personne. — Au troisième ?

L'homme *aux moustaches*. — Au troisième.

La jeune personne. — Ce n'est pas M. Leblond ?

L'homme *aux moustaches*. — C'est précisément cela, Leblond.

La jeune personne. — Nous l'appelons Jules.

L'homme *aux moustaches*. — Jules Leblond, Jules est son nom de baptême. Comme on se rencontre !

La jeune personne. — Oh ! je connais bien M. Jules.

Il doit épouser une jeune personne du magasin, une nommée Clarisse.

L'HOMME *aux moustaches*. — Je crois lui en avoir entendu parler... Elle est jolie ?

LA JEUNE PERSONNE. — Très jolie... Elle a de beaux yeux, de beaux cils, de très belles dents, de beaux cheveux, et puis elle a beaucoup d'esprit, ce qui ne gâte rien.

L'HOMME *aux moustaches*. — Dire que je n'ai jamais été assez heureux pour vous rencontrer !

LA JEUNE PERSONNE. — C'est bien drôle... et je ne le savais pas... Enfin, si nous n'avions pas parlé...

M. PRUDHOMME. — Mon Dieu ! que je suis mal à mon aise ! diables de choux !

LA VIEILLE DAME. — Eh bien ! Mimire, comment vous trouvez-vous ?

M. PRUDHOMME. — Comme les jours raccourcissent ! Il faut dîner à la chandelle : il n'y a pas à dire, on n'y voit déjà plus. Mon Dieu ! que je suis mal à mon aise !

UN VOISIN. — On finit par s'y habituer.

M. PRUDHOMME. — Monsieur, nous ne devons pas encore nous plaindre. J'ai voyagé à une époque, vous êtes trop jeune pour l'avoir connue ; j'ai donc, dis-je, voyagé à une époque où il fallait toujours compter quinze jours, au bas mot, pour aller de Paris à Lyon[50]. On couchait alors en voiture. Bref, on perdait un temps considérable. Eh bien ! nous voici arrêtés, je pense.

LE CONDUCTEUR. — Les personnes qui veulent monter la côte à pied ?

M. PRUDHOMME. — Conducteur, je voudrais volontiers descendre.

UN VOISIN. — Moi aussi.

LA VIEILLE DAME. — J'espère que vous ne me ferez pas faire la route à pied ?

Le conducteur. — Non, madame.

La vieille dame. — C'est qu'il ne manquerait plus que cela pour combler la mesure de vos impertinences.

L'homme *aux moustaches*. — Nous descendons, n'est-ce pas, mademoiselle ?

La jeune personne. — Ah ! oui, par exemple, moi, j'aime bien *de* marcher.

L'homme *aux moustaches*. — N'ayez pas peur, appuyez-vous sur moi.

La jeune personne. — Comme le temps est doux.

L'homme *aux moustaches*. — Donnez-moi le bras.

La jeune personne. — Comment, vous n'avez jamais vu Clarisse ?...

M. Prudhomme. — Ça soulage un peu de marcher.

Le conducteur. — Vous ne descendez pas, dans la rotonde ?

M. Mignolet. — Voilà cinq fois que je vous l'ai demandé, monsieur.

Le conducteur. — Je ne l'avais pas entendu.

M. Mignolet. — Je l'ai demandé lorsque ce monsieur qui est en face de moi est sorti en allumant sa grosse pipe.

Le conducteur. — Vous ne descendez plus, personne ?

Le père. — Allez vous promener.

La mère. — Ce sera-t-il encore douze francs ?

Le conducteur, *refermant la portière*. — Allons, ne nous fâchons pas.

Adrien, *au postillon*. — Pamphile ! confie-moi un instant ton fouet, hein ? Que j'fasse un peu aller tes chevaux.

Le postillon. — Prenez garde au débord.

Adrien. — N'aie pas peur... prends ma pipe.

Le postillon. — Merci ; vous pouvez les fouetter ; ils ne prendront pas le galop ici : amusez-vous.

M. Prudhomme. — Il ne fera pas chaud cette nuit : ça commence déjà à pas mal pincer.

M. Mignolet. — Oui, monsieur, je crois que cette nuit, ça pourra bien pincer.

M. Prudhomme. — Quant à moi, j'aime mieux la gelée : un temps sec est toujours préférable à l'humidité.

M. Mignolet. — Sans contredit, préférable à l'humidité.

M. Prudhomme. — Je ne vois pas ce monsieur qui était si monté à dîner.

M. Mignolet. — Je suis avec lui dans la rotonde... Il est bien brutal.

M. Prudhomme. — Je lui soupçonne effectivement assez peu de manière : il a employé à table plusieurs épithètes d'assez mauvais goût. Monsieur voyage pour son plaisir ?

M. Mignolet. — Je vais passer quelque temps à la campagne, oui, monsieur.

M. Prudhomme. — Vous avez grandement raison, monsieur, car, à Paris, on est tellement claquemuré, que c'est un bonheur de pouvoir s'échapper un moment... Monsieur est avocat ?

M. Mignolet. — Non, monsieur ; mais j'ai deux neveux qui le sont... Je suis retiré des affaires ; j'étais quincaillier.

M. Prudhomme. — Fort jolie partie. Ah ! c'est à un quincaillier, c'est-à-dire à un ex-quincaillier que j'ai l'avantage de parler ?

M. Mignolet. — Mon Dieu ! oui, monsieur, et maintenant je ne fais plus rien.

M. Prudhomme. — *Vous avez amassé au temps chaud.*

M. Mignolet. — Oui, monsieur, je suis dans ma maison... Je ne suis pas, du reste, bien frileux, et puis je suis bien couvert [51].

Le conducteur. — Allons, messieurs, en voiture !

M. Prudhomme. — A l'avantage de vous voir, monsieur.

M. Mignolet. — Vous aussi, monsieur ; j'ai l'honneur de vous saluer.

La vieille dame. — Prenez donc garde, monsieur, vous n'avez aucun égard pour une femme.

M. Prudhomme. — Je fais ce que je peux, madame.

La vieille dame. — Vous ne pouvez pas grand-chose, je le crains bien, mon cher monsieur.

Le conducteur. — Mais il me manque encore deux places dans l'intérieur.

M. Prudhomme. — Oui, ce monsieur à moustaches et l'amie de mademoiselle Clarisse...

Adrien. — Tenez, je les vois qui arrivent tout essoufflés.

Le conducteur. — Allons donc ! hé là-bas. Allons donc !

Adrien. — Dame ! donnez-leur donc le temps...

M. Prudhomme. — Jeune homme ! nous avons ici des dames.

Adrien. — On peut bien rire.

M. Prudhomme. — Certainement, je suis parfaitement de votre avis : rions, badinons... mais n'allons pas plus loin.

L'homme *aux moustaches*. — Nous voilà.

La jeune personne. — Je n'en puis plus d'avoir couru.

L'IMPÉRIALE

ADRIEN. — Moi, j'adore les chevaux !

LE CONDUCTEUR. — Si vous aviez été comme moi pendant douze ans avec eux, dans la cavalerie, vous ne les adoreriez pas tant.

ADRIEN. — Vous avez donc servi, vous, Fournais ? Je n'en savais rien.

LE CONDUCTEUR. — J'crois bien que j'ai servi. J'ai été en Prusse, en Silésie, en Allemagne, en Bohême, partout; j'ai vu du pays, allez !

ADRIEN. — Tiens, tiens, tiens !

LE CONDUCTEUR. — J'étais marchi-chef au 7ᵉ chasseurs, à Wagram.

ADRIEN. — Ah ! vous étiez à Wagram ?

LE CONDUCTEUR. — Un peu ! J'n'en suis pas plus riche pour ça.

ADRIEN. — Il y faisait chaud, hein !

LE CONDUCTEUR. — Oui, qu'il y faisait chaud.

ADRIEN. — Contez-moi ça ?

LE CONDUCTEUR. — Est-ce que j'sais, moi, je n'me rappelle plus, y a si longtemps, c'était en 1809. Étiez-vous né seulement, vous, en 1809 ?

ADRIEN. — Oui : mais j'étais moutard*.

LE CONDUCTEUR. — C'était une fameuse affaire, allez, que celle-là ; je me rappelle que, le matin de Wagram, un capitaine d'chez nous, un nommé Lefèvre, un homme plein d'esprit, qu'est maintenant retiré du côté de la Loire, par là-bas. Ce capitaine, c'était donc, comme j'vous disais, un homme plein d'esprit ;

---

* *Un moutard*, un enfant. (Expression populaire.)

il avait des moustaches grises énormes, comme vot'
avant-bras... Il avait trente-sept ans de service. Il
n'appelait rien comme tout l'monde ; par exemple, des
bouteilles de vin, il appelait ça des godiveaux ; il
disait chez les bourgeois : Apportez-moi un godiveau ;
on était fait à ça, on lui apportait une bouteille de vin.
Deux godiveaux, deux bouteilles de vin, trois godiveaux, trois bouteilles de vin ; il comptait comme ça
jusqu'à cent. Eh bien ! ce capitaine-là, qui s'appelait
Lefèvre, qu'était plein d'esprit, qu'appelait des bouteilles de vin des godiveaux, qu'avait des moustaches
longues comme le tuyau d'vot'pipe, qu'avait trente-
sept ans de service... eh bien ! cet homme-là, le brave
des braves, c'était le brave, le plus brave des braves !
eh bien ! il n'est ni décoré ni rien, tandis que chez nous
tous les administrateurs, les inspecteurs le sont tous ;
ceux qui ne le sont pas, c'est qu'ils ne l'ont pas voulu.
(Adrien s'endort.) Pour lors, le capitaine Lefèvre, qu'é-
tait mon capitaine, me dit comme ça le matin :
Fournais ! Je réponds : Capitaine ? Il me dit, dit-il :
Fournais, attention, aujourd'hui ça s'ra chaud ! Moi,
j'ly réponds : Oui, capitaine. Mon cheval était déferré
de la veille, pas moyen de l'faire ferrer ; enfin, j'dis
tant pis ; v'là le 1er escadron qui donne ; nous, le 2e,
nous restons. Mon sacré cheval, qu'entendait le canon,
sautait aussi haut qu'la diligence, c'était un plaisir ;
enfin nous restons vingt-quatre heures sans descendre
de cheval, sans rien prendre, enfin, c'était un carnage,
une tuerie, quoi ! v'là donc pour le jour. Le lendemain,
nous nous mettons en route, nous allons à dix lieues
plus loin ; c'est là seulement que mon cheval a pu être
ferré ; nous faisons donc dix lieues sans nous reposer.
Dame ! fallait les voir, les Autrichiens, les Kin-
serliks [52] ; uniques... Tiens ! mais j'suis bête, moi : vous
v'là parti, vous ? *(Adrien est profondément endormi.)*

Bonne nuit! *(Au postillon.)* Dépêchons-nous, nous sommes en retard.

Le postillon. — Je n'vous voyons pas v'ni, j'disions, y a pas d'bon Dieu, faut qui z'y soye arrivé quet'chose.

Le conducteur. — C'est au dîner... J'ai cru que nous y coucherions.

Le postillon. — Vous savez bien, Baptiste?

Le conducteur. — Qui ça, Baptiste?

Le postillon. — Baptiste, qu'on appelle la *Coloquinte* [53] ?

Le conducteur. — Parbleu! si j'la connais, la Coloquinte, oui, j'la connais; tu dis Baptiste... Eh bien! après... quoi qu'il a fait la Coloquinte?

Le postillon. — Il a fait... qui s'a marié, quoi!

Le conducteur. — Comment c'vieux serpent-là!

Le postillon. — Oui, c'vieux serpent-là, il a épousé une jeunesse qui s'nommons Zéphirine, qu'a pas core dix-sept ans, qui les aura à la Saint-Martin, la nièce à père Coville.

Le conducteur. — Oh! le vieux brigand!

Le postillon. — Aussi, on les a amusés assez. On leu z'y a fait une musique d'enragés; y z'étions tous avec les casseroles, des clarinettes, des serpents [54], des poêles, est-ce que j'savons, des marteaux, des tonneaux avec des pierrailles d'dans, ça a duré jusqu'à trois heures, hier matin.

Le conducteur. — C'était un charivari?

Le postillon. — Non; un charivari, c'est ce qu'ils ont donné au sous-préfet quand il a été nommé préfet. Oh! ça, c'étions core aut'chose. En v'là un *chouan*, c'gredin-là! je l'avons conduit une fois. J'vous l'ons m'né ventre à terre, à tout brésiller sur les pavés, il m'a core donné pour boire par là-dessus, le scélérat!

Le conducteur. — T'as reçu son argent?

Le postillon. — J'crois ben, l'argent du gouvernement.

Silence. Le conducteur s'endort.

LE RELAIS DE NUIT

La diligence est endormie. Le postillon, descendu de cheval, frappe avec son fouet à coups redoublés à la porte de l'écurie.

Le postillon. — Hé! là-bas, la maison, c'est-il que vous n'entendais point ? Hé! là-bas!
Le conducteur, *se réveillant.* — Est-ce qu'ils sont sourds aujourd'hui ?
Le postillon. — Faudrait pour le réveiller, s't'i-là, faire comme à la Coloquinte, c'étions encore un nouveau marié. *(Les chevaux se mordent.)* Oh! j'vas aller à toi, gueux d'*carliste*... gare à toi, hé! *Polignac* * ! *(Il lui donne un coup de fouet.)* Mets ça dans ta poche. Hé! là-bas... Y sont fichus de n'point ouvrir... Y faut donc enfoncer la porte pour les éveiller, ces *chouans*-là.
Un garçon d'écurie. — J'croyons qu'vous viendrais point, j'm'avions endormi.
Le postillon. — *J'm'avions endormi!* Fichu bête! j'demanderons à ton bourgeois si c'est qu'tu dois t'endormir, grand singe! Ous-ce qu'est le postillon?
Le garçon d'écurie. — C'étions un nouveau marié. T'nez, l'voilà.
Le postillon. — Hé! Thomas, faut donc aller t'enle-

---

* Historique[55].

ver ? Tu t'as donc oublié ? Comment qu'alle va, ta femme... Pauvre femme ! veux-tu qu'j'allions la consoler d't'avoir épousé ?

LE SECOND POSTILLON. — Alle n'a pas besoin d'ta consolation.

LE PREMIER POSTILLON. — T'es c'pendant pas un fort gas, toi.

LE SECOND POSTILLON. — Alle s'en contente. *(Les chevaux hennissent.)* Holà ! hé ! là-bas ? j'allons vous régaler, vous autres.

LE PREMIER POSTILLON. — Tu n'me f'ras pas croire qu'alle étions amoureuse d'un vieux masque comme toi, ta femme.

LE SECOND POSTILLON. — Voyez-vous ça !

UNE SERVANTE, *sortant du bureau.* — Conducteur, avez-vous un carton à chapeau, qu'il y a un chapeau d'dans, pour madame Laroche d'Montagny ?

LE CONDUCTEUR. — C'est pas un chien de chasse ?

LA SERVANTE. — C'est un carton à chapeau, qu'il y a un chapeau d'dans pour madame Laroche d'Montagny.

LE CONDUCTEUR. — Ça s'ra été envoyé à Toulouse. Adrien, n'vous éloignez pas, nous n'allons pas rester longtemps.

ADRIEN. — J'ai bien trop froid aux pieds, j'vas faire un temps d'galop.

Il s'éloigne en courant.

LA SERVANTE. — C'est un carton à chapeau, qu'il y a un chapeau d'dans pour madame Laroche d'Montagny.

LE PREMIER POSTILLON. — C'est-y vrai qu'ta femme est caressante ?

LE SECOND POSTILLON. — Vas-y voir.

Plusieurs voyageurs sortent de l'auberge.

Un des voyageurs. — Conducteur, avez-vous deux places d'intérieur ?

Le conducteur. — Non ; et vous ?

Un second voyageur. — Comment, vous n'avez pas de places ?

Le conducteur. — Où voulez-vous que j'en trouve ? ma voiture est pleine.

Le premier voyageur. — Mais c'est inouï : nous avons payé nos places au bureau ; nous sommes ici depuis hier.

Un troisième voyageur. — Ça ne se passera pas comme ça !

Une dame. — Certainement.

Le conducteur. — Attendez la voiture de d'main ; qu'est-ce que vous voulez que j'y fasse ?

Le premier voyageur. — Vous aurez beau faire : il n'y a pas de concurrence, le gouvernement les soutient ; nous n'avons rien à réclamer.

Le second voyageur. — Je vas prendre la poste à leurs frais.

Le premier voyageur. — Mais, pour prendre la poste, il faut une voiture, des chevaux.

La dame. — C'est une infamie.

La servante. — Conducteur, avez-vous un carton à chapeau qu'il y a un chapeau d'dans pour madame Laroche d'Montagny ?

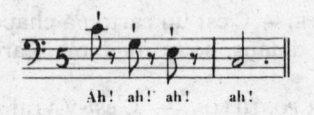

Ah! ah! ah! ah!

M. Prudhomme, *s'éveillant et bâillant.* — Eh bien ! nous n'allons plus ; est-ce que nous sommes arrêtés ?

(Il met la tête à la portière.) Mais je ne m'étonne plus si nous restons en place ! il n'y a plus de chevaux à la voiture. *(Il tire sa montre et la fait sonner.)* Trois heures ; ça ne peut être que trois heures du matin. Postillon, mon ami, où sommes-nous, ici ?

Le garçon d'écurie, *bégayant*. — Au Val d'Abadou[56].

M. Prudhomme. — Comment ?

Le garçon d'écurie. — Au Val d'Abadou.

M. Prudhomme. — Ah ! ah ! fort bien ; merci.

Son voisin. — Où sommes-nous, monsieur ?

M. Prudhomme. — Je ne sais pas... j'ai fait semblant de comprendre pour ne point désobliger ce garçon... Je descendrais volontiers ; ce n'est point impunément que l'on séjourne si longtemps en voiture ; j'éprouve le besoin de prendre l'air... Diables de choux ! je les aime, j'en mange, et puis... va te promener...

La jeune personne, *bas, à l'homme aux moustaches.* — Finissez, vous êtes un mauvais sujet, finissez.

M. Prudhomme. — Je ne m'étonne pas si nous restons en place, il n'y a plus de chevaux à la voiture. Conducteur ! ouvrez-moi la portière, s'il vous plaît ; j'éprouve le besoin de prendre l'air... *(Il met la tête à la portière.)* Eh bien ! où est-il donc passé, ce maudit homme ! Conducteur !... Il n'y a pas moyen de se faire entendre. Conducteur... ouvrez-moi, que diable ! j'ai besoin de sortir. *(Rassemblant toutes les forces de ses poumons.)* Conducteur ! m'ouvrirez-vous à la fin ! je vais devenir insupportable à la diligence, et ça pour une cause indépendante de ma volonté ! *(Le garçon d'écurie ouvre la portière.)* Il ne fait pas chaud, ce matin... hum, hum, brrr, brrr, il tombe du givre.

Le conducteur. — Qu'est-ce qui a encore ouvert ? nous allons coucher ici.

M. Prudhomme. — Vous vous arrangerez comme vous voudrez ; mais vous ne partirez pas sans moi.

Le conducteur. — Où allez-vous donc ?... n'allez donc pas si loin.

M. Prudhomme. — Je n'ai pas été élevé à commettre ces sortes de choses devant les dames *(d'un ton très sec)* entendez-vous ?

La servante. — C'est un carton à chapeau, qu'il y a un chapeau dedans pour madame Laroche d'Montagny.

Le conducteur. — Allons, en voiture... Et mon gros monsieur de l'intérieur ?

M. Prudhomme. — Me voici, me voici... me voilà débarrassé d'un grand poids. *(A un autre voyageur placé dans la même position.)* Monsieur, je suis enchanté de l'occasion qui m'a procuré l'avantage de faire votre connaissance.

Le voyageur. — Monsieur...

M. Prudhomme. — Monsieur est avocat ?

Le voyageur. — Non, monsieur.

M. Prudhomme. — Dans le commerce ?

Le voyageur. — Pas davantage.

M. Prudhomme. — Militaire ?

Le voyageur. — Allez-vous faire... *(Le mot est lâché.)*

M. Prudhomme. — Ça me suffit, monsieur, ça me suffit... Il y a tout à parier que ce monsieur a des raisons à lui connues pour cacher son état ;... c'est bien comme il voudra.

Le conducteur. — Allons donc ! là-bas, monsieur !

M. Prudhomme, *se rajustant*. — Voici... on n'a seulement pas le temps de se reconnaître.

Le conducteur. — Bon ! et Adrien... Si c'était aussi bien un autre, nous partirions, bien sûr. *(Appelant.)* Adrien, monsieur Adrien.

Adrien, *accourant à toutes jambes.* — Voilà ! voilà !

Il grimpe sur l'impériale.

LE CONDUCTEUR. — En route !... nous sommes en retard, les autres vont nous rattraper.

LE POSTILLON. — Pas core ; hier, c'est point l'embarras, y étions en avance.

LE CONDUCTEUR. — Qu'est-ce que vous avez donc fait ?... Vous soufflez comme un vieux bidet.

ADRIEN. — J'crois ben, si vous saviez ce que j'viens de faire pour me réchauffer. J'étais mort de froid.

LE CONDUCTEUR. — Quoi donc que vous avez fait ?

ADRIEN. — J'ai réveillé toute la ville, j'ai frappé à plus de quarante maisons.

LE CONDUCTEUR. — Farceur ! si une patrouille vous avait pincé ?

ADRIEN. — J't'en moque ! Je lui en veux à c'te ville ici.

LE CONDUCTEUR. — Pourquoi donc ?

ADRIEN. — Ils m'ont fait payer une fois un p'tit verre trente sous, que j'étais pressé, j'ai donné une pièce d'trente sous pour un sou.

LE CONDUCTEUR. — Vous m'en direz tant.

ADRIEN. — J'ai dormi comme dans mon lit, moi ; c'est le froid aux pieds qui m'a réveillé ; et vous ?

LE CONDUCTEUR. — Je n'ai pas perdu connaissance : est-ce que j'peux dormir ! C'est pas l'embarras, j'en aurais bon besoin ; j'ai pas pu me r'poser à Paris ; chose est malade.

ADRIEN. — Qui ça, chose ?

LE CONDUCTEUR. — Bourret.

ADRIEN. — Qu'est-ce qu'il a donc ?

LE CONDUCTEUR. — Je ne sais pas.

ADRIEN. — Allons, une petite polissonne de pipe ; ça vous va-t-il ?

LE CONDUCTEUR. — Non, merci ; je ne fume pas comme vous.

ADRIEN, *lui présentant une fiole qu'il tire de sa poche.*
— Voulez-vous une gorgée de fil-en-quatre ?

LE CONDUCTEUR. — Je veux bien... Elle est bonne, votre eau-de-vie.

ADRIEN. — Oui, elle est assez chouette.

LE CONDUCTEUR, *redoublant.* — A votre santé !

ADRIEN. — A la vôtre... Est-ce que vous ne déposez personne en route ?

LE CONDUCTEUR. — Si fait, le coupé descend à deux lieues d'ici.

ADRIEN. — Sa demoiselle est fièrement jolie à c'monsieur du coupé.

LE CONDUCTEUR. — Je ne trouve pas ça. Vous l'aimez, parce qu'elle est bien mise ; vous êtes encore un enfant en fait d'femmes, vous.

ADRIEN. — Enfin, à ce voyage ici, vous n'avez pas mieux.

LE CONDUCTEUR. — C'est-à-dire que, pour ma consommation, j'aimerais mieux la femme de la rotonde, celle que son mari est si mauvais.

ADRIEN. — Laissez donc !... une nourrice, une femme énorme.

LE CONDUCTEUR. — C'est égal, toujours une bien belle femme... Tenez, dernièrement, le jour du mardi gras, nous étions partis volontiers à vide de Paris ; il n'y avait dans la rotonde qu'une grosse femme, comme celle que je vous parle, une femme superbe enfin. J'ai été le soir lui tenir compagnie ; elle ne voulait d'abord pas causer ; enfin nous avons causé. Elle était magnifique, plus encore que celle d'aujourd'hui, un port de reine.

ADRIEN. — Voyez-vous ? Après ça, on ne doit pas disputer des goûts et des couleurs ; moi, j'adore les petites femmes ! T'nez il y a c'te petite du théâtre du Palais-Royal, c'est là une petite femme qu'est gentille et pleine de talent! Eh bien! elle est d'mes femmes, c'te petite-là; je s'rais riche aujourd'hui pour demain que je la couvrirais d'or, si elle voulait, bien entendu.

LE CONDUCTEUR. — C'est possible, on fait des folies à tout âge.

ADRIEN. — La connaissez-vous, Fournais, c'te femme-là?

LE CONDUCTEUR. — Je n'crois pas; je ne vais plus au spectacle, depuis Talma.

ADRIEN. — Allez la voir, vous m'en direz des nouvelles.

LE CONDUCTEUR. — Joue-t-elle la tragédie?

ADRIEN. — Est-ce qu'il y a encore de ça?... enfoncée la tragédie perruquée.

LE COUPÉ

M. DE VERCEILLES. — Je ne sais pas si Gallois aura l'esprit d'envoyer au-devant de nous la berline.

ERNESTINE. — Je pense que oui.

M. DE VERCEILLES. — J'ai oublié de le lui recommander.

ERNESTINE. — Nous avons si peu de temps à rester en voiture.

M. DE VERCEILLES. — Mais encore, je ne vois pas que ce soit une raison, parce que nous avons peu de temps à rester en voiture, pour que nous soyons exposés à tous les vents, comme dans le char à bancs, par exemple.

MARIE. — J'en vois un là-bas, de char à bancs.

M. DE VERCEILLES. — Où ça, là-bas? Vous parlez toujours à tort et à travers, Marie.

Ernestine. — Je crois aussi apercevoir un char à bancs sur la route de traverse.

M. de Verceilles. — Ce n'est pas une raison pour que ce char à bancs soit précisément le nôtre.

Ernestine. — Oh ! oui certainement, je reconnais bien les chevaux et le char à bancs.

M. de Verceilles. — Vous êtes sûre que c'est bien la voiture ?

Ernestine. — Bien sûre.

M. de Verceilles, *se mettant à la portière du coupé.* — Conducteur ! conducteur ! arrêtez.

La diligence s'arrête et les voyageurs descendent.

M. de Verceilles. — Voyez bien, Marie, si nous ne laissons rien dans la diligence. *(Au cocher du char à bancs :)* Comment avez-vous pu venir, par un temps pareil, au-devant de nous avec le char à bancs ?

André. — Mais, monsieur le comte, c'est M. Gallois qui m'a dit de prendre le char à bancs.

M. de Verceilles. — Gallois a eu tort, parce qu'on ne voyage pas en char à bancs dans cette saison et par un temps comme celui-ci.

André. — La berline est à réparer, monsieur le comte le sait bien.

M. de Verceilles. — Je n'en sais rien. Si elle est à réparer, il fallait presser les ouvriers et l'envoyer aujourd'hui au-devant de nous. Vous demanderez, André, au conducteur, ma petite malle, et vous aiderez Marie à transporter les cartons dans le char à bancs... Ça n'a pas de nom, envoyer un char à bancs ! Dépêchons-nous, je vous prie.

Ernestine. — Vous prendrez bien garde à mes cartons, Marie.

Marie. — Oui, mademoiselle.

Le conducteur, *de l'impériale.* — Est-ce tout c'que vous avez, monsieur ?

M. de Verceilles. — Mais oui, je crois.

Les voyageurs montent dans le char à bancs, qui reprend le chemin de traverse.

Le conducteur. — Allons, monsieur, là-bas ! nous partons.

Le voyageur. — Je suis à vous.

Le conducteur, *à la portière de l'intérieur.* — Vos passeports, messieurs, s'il vous plaît ?

Les voyageurs donnent leurs passeports.

M. Prudhomme. — Je déteste les Anglais de tout mon cœur ; mais je les admire néanmoins, quand je pense qu'ils peuvent impunément parcourir les trois royaumes, l'Irlande, l'Écosse et l'Angleterre, sans avoir le moins du monde besoin de remplir cette formalité ridicule.

Le conducteur, *à la portière de la rotonde.* — Messieurs, vos passeports, s'il vous plaît ?

Le père. — Vous me descendez avant la porte, conducteur.

Le conducteur. — J'veux bien ; mais vous êtes sur la feuille, il me faut votre passeport.

Le père. — T'nez, le voilà, êtes-vous content ?

Le conducteur. — Tout est dit, on vous descendra. En route !

Il remonte à sa place sur l'impériale.

Adrien. — Voyons donc vos passeports ?

Le conducteur. — Prenez garde, vous allez les laisser tomber.

Adrien. — N'ayez pas peur, soyez paisible.

Le conducteur. — Pourquoi donc faire que vous voulez voir ces passeports ?

ADRIEN. — C'est le nom de c't'homme de la rotonde que j'cherche, j'veux savoir quel état qu'il est. *Chambéry, mécanicien; Liodot, négociant; Tallois, médecin; Campan, marchand de vins; Levesque, huissier; Loquemans,* c'est l'officier, le chauffeur de la petite; *Prudhomme, professeur d'écriture;* c'est le gros vieux embêtant. Je ne trouve pas mon homme.

LE CONDUCTEUR. — Attendez, il n'y a qu'à voir sur la feuille *(il cherche sur sa feuille)*; trois places de rotonde... trois places... Ah! voici : Saint-Victor.

ADRIEN. — Saint-Victor! c'n'est pas un nom, ça. Voici! j'y suis : *Saint-Victor, agent d'affaires.* Bon, je sais à quoi m'en tenir.

LE CONDUCTEUR. — Est-ce que vous croireriez?...

ADRIEN. — Oui, oui, c'est c'que j'crois, c'n'est pas grand-chose.

LE CONDUCTEUR. — Il a demandé à descendre avant les portes.

ADRIEN. — C'est bien ça.

LE CONDUCTEUR. — Ma foi! j'vas l'descendre de suite.

ADRIEN. — Il n'y a pas d'mal, allez, débarrassez-nous-en.

LE CONDUCTEUR, *au postillon.* — Arrête-nous un peu ici.

Le conducteur descend, la diligence s'arrête.

LE CONDUCTEUR, *ouvrant la portière de la rotonde.* — Descendez-vous, monsieur?

LE PÈRE. — Oui, puisque je vous l'ai demandé.

LA MÈRE. — Ferdinand, laisse passer ton papa.

LE PÈRE, *à sa femme.* — Ne fais toujours pas de bêtises, toi, j'te recommande ça.

> *Le père descend de la voiture; il entre dans un cabaret.*

Le conducteur, *regagnant sa place*. — En route !

Adrien. — Il paraît connaître les localités... c'monsieur...

Le conducteur. — Oui, il est allé se rafraîchir.

Adrien, *ricanant*. — Il fait si étouffant avec ça, ce matin !

LA ROTONDE

M. Mignolet, *à son voisin*. — Monsieur, pardon.

Le voisin. — Faites, monsieur.

M. Mignolet. — Connaissez-vous M. Bossuet ?

Le voisin. — M. Bossuet ?

M. Mignolet. — Oui, M. Bossuet.

Le voisin. — Il n'a pas un autre nom ?

M. Mignolet. — Non, pas que je sache.

Le voisin. — Quel état qu'il est, M. Bossuet ?

M. Mignolet. — Mais il est... attendez donc, il est... comme procureur... Je ne sais pas, moi...

Le voisin. — Si vous n'savez pas, c'est assez difficile de vous dire où c'est.

M. Mignolet. — M. Bossuet, attendez donc, c'est bien M. Bossuet ? *(Il cherche son portefeuille.)* Bossuet, Bossuet ; qu'est-ce que c'est que ça ? M. Méchin ; ce n'est pas ça.

Le voisin. — Non, pas tout à fait.

M. Mignolet. — Ah ! j'y suis : M. Bossuet, avoué près le tribunal civil, rue Sainte, 46.

Le voisin. — Je vois ça d'ici, c'est tout cont'la cathédrale. J'vous y conduirai, j'passe par là, c'est mon ch'min.

M. Mignolet. — Bien volontiers, monsieur, si toutefois on n'vient pas au-devant de moi.

Un voyageur, *nonchalamment*. — M. Bossuet ? Parbleu ! il est assez connu, il a perdu son épouse, il y a deux mois environ, une demoiselle Flachat, il est clarinette dans la garde nationale.

Le voisin. — Je ne le connais pas, je ne connais pas de Bossuet.

Le voyageur. — Il a acheté l'étude de M. Truand ; M. Bossuet, c'est un petit mince, en lunettes ; il demeure rue Sainte, en face de madame Libour, n° 46.

Le voisin. — Dans la maison à M. Truand ?

Le voyageur. — Dans la maison de M. Truand, puisqu'il a acheté son étude, à M. Truand.

Le voisin. — M. Truand a donc vendu son étude ?

Le voyageur. — Il le faut bien, puisque M. Bossuet l'a achetée.

Le voisin. — Ah ! je ne savais pas.

Le voyageur. — On n'en a pourtant pas fait un mystère.

Le voisin. — C'est possible ; mais j'étais à Paris.

Le voyageur. — Je n'dis pas ; mais c'est pourtant comme ça.

Le voisin. — Puisque vous l'saviez, pourquoi, quand on me l'a demandée, ne l'avez-vous pas donnée, l'adresse de M. Bossuet ?

Le voyageur. — Pourquoi s'est-on adressé à vous de préférence ?

Le voisin. — Est-ce que monsieur n'a pas l'droit de demander à qui qu'ça lui fait plaisir ?

Le voyageur. — Et moi ! j'ai le droit de répondre si cela me plaît.

Le voisin. — Vous êtes encore unique, vous.

Le voyageur. — Je suis comme ça.

M. Mignolet. — Mon Dieu ! messieurs, que je suis fâché d'être la cause involontaire d'une discussion...
Le voisin. — Il n'y a pas de discussion là-dedans...
Le voyageur. — C'est comme monsieur voudra.
Le voisin. — C'est comme vous voudrez aussi ; j'ai pas peur de vous.
Le voyageur. — Ni moi, Dieu merci !
M. Mignolet. — Je suis vraiment fâché d'être la cause involontaire...

La diligence s'arrête aux portes de la ville.

L'INTÉRIEUR

Un voyageur. — Nous allons attendre ici une bonne heure.
Un second voyageur. — Vu qu'ils ont des paquets à déposer.
M. Prudhomme. — Ce n'en est pas moins fort ennuyeux. Je suis certain que nous avons perdu trois heures pendant le cours de notre voyage, avec tous ces retards.
La jeune personne. — Restez-vous en ville, monsieur ?
L'homme *aux moustaches*. — Et vous ?
La jeune personne. — Je resterai peut-être... si l'on ne vient pas au-devant de moi.
L'homme *aux moustaches*. — Je ne resterai pas, je repars de suite.
M. Prudhomme. — La valeur n'attend pas !...

L'IMPÉRIALE

Adrien, *à son voisin*. — Vous n'avez pas dit grand-chose tout le long de la route.

L'Anglais. — I don't speak French.

Adrien. — Vous ne m'entendez pas. Je... dis... que... vous... n'avez... pas dit... grand... chose... tout... le long... de... la... route...

L'Anglais. — No, sir.

Adrien. — C'est pas faute d'avoir pris assez de notes. Quel écrivain !

Le conducteur, *remontant à sa place*. — En route !

Adrien. — Nous avons complètement oublié mon voisin.

Le conducteur. — C'est un Anglais.

Adrien. — Ils sont drôles, ces gens-là... ça ne sait pas un mot de français, et ça vient en France pour s'amuser. Je n'aimerais guère ça, moi.

La diligence s'arrête, arrivée à sa destination.

LA COUR DE LA DILIGENCE

Adrien, *à un garçon d'écurie*. — Morisset, donne-moi l'échelle, que j'descende.

M. Prudhomme. — Je ne suis pas fâché d'être arrivé.

La vieille dame. — Ce n'est pas une raison pour marcher sur ma robe.

M. Prudhomme. — Pardon, madame.

Une servante. — Ces messieurs veulent-ils descendre ici ?

Un garçon d'auberge, *distribuant des adresses.* — Messieurs, l'hôtel des Bains !

Un second garçon. — L'hôtel de la Tête-Rouge !

Un troisième garçon. — L'hôtel des Princes, monsieur ! on y est très bien.

Un quatrième garçon. — L'hôtel de la Poste !

L'homme *aux moustaches.* — Laissez-moi donc avec vos adresses.

Le premier garçon, *au second.* — J'vas tout à l'heure t'flanquer ma main sur la figure, toi.

Le second garçon. — Viens-y donc !

Le premier garçon, *lui allongeant un soufflet.* — J'y suis t'y ?

> *Les autres garçons d'auberge prennent fait et cause dans la discussion, et livrent un combat des plus acharnés dans la cour de la diligence.*

L'homme *aux moustaches.* — Canaille, aurez-vous bientôt fini ?

Un des garçons. — Canaille ? c'est vous qu'en êtes une.

> *L'homme aux moustaches saisit le provocateur par le collet de sa veste et le lance sous les pieds des chevaux.*

M. Prudhomme. — C'est une horreur, une semblable conduite ! Venir insulter des voyageurs paisibles !

La vieille dame. — A l'assassin ! à l'assassin ! ah oh ! Mimire !

> *Tous les voyageurs entrent au bureau.*

LE BUREAU

L'homme *aux moustaches, au directeur du bureau.* — C'est une infamie, monsieur, d'être insulté par tous les garçons des hôtels.

Le directeur. — Ce n'est pas ma faute, monsieur, cela ne me regarde pas.

M. Prudhomme. — Comment, cela ne vous regarde pas ? est-ce que vous ne devez pas répondre de la tranquillité des voyageurs ?

Le directeur. — Je ne peux pas être dans la cour et à mon bureau.

Tous les voyageurs. — C'est une indignité ! c'est affreux ! c'est abominable !

Adrien. — Il ne vous est rien arrivé de fâcheux, mademoiselle ?

La jeune personne. — Non, monsieur.

Adrien. — Eh bien ! vous l'avez vu ce monsieur qui vient de sortir avec ses moustaches ? il est gentil !...

La jeune personne. — Il est ce qu'il est.

Adrien. — Voyez-vous, je le connais, c'est un farceur, c'est un homme qui dépensera une vingtaine de francs avec vous, et qui vous plantera là après, c'est son genre. Vous connaissez la ville ?

La jeune personne. — Oui, monsieur.

Adrien. — Tant pis, j'vous aurais conduit partout...

La vieille dame. — Ah ! si jamais je remets les pieds en diligence ! Vous avez, monsieur le directeur, un conducteur qui est la grossièreté personnifiée.

Le directeur. — Il revient encore dix francs sur votre place, madame.

La vieille dame. — On n'est pas grossier comme votre conducteur.

Le directeur. — Il y a aussi des voyageurs qui sont d'un ridicule...

M. Prudhomme. — Je suis à toi dans une seconde, monsieur Robinot.

Robinot. — Fais, fais.

M. Prudhomme. — Madame Robinot se porte bien ?

Robinot. — Très bien ! Chez toi aussi ?

M. Prudhomme. — A merveille ! merci. Je cherche un monsieur de la diligence, auquel je serais charmé de faire mes adieux. C'est extraordinaire comme on se quitte dans ces bureaux de diligence.

Le directeur. — Vous avez encore soixante-douze francs à payer pour vos places.

La mère. — Comment, monsieur ?

Le directeur. — Oui, soixante-douze francs.

La mère. — Tout n'est donc pas payé ?

Le directeur. — Il n'y a qu'une partie des places de donnée.

La mère, *effrayée.* — Ah ! mon Dieu ! mon Dieu !

Le directeur. — Mais, est-ce que vous n'avez personne avec vous ?

La mère. — Ah ! mon Dieu ! me laisser toute seule avec deux enfants !

Elle tombe évanouie.

Adrien. — Eh bien ! qu'est-ce que c'est donc ? une femme qui se trouve mal.

La jeune personne. — C'est cette dame du dîner.

Adrien, *la retenant dans ses bras.* — Du vinaigre ! (*La jeune personne apporte une chaise ; l'aîné des deux enfants se jette au cou de sa mère.*) Dire que son mari est descendu avant d'entrer en ville ! Il ne reviendra pas, il passera la frontière cette nuit.

La jeune personne. — Laisser une mère avec deux enfants !

ADRIEN. — C'est une abomination! abandonner une pauvre femme comme ça.

> *Tous les voyageurs ont quitté le bureau. Adrien et la jeune personne sont seuls restés près de la mère et des enfants.*

ADRIEN, *au directeur*. — Monsieur Lemoine, je prends tout sur moi, j'ai des connaissances dans la ville, je réponds de sa place.
LE DIRECTEUR. — C'est bien.
LA JEUNE PERSONNE, *à Adrien*. — Monsieur, voici cinq francs.
ADRIEN, *tirant vingt francs de sa bourse*. — Voilà vingt-cinq francs, monsieur Lemoine, mes effets répondront du reste. Attendez-moi, mademoiselle, je vais revenir.

> *Il remet la mère dans les bras de la jeune personne.*

LA JEUNE PERSONNE. — Je ne la quitterai pas. Pauvre femme!...

> *Le directeur et son commis reprennent leur travail.*

LA GARDE-MALADE

La scène se passe dans une pièce qui précède la chambre à coucher du malade.

MADAME BERGERET, UNE VOISINE

MADAME BERGERET, *purifiant ses chaussures.* — Il y a de c'te crotte aujourd'hui dans ce Paris, que c'n'est en vérité pas pour dire.

LA VOISINE. — Oh! oui, qu'il y en a. Dites, donc, madame Bergeret, vot'médecin n'est pas encore venu?

MADAME BERGERET. — Pas encore; il ne peut pas tarder, c'est approchant son heure; comment qu'ça va à ce matin?

LA VOISINE. — Mais, merci, à la douce; j'ai toujours mes tiraillements d'estomac; je veux bien présumer que c'n'est pas l'ver solitaire, puisque rien ne s'est présenté jusqu'à présent; mais bien sûr, j'ai quet'-chose dans mon estomac, et j'veux voir vot'docteur quand y sera ici; je veux l'consulter là-dessus.

MADAME BERGERET. — Eh ben! c'est dit, on vous

préviendra dès qu'il sera arrivé ; mais entrez donc une minute, mame Madou[57] ! Parbleu ! vous n'êtes pas si pressée ?

La voisine. — C'est-à-dire j'suis pressée sans l'être ; j'suis pressée et je ne la suis pas ; je suis pressée si vous voulez ; j'ai laissé ma porte tout contre.

Madame Bergeret. — On n'entrera pas chez vous tant que vous resterez là, n'ayez pas peur. Je ne vous engage pas à entrer dans l'autre chambre, c'est une infection !

La voisine. — J'vous crois sans peine ; comment est-ce que va M. Lasserre ?

Madame Bergeret. — Je n'vous dirai pas, je ne l'ai pas encore vu d'aujourd'hui, j'arrive ; je ne sais si c'est qu'il est mort ou si c'est qu'il est vivant : tout ce que je sais, c'est qu'hier au soir, quand je suis donc partie, il n'allait pas fort ; faut croire, voyez-vous, qu'il s'aura assoupi c'matin, que je ne l'entends pas. Il y a une chose, mame Madou, à considérer, c'est qu'c'est un coffre usé, il n'y a pas grand'huile dans la lampe ; et puis c'qui l'étouffe, c't'homme-là, c'est la méchanceté ; il est si méchant, si méchant ! que c'est en vérité, pas pour dire.

La voisine. — Il était pourtant si bon enfant quand y se portait bien, y ne soufflait jamais mot à personne ; et honnête qu'il était ! y vous aurait salué un enfant dans les escaliers.

Madame Bergeret. — C'était de la fausseté ; moi, voyez-vous, je reste ici, parce que c'est M. Chapellier, son médecin, qui m'a fait avoir ce malade-là, sans ça, est-ce que vous croyez que j'y resterais, au mal que j'ai, pour dix malheureux sous par jour ? oh ! non, par exemple !

La voisine. — Dame ! le pauvre cher homme n'est pas fortuné.

Madame Bergeret. — Quand on n'est pas fortuné, faut pas avoir d'amour-propre, on va n'à l'hôpital ; là on est bien forcé de vous guérir.

La voisine. — Dans ce bas monde, on n'fait pas toujours c'qu'on veut.

Madame Bergeret. — On fait ce qu'on peut, je sais bien. Dites donc, à propos, est-ce que ça n'serait pas M. Peguchet que j'viens d'voir en officier, dans les escaliers ?

La voisine. — Oui, probablement ; il est d'garde aujourd'hui.

Madame Bergeret. — Il est donc aussi officier, celui-là ?

La voisine. — Bon Dieu ! oui ; est-ce que tout le monde ne l'est pas ? c'est là précisément sa brouille avec le propriétaire.

Madame Bergeret. — Ils ne se fréquentent donc plus ?

La voisine. — Ah ! ben oui, s'fréquenter ! bien mieux qu'ça, y s'exècrent ; quand j'dis qu'y s'exècrent, j'n'entends pas dire par là que c'est par rapport à M. Vassal, qu'est le meilleur des humains, la crème de son sesque ; mais c'est sa femme, quand j'dis sa femme, c'est sa femme, voyez-vous *(avec intention)* du côté gauche. On parle des femmes mauvaises, en v'là une de femme qu'est mauvaise, et menteuse, et gourmande, et fausse ; elle a toutes les qualités. Y faut qu'a *save* tout, d'abord c'qu'on fait dans la maison, et quand n'y a rien, elle invente. Il est bon d'vous dire qu'a ne fait œuvre d'ses dix doigts toute la sainte journée ; v'là ce qu'a fait : elle se plante le derrière sur une chaise en d'dans de sa porte, et crac, sitôt qu'elle entend quet'chose dans les escaliers, la v'là aux aguets.

Madame Bergeret. — Ouï-da ! Eh ben, j'm'en serais

douté, je ne descends pas de fois que je n'a rencontre ; elle est toujours à faire celle qui nettoie son paillasson ; j'm'ai dit d'suite, toi t'es t'une curieuse, tu n'vaux rien.

La voisine. — Moi, je ne l'appelle que mame Bribri, à défaut d'son nom qu'je n'connais pas, et qu'je n'veux pas connaître. Eh bien ! pour vous en finir, elle en veut à la mort à mame Peguchet.

Madame Bergeret. — Pourquoi donc ça ?

La voisine. — Parce que mame Peguchet, dame c'est tout naturel, c'te p'tite femme qu'est mariée, elle, a ne s'rait pas flattée de faire sa société d'une femme qui vit avec un homme.

Madame Bergeret. — Ça tombe sous l'sens.

La voisine. — Qu'est-ce que fait l'autre ? elle en dit des horreurs : qu'a n'est pas mariée, est-ce que je sais, moi ?... que c'est des banqueroutiers, et ça, partout, chez l'épicier, chez la bouchère, de tous les côtés.

Madame Bergeret. — Voyez-vous ça !

La voisine. — Lui, de son côté, M. Vassal, qu'aurait aussi été ben aise, par amour-propre, d'être officier ; quand j'dis ben aise, pas pour lui toujours, car y n'a pas d'volontés à lui, l'pauvre cher homme, mais pour faire plaisir à *sa madame*, qui lui a persuadé que comme propriétaire ça lui revenait de droit d'être nommé officier, que non pas M. Peguchet.

Madame Bergeret. — Oui, c'est toujours les riches qui veulent tout avoir.

La voisine. — Qu'ça menait à la croix d'honneur, et patati, et patata ; enfin, si bien que deux hommes qui devaient mourir ensemble, qu'étaient les meilleurs amis du monde, qui n'faisaient qu'un, comme deux cœurs dans une même culotte ; toute c't'amitié-là a été coupée dès que mame Bribri est rentrée dans la maison.

Madame Bergeret. — Comment donc ça, rentrée, elle en avait donc sorti ?

La voisine. — Oui, certainement, parce qu'il est bon d'vous dire, mame Bergeret, que M. Vassal l'avait priée de circuler plusieurs fois pour sa santé, pour mille et une bamboches q'a y avait faites ; enfin il l'a reprise, parce que, le pauvre cher homme, courir à l'âge qu'il a... et puis y n'est pas heureux quand y court... c'n'est qu'pour ça qu'y s'est remis d'avec.

Madame Bergeret. — Vous v'nez de m'éclairer, mame Madou, elle n'a pas l'air d'y toucher quand on la voit. L'autre jour, elle passait d'avant la porte cochère, elle disait à la portière : *Mame Desjardins, j'vas à la boucherie, voulez-vous quet'chose ?* c'était pour la trahir après.

La voisine. — Comme c'est joli, la propriétaire qui fait la boucherie d'sa portière ! Moi, a ne peut pas m'sentir.

Madame Bergeret. — Vous aussi ?

La voisine. — Oui, moi aussi, parce que, voyez-vous, il est bon d'vous dire, mame Bergeret, qu'y a environ deux mois d'ça, on a enlevé à M. Lasserre un petit cellier qu'il avait à la cave. Dès que je l'ai appris chez la portière, j'ai dit que c'était l'infamie des infamies ; que j'savais qui qu'en était l'auteur, et que c'n'était ben sûrement pas eune femme honnête. Ça n'a pas manqué de lui être reporté, je ne l'disais que pour ça.

Madame Bergeret. — Vous avez fait c'que j'aurais fait moi-même à vot'place. Elle vous a donc dit des sottises ?

La voisine. — Des sottises ! non, elle n'en dit jamais, pas si bête ; et puis on y en répondrait, c'est ce qu'a veut pas ; mais je l'ai su par leu chien. Pauvre petite bête ! a v'nait toujours dans ma chambre, a me f'sait toutes sortes de caresses : à présent, dès qu'a m'voit, a ne m'souffle pas le mot, a passe sans me rien dire, raide comme un soldat aux gardes. J'm'attends à être aboyée un d'ces matins.

Madame Bergeret. — Eh bien! foi d'femme honnête, j'vous jure que c'te princesse-là m'a toujours eu l'air ben mauvaise, ben mauvaise. Dites donc, à propos, est-ce que monsieur Peguchet n'est pas un peu...

La voisine. — Un peu quoi ?

Madame Bergeret. — Vous m'entendez bien.

La voisine. — Carlisme ?

Madame Bergeret. — Oui.

La voisine. — M. Peguchet ?

Madame Bergeret. — Oui... un peu.

La voisine. — Oh! ben oui, carlisme! C'est lui, avec l'épicier, M. Tremollot, qu'a fait la première barricade de not'rue [58]... Ah! ben oui! lui? carlisme! M. Peguchet ? Ben du contraire, il méprise trop les prêtres pour ça [59] !

Madame Bergeret. — Excusez-moi... j'avais cru entrevoir...

La voisine. — Vous avez mal entrevu.

Madame Bergeret. — Moi, ce n'est pas encore tant Charles X que je méprisais, que son frère Louis XVIII [60]. Ah! par exemple, celui-là... de tout mon cœur. Je n'ai jamais pu lui passer, et je ne lui passerai jamais, le massacre des chevaux café au lait de l'Empereur.

La voisine. — Comment comment ? les chevaux café au lait ?

Madame Bergeret. — Les chevaux du sacre, enfin.

La voisine, *avec indignation*. — Les chevaux du sacre ont été massacrés! C'est Louis XVIII qui les a massacrés! On a donc massacré les chevaux du sacre ?

Madame Bergeret. — Mais donnez-moi donc

l'temps d'vous expliquer la chose : vous v'là comme une soupe au lait que vous allez réveiller mon pauvre homme. Quand j'vous dis que les chevaux du sacre ont été massacrés, c'est vrai, parce que leur massacre a évu lieu.

LA VOISINE. — On les a massacrés.

MADAME BERGERET. — On les a massacrés ; je n'entends pas, quand j'vous dis ça, prétendre que c'est Louis XVIII en personne qu'a fait ça. Parbleu ! lui qui ne pouvait pas s'traîner, n'a pas été, avec un grand sabre, massacrer toutes ces pauvres bêtes ; et puis, toutes bonnes qu'elles étaient, elles ne s'auraient pas laissé faire, elles s'auraient r'vengées !

LA VOISINE. — Je les r'connais bien là, par exemple.

MADAME BERGERET. — Quand l'Empereur a été trahi, que tout le monde y a tourné le dos, c'était pas facile de l'remplacer...

LA VOISINE. — Je crois ben, le plus grand capitaine de son époque !

MADAME BERGERET. — Ils ne savaient plus comment faire, car nous les faisons, les révolutions, nous les aimons, puis après, va te promener ! Comme si qu'on accouchait sans layettes dans le ruisseau. Si bien que ne sachant où donner de la tête, y sont allés trouver Louis XVIII qui n'a pas mieux demandé, lui qu'était à la mendicité ; seulement il a eu la petitesse, car c'en était une grande, de répondre à Talleyrand : « Je ne remettrai jamais le pied en France, tant que je ne verrai pas les têtes des chevaux café au lait du sacre. »

LA VOISINE. — Des pauvres bêtes qu'on aimait tant !

MADAME BERGERET. — Et qui l'méritaient ; car, certes, elles n'avaient jamais fait de mal ! Je les vois encore comme je vous vois, ces pauvres petites bêtes, avec leurs petites plumes blanches sur leurs petites têtes ; comme elles n'étaient pas fières dans leur position, comme elles saluaient le peuple ! tenez, je les vois encore, elles faisaient comme ça au peuple avec leurs petites têtes.

Elle imite le mouvement des têtes des chevaux café au lait.

LA VOISINE. — Tenez, j'en ai un poids d'cent livres sur l'estomac, de ce que vous v'nez de m'dire là.

MADAME BERGERET. — J'vous crois bien, d'autant que j'ai évu ça assez longtemps aussi... Si bien donc que quand on l'a débarqué, pour not' malheur, à Calais, Louis XVIII, qu'on a même coulé son gros pied sur un bronze, que ça n'y est plus, heureusement ; mais ça y a été ; il a demandé les têtes des chevaux café au lait, c'est la première chose qu'il a demandée : *Je veux voir les têtes des chevaux café au lait*, qu'il a dit. Tout de suite on les a apportées dans plusieurs paniers, à la vérité, mais on les a apportées.

LA VOISINE. — Et dire qu'on n'a pu y rien faire !

MADAME BERGERET. — Comme c'est mesquin ! Aussi, quand j'voyais passer Louis XVIII, j'demeurais alors faubourg du Roule, que j'y étais portière, toujours il passait par là, jamais par la place de la Révolution [61] ; dès que j'apercevais le bout du nez du premier cheval de son escorte, je sortais de ma loge tout doucement, tout doucement, et savez-vous c'que j'faisais ?

LA VOISINE. — Pas encore.

MADAME BERGERET. — Je m'plantais sur l'trottoir ; et quand il était devant moi, je m'baissais comme pour... vous m'entendez bien... on n'pouvait rien m'dire, j'aurais répondu : Ça vient de me prendre. V'là c'que j'faisais, je n'en ai jamais fait d'autres tout l'temps qu'il a été sur l'trône ; et ça, toutes les fois que je m'rencontrais avec lui. Le tout pour l'humilier. Bien des personnes comme ça m'ont dit : Mais vous

La Garde-malade 203

avez tort, mame Bergeret, vous finirez par vous compromettre. J'leur z'y répondais froidement : Ce que j'fais là, je l'ferais sur l'échafaud, tant j'étais montée.

La voisine. — Vous étiez comme... exaltée.

Madame Bergeret. — Pire que ça encore... Quand je pense que tout ça n'aurait pas évu lieu si l'Empereur s'avait voulu tenir tranquille.

La voisine. — Oh! bien sûr que s'il n'avait pas évu autant d'ambition ; car c'est bien sa trop grande ambition qui l'a perdu et nous avec.

Madame Bergeret. — Vous n'y êtes pas du tout, vous, mame Madou. Son ambition, il la fallait son ambition pour faire diminuer le sucre et les cafés, qu'étaient hors de prix, et que les Anglais ne le voulaient pas [62]. C'n'est pas pour son ambition que je lui adresserai jamais des reproches, il la fallait !

La voisine. — Il est vrai qu'on n'pouvait pas en approcher ni des cafés ni du sucre, que c'était hors de prix ; aulliurs qu'en Angleterre, à c'qu'on disait dans ces temps-là, ils en donnaient aux cochons, tant qui z'en regorgeaient.

Madame Bergeret. — C'est très vrai, ça, on me l'a encore rapporté ; mais ce n'est pas tout, la voilà, la chose. L'Empereur, comme vous, comme moi, comme tout l'monde, avait fait des bêtises, comme tout l'monde, comme j'en ai fait, comme vous avez pu en faire ; mais quand on a l'bonheur d'avoir eune Joséphine, voyez-vous, eune Joséphine sur le trône, pour épouse, on doit se t'nir tranquille, voilà ce qu'on doit faire, et c'est ce qu'il a pas fait. Si c'était son tempérament qui voulait qui s'en aille courir, il avait assez de moyens pour ne pas manquer de trouver... vous m'entendez. Si c'était un fils qu'il réclamait pour sa couronne, il en avait un ; car, si à cette époque-là il avait seulement voulu suivre mes conseils, je ne me suis pas cachée pour dire, et ça en pleins Champélysées : Tu veux un garçon ? adopte Eugène[63]. Il n'y avait rien d'beau comme Eugène en guide[64]*. Eh ben ! non ; je n'ai pas seulement été écoutée, et il a épousé qui ? une Autrichienne, un belle chute, qui depuis a épousé un maréchal des logis chef, dans son pays[65].

La voisine. — La femme à l'Empereur !

Madame Bergeret. — La femme à l'Empereur, l'Autrichienne, bien entendu, une intrigante ; moi, quand j'ai appris que c'était fini d'avec Joséphine, j'avais le cœur qui m'tournait, voyez-vous, qui m'tournait comme à mon premier enfant ; je ne voulais pas rester dans la loge ; mon mari était en journée ; si j'avais aussi bien évu ce jour-là sous la main quelqu'un pour tirer mon cordon, j'n'en aurais fait ni une ni deux, j'aurais volé, toute femme que j'étais, j'aurais volé tout d'suite à la Malmaison, j'aurais été pleurer avec Joséphine, mêler mes larmes avec les siennes, j'y aurais dit : Me voilà, j'viens vous consoler.

La voisine. — Toute femme l'aurait fait à vot'place.

Madame Bergeret. — Ça lui a bien réussi à c'pauvre Empereur, que tout depuis son divorce y a tourné, et puis son Autrichienne, sauf le respect que j'vous dois, pour ne pas s'donner la peine de saluer le peuple, elle avait dans sa voiture, qu'elle faisait partager à l'Empereur, un siège en gomme élastique ; elle donnait un petit coup dessus avec son derrière, et crac, le peuple était salué. J'vous l'dis, elle n'a jamais voulu s'donner le moindre mal pour la France ; tandis que l'autre, pauvre Joséphine ! c'était comme une proces-

---

* Depuis, régiment de chasseurs à cheval de la garde impériale, commandé par le général Lefèvre-Desnouettes en 1815.

sion de Paris à la Malmaison, tout l'monde voulait la voir après son divorce.

> *La voisine et la garde-malade fondent en larmes.*

LA VOISINE. — Tenez, mame Bergeret, c'est des bêtises que d'être comme ça pour des choses qu'on ne r'verra jamais.

MADAME BERGERET. — Qu'on ne r'verra jamais ? Je m'attends, mame Madou, à des grands changements... Écoutez une chose... que ça ne sorte pas de nous deux...

LA VOISINE. — Je le jure sur la tête de mon aîné !

MADAME BERGERET, *s'approchant de la voisine avec le plus grand mystère.* — L'Empereur n'est pas mort[66].

LA VOISINE. — Laissez donc !

MADAME BERGERET. — Il doit nous arriver un de ces jours à la tête de trois cent mille nègres.

LA VOISINE. — Je l'croirai quand je l'verrai.

MADAME BERGERET. — J'ose me flatter de vous mettre un jour à même de le voir, sans trop présumer de mes forces.

LA VOISINE. — Enfin, ça serait bien ce jour-là le plus beau de ma vie ; mais renvoyez-moi donc, que j'ai mon ménage à faire. Je resterais là toute la journée.

MADAME BERGERET. — Je ne vous retiens pas, j'vas faire mon déjeuner.

LA VOISINE. — Eh ben ! n'à revoir, mame Bergeret : vous m'avertirez pour le médecin ?

MADAME BERGERET. — Oui ; tout de suite qu'il s'ra venu j'suis chez vous.

LA VOISINE. — Eh ben ! c'est convenu.

Elle sort.

MADAME BERGERET. — Mon Dieu ! rien d'fait à c'te heure ici... faut qu'j'allume mon fourneau pour mon déjeuner, j'meurs de faim.

Elle chantonne.

Je m'en vas vas vas je m'en vas dé - dé je m'en vas dé - dé je dé - dé - jeû - né né, j' m'en vas dé jeû ner

On entend le malade tousser dans la pièce voisine.

MADAME BERGERET. — Il paraît que ça ne sera pas encore pour aujourd'hui.

LE MALADE, *d'une voix éteinte*. — Madame Bergeret... madame Bergeret.

MADAME BERGERET. — Comme c'est ragoûtant d'avoir affaire avant son déjeuner à un graillonneur pareil.

LE MALADE. — Madame Bergeret, êtes-vous là ?

MADAME BERGERET. — Oui ; après ?

LE MALADE. — Pouvez-vous v'nir un instant... madame Bergeret ?

MADAME BERGERET, *dans le haut de sa voix*. — On y va ! *(A part.)* Vieille bête* !

Elle sort.

---

* Cette idée est empruntée à l'une des plus spirituelles lithographies de mon ami Pigal[67].

LA CHAMBRE A COUCHER

LE MALADE, MADAME BERGERET

Le malade. — Madame Bergeret...

Madame Bergeret. — Eh ben! me voilà. Qu'est-ce vous avez à crier encore après moi?

Le malade. — J'ai passé une nuit affreuse... j'ai bien cru... que c'était fini... *(Il tousse.)* Dieu!... que j'ai souffert... *(Il tousse.)* Ah! c'est trop souffrir... vous êtes partie hier de si bonne heure...

Madame Bergeret. — De si bonne heure! il était le quart après neuf heures : si vous appelez ça de bonne heure! Vous croyez donc, bonnement, que pour dix malheureux sous que vous m'donnez par jour, je m'en vas m'échiner le tempérament à vous passer des nuits pour vous faire plaisir; non merci : j'sors d'en prendre.

Le malade. — C'est bien dur... ce que vous me dites là... madame Bergeret.

Il lui prend une forte quinte.

Madame Bergeret, *après la quinte.* — T'nez, voyez-vous c'que c'est que d'vous mettre en colère... l'bon Dieu vous punit.

Le malade. — Mon Dieu!... mon Dieu!... comme si... ce n'était... pas assez de mon mal!

Madame Bergeret. — J'suis raisonnable au moins, moi, je n'suis pas plus ridicule qu'un autre; vous vous mettez dans des colères...,

Le malade. — Donnez-moi ma potion...

Madame Bergeret. — Vous direz *s'il vous plaît* une autre fois, n'est-ce pas?

Le malade. — Ma potion... j'ai la bouche brûlante...

Madame Bergeret. — Tenez, la v'là... j'suis trop bonne.

Le malade. — Merci...

Madame Bergeret. — C'est bien heureux... où allez-vous mettre la tasse maintenant, donnez-la-moi... Vous savez que vous n'avez bientôt plus de bois ?

Le malade. — Comment, déjà ?

Madame Bergeret. — Déjà, certainement déjà... Je l'emporte peut-être le soir, vot'bois, dans mon tabellier ? Je sais bien qu'il y a des gens assez méchants pour vous l'dire, madame Bribri, par exemple...

Le malade. — Je ne connais pas cette dame... qu'est-ce que vous appelez ainsi, madame Bergeret ?...

Madame Bergeret. — La femme qu'est avec M. Vassal, donc...

Le malade. — Il n'est pas venu... me voir... M. Vassal... depuis que je suis malade... pas une seule... fois.

Madame Bergeret. — Il serait bien venu, lui... mais c'est madame qui l'en aura empêché... car c'est un bien digne homme, lui, M. Vassal.

Le malade. — Madame Bergeret... cette dame... est très bonne aussi.

Madame Bergeret. — Ça n'empêche pas que l'autre jour, chez la portière, on a bien assuré à mame Madou que c'était à elle que vous aviez dû, dans le temps, de vous voir retirer votre petit cellier à la cave.

Le malade. — Il me devenait inutile... *(Il tousse.)* puisque mes moyens ne me permettaient pas d'avoir... du vin... chez moi.

Madame Bergeret. — Puisque c'était pour vot'bois.

Le malade. — Je n'aime pas... entendre dire du mal... d'une personne respectable.

Il tousse.

Madame Bergeret. — Je n'en parlerai plus ; mais vous n'me forcerez toujours pas de la saluer dans les escaliers. J'n'ai jamais pu m'soumettre à saluer Louis XVIII. Ainsi, je n'commencerai pas par elle.

Le malade. — Mon Dieu !... ah !... ah !... j'ai la peau brûlante.

Madame Bergeret. — Vous n'avez pas d'patience non plus pour deux liards ; vous voulez être malade et être guéri en deux heures.

Le malade. — Et ce médecin... qui n'arrive pas...

Madame Bergeret. — J'm'en vas prendre un peu mon balai, car c'est d'un sale ici... Si j'donnais un peu d'air ?...

Le malade. — Mais vous n'y pensez pas... je suis tout... en moiteur.

Madame Bergeret. — Vous ferez comme vous voudrez, alors, j'm'en vas commencer par déjeuner, je n'déjeunerai certainement pas ici.

Le malade. — Vous allez encore une fois... me laisser seul...

Madame Bergeret. — La clef est sur la porte...

Le malade. — Mon Dieu !... mon Dieu !

Il tousse.

Madame Bergeret. — Voilà encore l'bon Dieu qui vous punit, t'nez, comme vous toussez.

Le malade. — Ah !... ah !... ah ! c'est fini.

Madame Bergeret. — Voulez-vous l'bassin ? Comme c'est gentil !

Le malade, *expectorant*. — C'est à en mourir.

Madame Bergeret. — T'nez, j'ai déjeuné, c'est tout profit, j'n'ai plus faim. Quand on voit des horreurs semblables...

Le malade. — Vous êtes une méchante femme.

Madame Bergeret. — Et vous un vieux dégoûtant, v'là ce que vous êtes. Si vous n'aviez pas été toute votre vie un vieux coureur [68], vous n'seriez pas si bien hypothéqué ; qu'vous vous en irez en PUTRIFACTION ; ça, c'est sûr.

Le malade. — Et personne au monde pour venir à mon secours !

Madame Bergeret. — C'qui prouve bien qu'vous n'avez jamais été bon d'votre vie, c'est qu'il n'y a pas un chat qui s'intéresse à vous, tout l'monde vous plante là... c'est bien fait.

Le malade. — Vous m'assassinez.

Madame Bergeret. — J'm'en vas m'en aller, car si vous m'mettez en colère, je n'sais pas ce que je vous ferais. Allez au diable...

Le malade. — C'est me faire mourir à petit feu... Ah ! mon Dieu !

On frappe à la porte de l'appartement.

Madame Bergeret. — Entrez !...

LA PIÈCE D'ENTRÉE

MADAME BERGERET, LE DOCTEUR

Madame Bergeret. — Bonjour, monsieur Chapellier.

Le docteur. — Eh bien ?

Madame Bergeret, *à voix basse*. — Il vient d's'assoupir un peu. J'crains bien pour cette nuit, monsieur Chapellier ; il est bien bas c'matin ; il a toujours de ses mêmes quintes à l'enlever, ça m'fait mal de l'entendre tousser !...

Le docteur. — Très bien ; nous allons voir ça.

Ils entrent dans la chambre du malade.

LA CHAMBRE A COUCHER

LE DOCTEUR, LE MALADE,
MADAME BERGERET, *puis* LA VOISINE

Le docteur, *s'approchant du lit du malade.* — Bonjour... Eh bien ! comment nous trouvons-nous aujourd'hui ?

Le malade. — Bonjour, docteur ; je suis bien aise de vous voir, j'ai été bien mal... bien mal... j'ai passé une nuit affreuse.

Madame Bergeret. — Que j'vous débarrasse un peu d'vot' chapeau, monsieur Chapellier.

Le docteur. — Non, merci.

Madame Bergeret. — Monsieur a passé une bien mauvaise nuit... Monsieur a bien souffert.

Le docteur. — Vous avez encore beaucoup toussé ?

Madame Bergeret. — Monsieur n'a fait que ça, c'est continuel.

Le docteur. — Bien.

Madame Bergeret. — C'est tout des horreurs que monsieur a rejetées.

Le docteur. — Bien, très bien !

Le malade. — J'ai la poitrine en feu.

Madame Bergeret. — Sa pauvre poitrine est en feu.

Le docteur. — Très bien[69] ! Toujours de l'étouffement ?

Madame Bergeret. — Toujours.

Le docteur, *impatienté.* — Laissez-moi parler, de grâce, laissez-moi parler... Avez-vous toujours des étouffements ?... Il n'y a moyen de rien savoir ; que diable ! Ce n'est pas vous que j'interroge... Toujours de l'étouffement ?

Le malade. — Toujours.

Le docteur. — Voyons ce pouls ? *(Il prend le pouls et réfléchit.)* Comme hier.

Le malade. — Vous venez bien tard aujourd'hui, docteur.

Le docteur. — Je suis venu plus tard qu'à l'ordinaire, oui, effectivement, j'ai un peu tardé à venir, et cela par un cas fortuit, une cause indépendante de moi, de ma volonté. J'ai rendu ce matin, je viens de rendre les derniers devoirs à un digne homme, un homme excellent, M. Duponchel[70], un de mes malades, dont le... la situation, la position offrait, ou du moins avait de l'affinité, de l'analogie avec la vôtre. *(Le malade est très oppressé.)* J'ai été appelé trop tard, beaucoup trop tard à lui donner mes soins ; plusieurs de mes confrères, je dirai de mes amis, avaient refusé leur concours ou plutôt avaient refusé de s'en charger. J'ai fait, en mon âme et conscience, tout ce qu'il était humainement possible de faire pour améliorer son état, sa pénible situation ; et, ma foi, mes efforts empressés n'ont pu parvenir au but que je m'étais proposé. Nous ne faisons malheureusement pas de miracles, et c'eût été un miracle qu'il eût fallu opérer pour l'extraire, le tirer, le sortir de ce mauvais pas.

Le malade. — On ne revient jamais *(Il tousse.)* de ce que j'ai là...

Le docteur. — Rarement ; mais encore en revient-on quelquefois ; nous avons quelques exemples de cela. Continuez de suivre l'ordonnance que je vous ai prescrite, et je reviendrai demain. A demain.

Madame Bergeret. — Monsieur Chapellier, excusez, voici une petite dame qu'aurait à vous consulter.

La voisine. — Oui, monsieur.

Le docteur. — Qu'est-ce que vous avez ?

La voisine. — J'ai, monsieur le médecin, dans l'estomac, comme une espèce de chose qui trifouille, qui se promène... qui va, qui vient... c'est comme un mouvement perpétuel... Je crois que c'est un cricri.

Madame Bergeret. — En v'là une sévère, un cricri ! que c'n'est pas pour dire...

Le docteur, *à la garde-malade.* — Taisez-vous ! *(A la voisine.)* Si vous m'eussiez appelé lorsque vous ressentîtes les premiers symptômes de votre indisposition pour vous donner mes soins et que j'eusse jugé convenable de vous ordonner de garder le lit, je pourrais peut-être attribuer à la diète cette espèce de... que vous dirais-je... de... enfin il serait alors constant qu'à la suite d'un régime sévère votre tête se fût trouvée faible, ce serait même assez naturel ; mais comment voulez-vous, aujourd'hui, admettre cette conséquence dans une semblable circonstance ?

La voisine. — Ça n'peut être que ça... qui se promène ainsi.

Le docteur. — Non, non, certainement non ; vous ne me verrez jamais rangé de votre avis, jamais partager votre opinion ; comment voulez-vous qu'un grillon, car c'est le nom que vous devriez donner à cet insecte ?...

Madame Bergeret. — J'ai toujours entendu dire un cricri.

Le docteur. — Je vais vous céder la place.

Madame Bergeret. — Excusez, monsieur Chapellier, mais...

Le docteur. — Taisez-vous, je ne sais plus où j'en étais, avec vos maudites interruptions... m'y voici. Comment voulez-vous que ces insectes, dis-je, qui, de préférence, se rencontrent dans les lieux chauds, dans une température douce en général, dans les magasins, les ateliers où se trouvent les gens qui, par état ou par goût, se dévouent à la fabrication du pain, dans les boulangeries enfin, comment voulez-vous que ces insectes aient pu prendre naissance chez vous, et quel intérêt auraient-ils d'ailleurs à y séjourner ?

Je conçois parfaitement qu'ils prennent leurs habitudes, qu'ils se puissent acclimater, par exemple, sous nos toits, parce qu'ils ont accompagné, dans leur transport, le blé, le seigle, le froment, que sais-je ? l'orge peut-être, parce qu'ils ont été transportés ensemble des champs qui les ont vus naître, pour de là aller dans les granges, pour y être battus dans ces mêmes granges, puis déposés, mis dans des sacs, dans des vases, dans n'importe quoi enfin ; et de là charriés, conduits, menés, transportés chez le meunier, dans les mains, dans le moulin duquel ils auront dû passer, et assister aux différentes métamorphoses qu'à leur arrivée, à leur entrée et à leur séjour, il aura plu au propriétaire de faire subir au seigle, au blé, à l'orge et au froment.

N'ayant jamais eu l'occasion de fréquenter ces établissements, ces laboratoires, où cesdits insectes prennent leurs habitudes, je ne puis donc dans aucun cas admettre votre supposition.

Madame Bergeret. — Je m'ai toujours dit ça.

La voisine. — Mais puisque ce n'est pas non plus le ver solitaire.

Le docteur. — Si, à la suite d'une partie de campagne, vous vous étiez arrêtée au coin d'un mur... ou bien encore que vous vous fussiez mise à l'abri de la chaleur du jour sous un orme, un chêne, un sureau, ou de quelque autre arbre quelconque...

La voisine. — Ah ! mon Dieu ! monsieur, je voudrais bien m'y trouver ; je ne sors jamais.

Le docteur. — Si vous étiez aussi bien femme à sortir, à vous aller promener, il serait possible qu'arrêtée au coin de ce mur, ou à l'abri de la chaleur du jour, sous l'ombrage de quelque arbrisseau, vous vous fussiez endormie la bouche ouverte, un têtard, ce qui n'est autre chose qu'un crapaud en bas âge, aurait pu prendre, faire élection de domicile chez vous, en saisissant cette occasion qui lui était offerte, aurait pu s'introduire...

La voisine, *saisissant l'idée du médecin.* — C'est un crapaud : il me semble voir ses deux gros yeux insolents à fleur de tête.

Le docteur. — Laissez-moi développer mon idée, mon opinion, qui encore n'est pas celle de bien des gens. Il arrive souvent qu'à cette époque de l'année où les chaleurs sont excessives, que le ciel ou l'atmosphère en général faisant, dans leur intérêt propre, un emprunt à la terre, en attirant à eux, en pompant en quelque sorte, si j'ose m'exprimer ainsi, toute l'humidité que cette dernière peut encore receler, l'humidité, dis-je, les molécules dont elle se trouve encore richement, abondamment répartie, il survienne plus tard des pluies à la suite desquelles ces emprunts se trouvent être remboursés.

Or, quelquefois, à la suite de ces mêmes pluies, survient une apparition subite de petits têtards, de jeunes crapauds, quelquefois encore de jeunes grenouilles, à la surface de la terre, du globe, et cela, souvent même à l'endroit seulement où vous vous trouvez, et dans les lieux où il ne semblait pas en exister auparavant. Ce qui a fait croire que ces insectes, que ces animaux tombaient du ciel.

On trouve en effet dans quelques passages d'Œlien et de l'Athénée, des traces de cette croyance, puis dans Aristote ; on peut l'apercevoir encore dans chose... un nom en er... chose, machin... comment donc ?

Madame Bergeret. — L'accoucheur du roi de Rome, M. Dubois[71] ?

Le médecin lance un regard de pitié sur la garde-malade, prend un temps de repos et continue en ces termes.

Le docteur. — Gessner, c'est Gessner. On peut l'observer dans Gessner, chez plusieurs savants encore, chez plusieurs auteurs qui ont inséré le fruit de leurs veilles, de leurs observations dans les *Mémoires curieux de la nature*, 12 volumes in-8°, imprimés à Leipsick, puis dans les ouvrages de chose... de... et parbleu ! de Redi.

Je termine en deux mots. Il s'est donc établi à cet égard de grandes discussions ; on a beaucoup écrit, beaucoup travaillé à ce sujet. Scaliger, en particulier, a vivement attaqué Cardan pour avoir cru, supposé, pour s'être permis de manifester la croyance dans laquelle il était, qu'il avait, de croire à cette sorte de génération. Cardan a répondu à Scaliger, Scaliger, de son côté, a de nouveau répondu à Cardan, et cela dans des termes peu mesurés, qui souvent se sont trouvés même entachés d'aigreur ; bref, cette discussion, cette polémique a duré des années.

Lentilius est arrivé sur ces entrefaites, et il a ajouté, il a prétendu, toutefois sans vouloir imposer en aucune façon son opinion, il a donc, dis-je, ajouté, chose... Lentilius, que ce mode de génération était chimérique. Chose alors, dont nous parlions tout à l'heure... aidez-moi donc... Redi prétend, affirme, dit, que les crapauds et les grenouilles, suivant l'expression, l'opinion des peuples, tombent des nues avec la pluie, et qu'ils ne paraissent en effet que lorsqu'il a plu un peu [72].

La voisine. — J'ai quelquefois sorti sans parapluie.

Le docteur. — Mais, s'il vous est arrivé, comme vous le confessez, de sortir, de vous aller promener, et d'omettre, d'oublier dans votre sortie, dans votre promenade, de prendre votre parapluie, toujours est-il que, premièrement, vous ne sortez pas la tête ou le chef en l'air, que vous avez l'attention bien louable, bien délicate, bien naturelle, du reste, de baisser, au contraire, le chef ou la tête dans votre châle, dans votre fichu ou dans votre collerette.

D'ailleurs, Redi, comme je viens de vous le dire, Redi ne prétend imposer en aucune façon son opinion ni à vous, ni à moi, M. Chapellier, ni à personne en général ou même en particulier ; Redi, au contraire, est bien éloigné de cela ; il dit seulement que telles ont été l'opinion, la croyance de certains peuples qu'il ne nomme pas, qu'il se garde bien de nommer, de désigner par le nom qui leur est propre, qu'il ne veut pas compromettre ; c'est de sa part l'indice d'un caractère franc et généreux, d'un tact et d'une finesse remarquables.

En partageant l'opinion, la croyance des peuples dont feu Redi a bien voulu nous révéler l'existence, et dont il se garde bien de nous révéler le nom, vous voilà tout à fait rangée sous la bannière, sous les drapeaux de Cardan, en opposition ouverte avec Scaliger.

La voisine. — Mais non, monsieur.

Le docteur. — Mais si fait, si fait, j'admets toutefois, je veux bien admettre cette dernière hypothèse. Eh bien ! comment avez-vous pu croire, avez-vous pu vous abandonner à cette supposition, à l'existence d'un grillon dans votre individu ? vous avez l'esprit frappé de cette idée, et vous avez tort. *(Il se lève.)* Si cependant dans quelques jours vous n'éprouviez pas plus de soulagement, nous verrions à vous prescrire quelque chose. *(Le docteur se tourne du côté du malade.)* Allons, bonjour.

Madame Bergeret. — Il ne vous entend pas, allez,

monsieur Chapellier; il roupille comme ça toute la journée, le v'là parti.

> *Le médecin sort de la chambre à coucher du malade, accompagné des deux dames.*

LA PIÈCE D'ENTRÉE

LE DOCTEUR, MADAME BERGERET, LA VOISINE

MADAME BERGERET. — Qu'est-ce que vous en dites, monsieur Chapellier, de monsieur ?

LE DOCTEUR. — Vous m'enverrez chercher s'il avait une crise ce soir.

MADAME BERGERET. — Vous n'en attendez pas grand-chose, pas vrai, monsieur Chapellier ?

LE DOCTEUR. — C'est un oiseau pour le chat*.

MADAME BERGERET. — Prenez garde en vous en allant, monsieur Chapellier, il y a un pas... Bien, c'est ça, prenez la rampe... Vot'servante, monsieur Chapellier.

> *Elle ferme la porte du carré.*

LA VOISINE. — Je ne sais plus c'qu'il m'a dit de faire.

MADAME BERGERET. — Il vous a cependant dit assez de d'choses...

Comme il parle c't'homme-là, n'y a pas à dire, c'est comme un livre ! Il n'a c'pendant pas la tête ben grosse, eh ben ! que d'esprit là-dedans !

LA VOISINE. — Je m'creuse la mienne, je n'me rappelle rien, mais rien du tout. Allons, j'verrai quand y reviendra.

---

* Historique.

Madame Bergeret. — A vot' service, mame Madou.
La voisine. — En vous r'merciant, mame Bergeret.

Elle sort.

Madame Bergeret. — Il faudrait cependant bien que je m'mette à déjeuner, je n'peux pas non plus mourir de faim. Où est-ce qu'est la pelle ? faut aller chercher un peu d'feu chez la voisine pour mon fourneau !

Le malade, *de son lit*. — Madame Bergeret !

Madame Bergeret. — Qu'est-ce que vous avez encore à crier après moi ?

Le malade. — Voulez-vous venir, s'il vous plaît ?

Madame Bergeret. — Un instant.

Le malade. — Madame Bergeret !

Madame Bergeret. — J'y vas, vilain tourment !

LA CHAMBRE A COUCHER

LE MALADE, MADAME BERGERET

Le malade. — Que vous a dit le docteur ?

Madame Bergeret. — Il ne m'a rien dit.

Le malade. — Si fait, j'ai entendu qu'il vous disait quelque chose.

Madame Bergeret. — Peut-être bien, je n'm'en rappelle plus.

Le malade. — Je m'en doute bien !

Madame Bergeret. — Si vous vous en doutez, pourquoi que vous me le demandez, si vous vous en doutez ?

Le malade. — Je voudrais bien ma potion.

Madame Bergeret. — Il faut tout vous mettre dans la main, à vous. Tenez, la v'là.

Le malade. — En vous remerciant.

Madame Bergeret. — Qu'est-ce que vous avez besoin de deux soufflets ici ? Est-ce que je n'pourrais pas bien emporter c'lui d'vot' chambre à coucher ?

Le malade. — Pourquoi donc ça ? j'ai besoin de mes soufflets.

Madame Bergeret. — Pour souffler dans vot' lit, n'est-ce pas ? mais je savais bien que vous n'me donneriez rien ; allez, vous êtes si généreux ! avec ça que vous me payez cher.

Le malade. — Je vous paye selon mes moyens.

Madame Bergeret. — J'm'en vas déjeuner, puisque c'est comme ça, je ne peux pas déjeuner ici ; ça sent bien trop le renfermé.

Le malade. — Vous allez être encore aujourd'hui par voie et par chemin, me laisser tout seul.

Madame Bergeret. — Je n'reste ici que par égard pour M. Chapellier, allez, que le ciel vous confonde !

Elle tire la porte en s'en allant de toute la force du poignet.

Le malade. — Ah ! ah ! mon Dieu [73]...

Les Bas-fonds de la société

LA CONSULTATION

UN VILLAGE*

LE PÈRE PIGOCHET, LE DOCTEUR

Le docteur sort de la maison de Pigochet; la bride de son cheval est passée à son bras. Pigochet, monté sur un mur, épie la sortie du docteur.

LE PÈRE PIGOCHET. — M'sieu Roussel !
LE DOCTEUR. — Qui m'appelle ?
LE PÈRE PIGOCHET. — Par ici.
LE DOCTEUR. — Tiens, c'est vous, père Pigochet ?
PIGOCHET. — Eh oui, c'équions moi.
LE DOCTEUR. — Que diable faites-vous là ?
PIGOCHET. — J'aurions deux mots n'à vous dire, m'sieu Roussel.
LE DOCTEUR. — Descendez, je ne peux pas faire

---

* L'auteur, par un scrupule qu'on appréciera, n'a pas désigné le lieu où s'est passé l'épisode qu'il raconte ici; mais nous avons certaines raisons de penser que cette étude sur nature a été faite dans une petite localité du pays de Caux. *(Note de l'éditeur*[74]*.)*

monter mon bidet sur votre mur... Allons, dépêchez-vous, je suis en retard.

PIGOCHET. — J'en ons point pour bé longtemps.

LE DOCTEUR. — Quand vous voudrez.

PIGOCHET. — Voilà! Il est bon d'vous dire, m'sieu Roussel, que j'équions ilà que j'vous attendions, dès qu'vous sortireriez d'cheux nous.

LE DOCTEUR. — Pourquoi n'y étiez-vous point chez vous?

PIGOCHET. — J'ons mes raisons. J'vous ons bé vu n'entrais, pis sorti; pis j'vous guettions dès qu'vous vous en iriez.

LE DOCTEUR. — Eh bien?

PIGOCHET. — J'tenions à vous voir, mais tout seul... vous tout seul, sans personne aut', vous entendais?

LE DOCTEUR. — Parbleu! je ne suis pas sourd, Dieu merci.

PIGOCHET. — A seule fin d'savoir ed'vous comment qu'va ma pauv' femme.

LE DOCTEUR. — Je vous l'ai dit.

PIGOCHET. — Eh bé, oui, me l'avais dit... mais, m'est avis qu'vous m'l'avais point dit bé franchement.

LE DOCTEUR. — Comment voulez-vous que je vous le dise? quel intérêt aurais-je à vous cacher la vérité?

PIGOCHET. — Vous savais, des fois, les sirugiens, y voulont point dire la véritais à seule fin de n'point fair' ed'la paine au monde.

LE DOCTEUR. — Avec vous, je n'avais pas cette crainte-là, je sais comment vous prenez les choses.

PIGOCHET. — Dame! bé sûr. J'en sommes point à la preumière... c'est quat' fâmès, déjà, qu'jons pardues; mais ç'telle-ilà, a m' font souffri pus que l'z'aut'es, oh! mais oui, bé sûr!

LE DOCTEUR. — Faut vous armer de patience.

La Consultation

Pigochet. — Je n'faisons quasiment qu'ça. Eh ben, m'sieu Roussel, aujord'hui, comment qu'a va ?

Le docteur. — Pas plus mal qu'hier.

Pigochet. — Point mieux non pus, pas vrai ?

Le docteur. — Ah ça ! on m'attend, bonjour.

Pigochet. — Accoutais...

Le docteur. — Je n'écoute plus rien, au revoir.

Pigochet. — Mais j'm'en allons à quand vous, d'autant qu'vous n'allais montais vot' bidais qu'après la cavée[75] ; j'ons besoin de d'visais core ein brin aveucq vous, aussi vrai comme vous étiais ein honnête homme.

Le docteur. — Songez qu'il faut que je sois à Bétancourt[76] à deux heures.

Pigochet. — C'équiont point bé loin Bétancourt... j'y ons étais assais d'fois, marchais. C'est à Bétancourt equ' jons été mis n'en culotte.

Le docteur. — Eh ben, où voulez-vous en venir ?

Pigochet. — Vous voyais d'vant vos yeux, m'sieu Roussel, ein pauv' homme qu'a tout d'même bé du chagrin.

Le docteur. — Du chagrin, vous ? Allons donc, farceur, à d'autres !

Pigochet. — Oui, oui, qu'j'en ons, et ein rude ; songeais, prochant trois mois qu'la pauv' fâme all' équiont sus l'dos.

Le docteur. — Ce n'est certes pas pour son plaisir.

Pigochet. — Pou' l'mien non pus, marchais. Mais comben que c'te chienn' ed'maladie-là, il alliont m'coutais ! L'z'yeux d'la taîte... oh ! mais oui !

Le docteur. — Est-ce que vous devriez regarder à ça ?

Pigochet. — Pourquoi qu'j'y regarderions point ? Faut ben qu'j'y regardions : j'sommes déjà point tant riche, marchais.

Le docteur. — Laissez donc !

Pigochet. — Pis qu'on vous l'dit, j'ons point d'intérêt n'a menti.

Le docteur. — Vous avez de vieux écus qui ont de la barbe.

Pigochet. — J'en avions, mais y a beau temps qu'y z'ont n'été rasés ; ah ! mais oui ! Où ça qui sont m'z'écus ? dites el'moé, vous m'rendrais sarvice. Oh ! mais oui, où qui sont, m'sieu Roussel, où qui sont ?...

Le docteur. — Vous le savez mieux que moi.

Pigochet. — Sans counaît vout' fortune, j'sancherons quand vous voudrez... ça, oui, quand vous voudrez.

Le docteur. — Me les donnez-vous si je les trouve ?

Pigochet. — Accoutais...

Le docteur. — Vous seriez ben embarrassé si j'vous prenais au mot.

Pigochet. — Ma fine non. Mais t'nais, je n'dirais core trop rien, si ce n'équiont ces potions qu'a prend la pauv' fâme... C'équiont ces gueuses ed'potions.

Le docteur. — Je viens précisément de lui ordonner d'en prendre plus que jamais.

Pigochet. — C'équiont'y Dieu possible ?

Le docteur. — Quand je vous le dis, vous devez m'en croire.

Pigochet. — Ah ça ! mais vous voulais donc me ruinais, y a pas d'bon Dieu ! Vous n'savais donc point c'que ça coutiont, des drogues pareilles ?

Le docteur. — Pas grand-chose.

Pigochet. — Comment ! point grand-chose ?... n'disais donc point ça, vous risquais d'êt' démenti... Point grand-chose !...

Le docteur. — Non.

Pigochet. — Cinquante-cinq sous, qui me l'ont fé payer, eune méchante bouteille ed'deux sous...

La Consultation

Comptais : la pauv' malheureuse, all' aviont évu eune douzaine ed'quintes, la nuit passée, eune douzaine... pour le moins, qu'a toussiont à vous faire frémi! J'y avons baillé eune huitaine ed'fois sa potion... Comptais, à vuit sous la quinte, c'que ça faisiont.

Le docteur. — Il n'est pas question de ça.

Pigochet. — Mais si fait, qu'il en équiont question!... Trois livres quat' sous, sans boaire ni mageais.

Le docteur. — Quand il le faut.

Pigochet. — Eh ben... eh ben... eh ben, non!

Le docteur. — Quand c'est nécessaire, indispensable.

Pigochet. — Mais du moment qu'all' aviont pus à n'en reveni, m'est avis qu'c'équiont bé d'l'argent plaçais n'à fonds pardus. À c'jeu ilà j'pardons mon bien et ma fâme avec, oh! mais oui! Au fait, accoutais... vous d'vais l'savoir mieux qu'parsonne, si all' aviont n'à s'en point rel'vais, à quoi qu'ça pouviont sarvir ed'jetter nout' argent dans l'iau... j'vous l'demandons, à quoi, dites, à quoi?

Le docteur. — Je vous répéterai cent fois la même chose : en suivant les remèdes que je le lui prescris, elle en reviendra.

Pigochet. — Eh bé, non, vous me l'avais point dit.

Le docteur. — Ah ça, mais... père Pigochet, vous perdez la mémoire; car, autrement...

Pigochet. — Mon Dieu! vous fâchais point, vous êtes ein brave homme, je l'savons que d'resse... ein brave homme... qui vouliont point m'causais ni chagrin ni paine... c'qui n'empêche equ' dans l'fin fond d'vout' conscience vous savais ben qu'en pensais, pas vrai? All équiont sinon fichue... approchant tout comme... dites?

Le docteur. — Vous dites des sottises.

Pigochet. — Oh! mais non.

Le docteur. — Vous ai-je jamais affirmé que son état fût désespéré ?

Pigochet. — Vous m'l'avais point affirmais, j'savons pas moins à quoi nous en t'ni.

Le docteur. — Vous voyez donc bien...

Pigochet. — Stapendant, m'sieur Roussel, vous n'venais point pour erien.

Le docteur. — Prenez-en un autre, je n'y tiens pas, je vous dirai plus, vous m'obligerez.

Pigochet. — Voyons, vous fâchais point.

Le docteur. — Le moyen, avec vous, de ne pas se fâcher ? Un ange... oui, un ange vous enverrait promener. Vous me faites perdre plus de temps...

Pigochet. — M'sieur Roussel...

Le docteur. — Au surplus, c'est pain bénit, je n'ai que ce que je mérite ; où diable vais-je écouter vos sornettes !

Pigochet. — M'sieur Roussel !

Le docteur. — Allez vous promener !

Pigochet. — Accoutais...

Le docteur. — Je n'écoute plus rien, bonsoir.

Pigochet. — J'n'ons qu'deux mots n'à vous dire.

Le docteur. — Voyons vos deux mots, mais pas plus ; ça, je vous le promets.

Pigochet. — J'ons jamais, ni d'ma vie ni d'mes jours, désirais la mort ed'parsonne.

Le docteur. — Je veux bien le croire ; mais, dans la situation d'esprit où vous êtes, la pauvre femme s'en irait que vous n'en seriez pas fâché ?

Pigochet. — Ça, non !

Le docteur. — Allons donc !

Pigochet. — Comme y n'avions qu'ein seul Dieu sus tarre, j'dirions qu'sa sainte volontè soit faite, vu qu'a souffriont trop ; ça, je l'jurons sus c'que j'avons d'pus sacré ! J'l'aimions durant qu'a valiont queut'chose ;

mais à présent, voyais-vous,... sus c'que j'ons d'pus sacré...

Le docteur. — Pas de serment, c'est parfaitement inutile, je vous crois.

Pigochet. — Quand parfois, la nuit, qu'tout l'monde l'entendont qui toussiont, c'équiont, sans comparaison, comme ein soufflet d'forge, sa pauv' poitrine, comme si qui li déchiriont l'z'entrailles ; j'pleurons n'alors, quasiment comme ein eifant.

Le docteur. — Ça, je le crois.

Pigochet. — Pauv' chère fâme ! D'pis dix-sept ans et trois mois que j'sons mariais... c'équiont point n'ein jour, dix-sept ans... oh ! mais non ! Défunt vout' papa, il aviont siné au contrat. J'sommes ben n'a même ed'l'appréciais, la malheureuse ; ça, oui ! *(Passant le dos de sa main sur ses yeux.)* Non, bé sûr, ni vous, ni moi, ni parsonne, pouvons l'savoir, combé que j'l'aimons, oh ! mais oui !

Le docteur. — Laissez-moi donc tranquille ; il y a deux mois, vous vouliez la jeter dans votre puits !

Pigochet. — Ça, accoutais, m'sieur Roussel, accoutais...

Le docteur. — Qu'avez-vous à répondre à cela ?

Pigochet. — Accoutais...

Le docteur. — Et sans un voisin, qui heureusement pour elle et pour vous s'est trouvé là, la pauvre femme faisait le plongeon.

Pigochet. — C'est-y Dieu possible ! qu'y vous aviont conté ça ?

Le docteur. — Tout comme j'ai l'honneur de vous le dire.

Pigochet. — Fallait donc que j'seyons n'en ribote, que je n'm'en souvenions point n'eune miette.

Le docteur. — Le lendemain de la Purification.

Pigochet. — Accoutais, j'l'ons dit... oui, ça, j'l'ons

dit ; mais j'l'aurions point fé. J'venions d'mett' en tarre la fâme à Martin Pichard, et j'ons dit par magnière d'acquit : ça seriont la mienne que j'la jetterions putôt dans n'ein puits que de m'voir pleurnichais comme c'est qu'tu pleurniches. V'là tout c'que j'ons dit, ni pus ni moins ; mais je l'aurerions point fé, oh ! mais non ! y a pas d'danger... Et la justice donc !

Le docteur. — Et ce certain soufflet que je vous ai vu lui administrer, le jour des Rameaux, en plein cimetière, au sortir de la grand-messe ?

Pigochet. — N'm'en parlais point, j'en ons évu assez d'chagrin, et si j'avions aussi ben pu le r'prendre... oh ! mais oui ! C'équiont point généreux d'vout' part de m'rappeler ça... non, m'sieur Roussel, bé sûr ; c'équiont, au contraire, bé vilain !

Le docteur. — Allez, allez, mon brave homme, vous n'êtes pas sans avoir quelques petites peccadilles sur la conscience.

Pigochet. — Quoi qu'vous voulais, l'homme équiont point parfait, comme disiont les curais.

Le docteur. — Sans pour ça être parfait, on pourrait, ce me semble, ne pas se permettre... des sorties comme celles que parfois vous vous permettez.

Pigochet. — J'ons toujou été vif, toujou, toujou !... Et dir' equ'javions la plus belle fâm ed'tout l'pays... oh ! mais oui ! Car comben qu'alle équiont belle ! vous vous en souvenais, pas vrai, m'sieu Roussel, quelle fâme equ'c'équiont ?

Le docteur. — Ma foi ! s'il m'en souvient, il ne m'en souvient guère[77].

Pigochet. — Vous aureriais fendu sa piau sous l'ongle, tant qu'alle équiont grasse. Et dire qu'à c't'heure alle équiont aussi sèche, tout comme ein vieux saule, quasiment tout tortu !

Le docteur. — Eh bien, bonjour, au plaisir.

Pigochet. — Vous êtes ben pressé.

Le docteur. — Je vous ai prévenu.

Pigochet. — Accoutais core ein brin.

Le docteur. — Non, vous dis-je.

Pigochet. — M'sieur Roussel, si vous saviais tout l'chagrin qu'j'ons !

Le docteur. — Bon ! ma pipe éteinte à présent ! Vous n'auriez pas un briquet sur vous ?

Pigochet. — J'en avons point, mais cheux l'maréchal j'allons n'en trouvais, du feu. Oh oui, bé sûr, e'qu'j'allons tumber malade, pour peu qu'a dure core, ma pauv' fâme !

Le docteur. — Je l'avais en sortant de chez vous, mon diable de briquet ; qu'en ai-je fait ?

Pigochet. — J'en savons ren... paceque, voyais-vous, j'sons trop malheureux. M'sieu Roussel ?

Le docteur. — Eh bien ?

Pigochet. — Vous allais p'têt' craire que j'mageons ?

Le docteur. — Je ne crois rien.

Pigochet. — J'mageons point.

Le docteur. — Vous buvez ?

Pigochet. — J'buvons... oui, j'buvons ; à seule fin d'm'étourdi.

Le docteur. — Et vous vous étourdissez ?

Pigochet. — Dame ! j'pouvons-t'y toujou pleurais ?... Mais j'ons bé du mal, j'sommes itou bé malade ! quasiment aussi malade tout comme alle.

Le docteur. — Je vous trouve pourtant la mine assez bonne.

Pigochet. — L'soir, j'me promenons tout seul l'long des aulnaies, pis j'pleurons, voyais-vous,... j'pleurons, j'pleurons !... v'là mon seul plaisi sur tarre.

Le docteur. — Chacun le prend où il le trouve.

Pigochet. — Et dire eq'si vous vouliais tant seulement m'écoutais...

Le docteur. — Voilà une heure que je ne fais que ça.

Pigochet. — Si vous vouliais qu'a preniont tant seulement eine tasse...

Le docteur. — De quoi ? Encore quelque remède de bonne femme, pas vrai ?

Pigochet. — Ren d'pus bon, m'sieu Roussel, ren d'pus bon ni d'meilleur.

Le docteur. — Que n'en faites-vous usage ?

Pigochet. — J'voudrions point, sans vous avoir par avance consultais.

Le docteur. — A quoi bon ?

Pigochet. — Accoutais.

Le docteur. — Allez vous promener !

Pigochet. — M'sieur Roussel !...

Le docteur. — Encore !

Pigochet. — J'pouvions point li donnais sans qu'vous mettiais vout' seing sus ein papier.

Le docteur. — Parce que ?

Pigochet. — Paceque l'z'apothicaires y vouliont ren donnais qu'les officiais d'santais y siniont l'ordonnance.

Le docteur. — Bien, bien. Et comment administre-t-on ce remède ?

Pigochet. — Ça coûtiont eine pièce ed'douze francs.

Le docteur. — Comment l'administre-t-on, vous dis-je ?

Pigochet. — C'équiont l'soir qu'on leux z'y donniont.

Le docteur. — Et puis ?

Pigochet. — Pis le lendemain...

Le docteur. — Oui, le lendemain ?

Pigochet. — Pus parsonne.

LE DOCTEUR. — Vous ne l'avez point sur vous, cette ordonnance ?

PIGOCHET. — J'l'ons jamais évue.

LE DOCTEUR. — Ah! oui-da.

PIGOCHET. — Mais j'irons cheux vous, à c'te r'montée ; j'l'a savons par cœur, j'vous la dirons, vous l'écrirais, et vous y mettrais vout seing... Eh ben ! quoi ?

LE DOCTEUR. — Père Pigochet !

PIGOCHET. — Quoi qu'vous y voulais, à père Pigochet ?

LE DOCTEUR. — Vous êtes...

PIGOCHET. — Quoi que j'sommes ?

LE DOCTEUR. — Vous êtes un gueux !

PIGOCHET. — Ah ! mais, ah ! mais...

LE DOCTEUR. — Un infâme !

PIGOCHET. — Et vous, quoi donc qu'vous êtes ? C'est donc bé gentil ed'faire durais ma fâme ed'pis bétôt six mois qu'a souffre comme ein enfer ?

LE DOCTEUR. — Il faut me la donner, cette recette.

PIGOCHET. — Pou m'faire avoir ed'la paine ? Pou m'dénonçais ? Oh ! mais non, vous l'aurais point ; d'abord je l'ons point.

LE DOCTEUR. — Je trouverai bien le moyen de me la procurer.

PIGOCHET. — Moi, j'vous disons qu'non ! J'l'ons point, ni j'l'ons jamais évue ! Vous sarcheriais cheux nous aveucq el'juge ed' paix et tout, qu'vous la trouveriais point, oh ! mais non ! Dame, c'est qu'jons ni peur ed'vous ni d'la justice, ni d'parsonne, marchais ! Où qu'a sont vos preuves ? où qui sont vos témoins ? méchant sérugien d'malheur !

LE DOCTEUR. — Vous ne serez pas toujours aussi insolent.

PIGOCHET. — Où qui sont vos témoins ?

Le docteur. — Nous verrons !

Pigochet. — C'équiont tout vu, marchais !

Le docteur. — Je n'ai plus rien à vous dire.

Pigochet. — Eh ben, ta mieux ! J'ons quatre-vingt-douze arpents d'bonne tarre, tout d'une filée, qui n'devont ren n'a parsonne ; j'en ons core d'aut's à mager, sans comptais les bois, les prés, et les deux moulins ! Et si vous r'mettais jamais les pieds cheux nous, vous voirais !

Le docteur. — Ce n'est pas mon intention.

Pigochet. — Vous sortiriais point par la porte, oh ! mais non. Mais, voyez-vous, j'allons m'enfermais dans mon guernié avec une piace ed'vin et du fricot, et j'n'en sortons qu'quand la pauv' fâme a s'en ira les deux jambes en d'vant, et vous n'aurais point n'ein sou, tendez-vous, m'sieur Roussel ?... point n'ein sou.

Le docteur. — Canaille !

Pigochet. — Les canailles, y sont les officiais d'santais qui fesont durais les pauv's malades des éternitais, et les fesont souffri. Les v'là, les canailles, oh ! mais oui !

Le docteur. — Misérable !

Pigochet. — Disais-moi-z'en des sottises, j'vous en répondrons.

Le docteur. — Père Pigochet !

Pigochet. — Eh bé ! quoi qui y arrivera à père Pigochet ? Y l'aviont point peur ed'vous, Dieu merci ! Queu mal qu'vous pouvais-t'y l'y faire ? Vous pouvais-t'y m'mett' à la porte ed'cheux nous ? Je ne l'crais point.

Le docteur. — Vous êtes un misérable !

Pigochet. — Et vous, un meuchant assassineux d'monde.

Le docteur. — Vous êtes bien connu, vos sottises ne peuvent m'atteindre.

Pigochet. — J'te craignons point, j'sons riche et tu l'équions point, et je m'fichons d'toi, et du maire, et du curais, voire même du conseil, et d'tout.

Le docteur. — Je le sais.

Pigochet. — J'craignons ren : tu n'as point d'témoins, on te croira point ! Tu pouvions ren dire, oh ! mais non, vieux capon, oh ! mais non !

Le docteur. — Monsieur Pigochet !

Pigochet. — Vas-z'y conter tout ça, à ta fâme, pour qu'alle aille l'répétais partout, ta fâme ! Équions-vous tant seulement mariais ! J'en crais rien.

Le docteur, *levant sa cravache*. — Je ne sais ce qui me retient...

Pigochet. — T'es bé trop lâche pour levais la main sus moi : tu sais c'que ça coûterait, oh mais ! oh mais ! — V'là qu'vous filais ? — Bé l'bonsoir ; j'prierons l'bon Dieu de n'pus te r'voir.

LA FEMME
DU CONDAMNÉ

DANS UNE PRISON

LA FEMME, LA COUSINE,
AVOCATS, GARDIENS, GENDARMES,
GREFFIERS, DÉTENUS

Un gardien. — Que demandez-vous ?

La femme. — Dame ! je d'mande, que je n'demande rien ; j'voudrais seulement voir à voir un condamné.

Le gardien. — Avez-vous un permis ?

La femme. — A preuve, que j'viens de l'prend' à la Préfecture, avec ma cousine.

Le gardien. — Faut voir au greffe. Vous savez lire ?

La femme. — Lire, écrire et compter, oui, monsieur. Viens-t'en, Mélie, par ici ; me lâche pas, aie pas peur.

La cousine. — C'est pas qu'j'ai peur ; j'ai pas peur, mais c'est égal, j'aimerais mieux d'êt' ailleurs qu'non pas ici.

La femme. — Ça manque de gaieté ? C'est pas non pus pour leux z'amuser qu'on les z'y met.

La cousine. — Tu croirais pas n'eune chose ?

La femme. — Pa's core ; quoi qu'c'est ?

LA COUSINE. — De v'nir ici, vois-tu...

LA FEMME. — Ça t'ôte l'appétit ?

LA COUSINE. — Et les jambe' aussi ; tout au plus si j'peux m'y t'nir, sus mes jambes.

LA FEMME. — Et moi donc, qu'est sa femme, qu'est-ce que j'dirais ? Tiens, le v'là, leux greffe. Pardon excuse, mosieu, si j'vous dérange.

LE COMMIS GREFFIER. — Qu'est-ce que c'est ?

LA FEMME. — Eune permission qu'on m'a dit que fallait que j'vous r'mette, pour voir un condamné dont j'suis son épouse.

LE COMMIS. — Donnez.

LA FEMME. — Voilà. Mosieu ?

LE COMMIS. — Eh ben ?

LA FEMME. — Sans vous commander, c'est-y mécredi qui passe ?

LE COMMIS. — Il est condamné ?

LA FEMME. — A mort, oui, mosieu, pour assassin sus son beau-père. C'est mécredi, pas vrai, qui passe, mon homme ?

LE GREFFIER. — J'en sais rien, ça me regarde pas, c'est point mes affaires.

LA FEMME. — Oh! qu'si, vous l'savez! Seulement, vous faites celui qui ne l'sait pas, craint', des fois, de m'faire ed'la peine. J'vous en sais gré ; mais, à la Préfecture, y n'm'ont pas caché qu'son pourvoi était rejeté, d'où j'ai conclu qu'ça serait pour mécredi.

LE GREFFIER. — Mercredi ou jeudi.

LA FEMME. — Non, putôt mécredi. Pardon si j'vous interromps, vu qu'c'est jour ed'marché. *(A la cousine.)* Y s'attendent ben aussi, cheux nous, qu'ça sera mécredi, pas vrai ?

LA COUSINE. — Ben sûr !

LA FEMME. — Pardon, mosieu...

LE GREFFIER. — Encore ?

La Femme. — Vous allez-t'y nous donner eune parsonne pour nous conduire ?

Le greffier. — Parbleu ! croyez-vous pas qu'on va vous laisser naviguer comme ça dans la maison ? merci !

La femme. — Écoutez, moi, j'en sais rien ; j'ai jamais venu ici qu'avec les gendarmes ; la première fois que j'viens sans, pas vrai, Mélie ? Tois semaines, mosieu, tois semaines, comme vous êtes un honnête homme, que j'ne l'ai vu, mon époux. Pauv' chéri ! Croireriez-vous qu'j'ai pas pu l'y parler, tant j'étais toute je n'sais comment ? Faut dire aussi qu'dès qu'j'ai été acquittée, merci ! j'sors d'en prend', j'ai pas d'mandé mon resse, j'ai filé.

Le greffier, *lui donnant un papier*. — Tenez.

La femme. — Pourquoi qu'c'est faire, c'que vous m'donnez là ?

Le greffier. — Vous remettrez ça au gardien qui va vous conduire.

La femme. — Merci ! Ben obligée ! Viens-tu, Mélie ?

La cousine. — T'inquiète pas.

Un gardien. — Où est-ce donc qu'vous allez, par là ?

La femme. — Dame ! j'en sais rien ; j'serche quéqu'un pour nous conduire.

Le gardien. — Attendez. *(A un autre gardien.)* Méchin !

Méchin. — De quoi ?

Le gardien. — V'là qui te r'garde.

Méchin. — Venéz-vous-en par ici.

La femme. — Viens-t'en, Mélie.

Méchin. — Vous avez vot' autorisation ?

La femme. — La v'là. Pardon si j'vous interromps...

Méchin. — De quoi ?

La femme. — C'est-y vous qui va nous conduire ?

Méchin. — J'en ai peur.

LA FEMME. — Vous l'connaissez, pas vrai, mosieu ?
MÉCHIN. — Qui ça ?
LA FEMME. — Mon époux.
MÉCHIN. — J'en sais rien ; peut s'faire que je l'connaisse, comme aussi que je l'connaisse pas ; j'dois néanmoins l'avoir vu comme j'les vois tous, pas particulièrement ; d'abord, ça nous est défendu ; pis après, j'y tiens pas.

LA FEMME. — Vous l'connaisseriez, l'pauv' cher homme, qu'vous y en voudreriez pas ; sa tête qu'a tout fait, pas son cœur ; enfin, quoiqu' vous voulez, nous sommes point sus terre pour nous amuser, pas vrai ? Comme j'dis, on fait pas toujours c'qu'on veut ; qu'on fasse c'qu'on peut, c'est déjà beaucoup, pas vrai ? v'là toujours c'que j'm'ai dit. Encore eune chose, sans vous commander ?

MÉCHIN. — Après ?

LA FEMME. — Sont-y avec les aut's, les condamnés à mort ?

MÉCHIN. — Pourquoi qui seraient avec les aut's ? y l'ont point besoin d'y être ; y sont dans leur à part.

LA FEMME. — J'y pensais pas, vous avez raison.

MÉCHIN. — Il est condamné à mort, vot' époux ?

LA FEMME. — Du 24 novembre, oui, mosieu ; son pourvoi est rejeté ; pour ça qu'vous m'voyez ici. C'est pas gai, allez ! J'm'aurais ben passé d'ça, avec les charges que j'ai ! Où ça dites-vous qu'il est, mon homme, si ou plaît ?

LE GARDIEN. — J'vas vous l'montrer ; tout à l'heure vous allez l'voir.

LA FEMME. — Fait pas clair, pas vrai, où qui sont ?

LE GARDIEN. — Certain qu'il y fait pas clair comme en plein jour.

LA FEMME. — Au cachot, qui sont ?

La Femme du condamné

Le gardien. — Y sont où qu'on les met. Où voulez-vous qu'on les mette : aux Tuileries [78] ?

La femme. — Dis donc, Mélie ?

La cousine. — Après ?

La femme. — Lui qu'aimait tant à êt' dehors, comben qui doit êt' privé, pauv' chéri ! Eh ben ! quoi qu't'as, à présent ? v'là qu'tu fais ta carpe, tu resses en route ? Voyons, arrive.

La cousine. — J'sais pas, mais j'sens mon cœur qui s'en va ; j'ai pas tant seulement la force d'mett' un pied d'vant l'aut'.

La femme. — T'es bête ! Non, parole, j'te promets de n'pus jamais te m'ner neune part, tant qu't'es ridicule !

La cousine. — C'est pas ma faute.

La femme. — Où ça qu'il est passé, l'gardien ? il était là tout à l'heure.

La cousine. — Le v'là qu'arrive.

La femme. — Il était allé allumer sa lanterne.

Le gardien. — J'dois vous prévenir d'eune chose.

La femme. — De quoi, si ou plaît ?

Le gardien. — Vous faut, en entrant, baisser la tête, craint', des fois, d'vous cogner.

La femme. — Ben obligée ! T'entends, Mélie ?

La cousine. — Dieu merci, j'suis pas sourde.

La femme. — Baisse ta tête.

La cousine. — J'trouve qui fait froid.

La femme. — Comme dans toutes les caves, du moment qu'on descend, on l'a froid. Après tout, tu conçois, pou l'temps qu'ils ont à rester là-d'dans, y a pas d'rhume à craind'.

DANS LE CACHOT

LE CONDAMNÉ, LE GARDIEN,
LA FEMME, LA COUSINE

Le gardien. — T'nez, d'la société qu'on vous amène.

La femme. — Où ça qu'il est, mon homme, si ou plaît ! je n'vois rien.

Le gardien. — Là, sus son lit. Probablement qui dort. Dites donc, hé ! là-bas !

Le condamné, *s'éveillant*. — De quoi ?

Le gardien. — Vot' épouse qui vous arrive.

La femme. — Bonjour, Gabriel.

Le condamné. — De quoi ?

La femme. — Comment qu'ça va ?

Le condamné. — Hein !

La femme. — Tu me r'connais pas, mon chéri ?

Le condamné. — Si.

La femme. — Pourquoi qu'tu m'dis rien ?

Le condamné. — Quoi qu'tu veux que j'te dise ?

La femme. — Nous sommes là, qu'nous venons t'voir, avec ta cousine, avec Mélie. Dis z'y bonjour... tu sais ben, Mélie ?

Le condamné. — Oui.

La femme. — Alle a demandé à t'voir.

Le condamné. — T'as pas entendu parler d'mon pourvoi ?

La femme. — Si.

Le condamné. — Eh ben ?

La femme. — Paraît qu'ça va pas fort.

Le condamné. — J'suis rejeté ?

La femme. — J'te dis pas ça. Allons, voyons, fais pas l'enfant. T'as donc pus d'courage ? Voyons, donne-moi ta main, Gabriel, donne-moi ta main. Tu veux pas

La Femme du condamné

m'la donner ? Voyons, ma vieille, te laisse pas abattre. *(Au gardien.)* Vous avez pas un peu d'eau ?

Le gardien. — Dans la cruche, doit y en avoir. *(La lui présentant.)* Tenez !

La femme. — Ben obligée ! J'vas y en frotter un brin les tempes. Pauv' chéri, va ! T'sens-tu mieux, dis ? Voyons donc, Mélie, tu m'laisses tout sus les bras ; tu bouges pas plus qu'une pièce ed'canon... Passe un peu par ici, soutiens-le d'sa tête, ton cousin ; hardi, aie pas peur ! C'est ça. T'sens-tu mieux, ma vieille, dis ? Voyons, mon bibi chéri, donne-moi ta main ?

Le condamné. — Peux pas.

La femme. — Dis putôt qu'tu veux pas, vieux brigand !

Le gardien. — Vous voyez pas qu'il a la chemise ?

La femme. — C'est vrai, pour pas qui leux détruisent ; j'y pensais plus. Après ça, si vous croyez qu'on y voit, vous êtes encore pas mal bon enfant ! Dis donc, mon bibi ?

Le condamné. — De quoi ?

La femme. — J'viens pour prend' tes effets.

Le condamné. — Pasce que ?

La femme. — Dame ! autant qu'ça soye moi qu'en profite qu'les aut's, sois juste et d'bon compte, moi qu'es ta femme ! Quoi qu't'as ben ici ?

Le condamné. — J'en sais rien.

La femme. — Et ta montre, où ça qu'alle est ?

Le gardien. — Au greffe.

La femme. — Faut pas que j'l'oublie. Mélie, tu m'y feras penser, au cas que j'l'oublierais, tends-tu ? Quoi qu'c'est qu't'as là, sous ta tête, mon bichon chéri ?... Réponds-moi, mon ange, quoi qu't'as là, sous ta tête, dis ?

Le condamné. — Sous ma tête ?

La femme. — Un gilet ? Tiens, Mélie, prends-le... que

s'cherche partout, durant qu'j'y suis... Quoi que j'sens là ? ton pantalon ?... Bonne affaire ! Mélie, fourre tout ça dans l'panier. T'as des mouchoirs ?

Le condamné. — Oui.

La femme. — Donne-moi-les... Tes chaussettes, où qu'a sont ?

Le condamné. — Dans mes pieds.

La femme. — Sors-les.

Le condamné. — Tu veux donc m'mett' tout nu ?

La femme. — Pis qu't'es rejeté, tu vas pus avoir besoin de rien. Et ta redingote que faut qu'j'emporte aussi ; m'la faut, pour habiller l'petit. Pauv' enfant ! y viendra t'voir passer... il a déjà pas tant d'plaisir !... C'est point l'embarras, ils ont été un brin rudes pour toi, merci ! y t'ont point ménagé... Tu vas pas l'embrasser, ta vieille, dis, mon bibi ?

Le condamné. — Si.

La femme. — Tu seras point exécuté ici, mon chéri ; au pays, qu'tu l'seras, mardi ou mécredi.

Le gardien. — Allons, en v'là assez ; faut voir à s'en aller.

La femme. — Faut ben qu'j'y parle. Dis donc, trésor, faudra t'confesser, tends-tu ? j'te l'conseille, fais-le... et pas d'sottises à ton prêtre, t'en prie, on sait pas c'qui peut arriver.

Le gardien. — Voyons, voyons, filons, y n'est qu'temps.

La femme. — Voilà, voilà ! Nous y serons tous, chez mame Vernier, au premier, sus l'balcon, tends-tu ?... Et tes souliers, ma biche, où qui sont ?

Le condamné. — J'sais pas.

La femme. — Où qu'on les a mis ? c'est pas eux qu't'as aux pieds, c'est des sabots !... R'garde un peu par terre, Mélie ? tu les sens pas ?... Tiens, comme tu cherches, les v'là !

Le gardien. — J'vous ai déjà dit qu'follait songer à vous en aller.

La femme. — De quoi ? A vous pas peur qui s'enrhume ?

Le gardien. — Vous allez voir qu'ça va s'gâter, j'vous en préviens.

La cousine. — Viens-nous-en, Pauline, pis qu'on nous l'dit ; j'ai pas l'intention d'moisir ici.

La femme. — Aie pas peur. A présent, mon bibi, j'vas t'faire mes adieux... N'à r'voir, mon p'tit homme ; sois ben sage... Ah ça ! du courage, pas vrai ? Songe que t'as un garçon, qu'tu y dois l'exemple... Baise ta vieille ! Mélie ?

La cousine. — De quoi ?

La femme. — Tu viens pas l'embrasser, ton cousin ?... Non ?... Comme tu voudras, ma fille, te gêne pas. Eh ben, adieu, chéri, sans rancune.

DANS LA PRISON

LE GARDIEN, LA FEMME, LA COUSINE

La femme. — C'est égal, pas fâchée d'êt' dehors !... Pas pour dire, mais ça sent pas bon, là-dedans ; vous m'direz à ça, pour c'qui z'ont n'à y rester... Ah ça ! va folloir tout à l'heure qu'on t'porte, si tu marches point mieux qu'ça !

La cousine. — Pas ma faute.

La femme. — Et moi, donc, quoi que j'deviendrais, si j'avais pas d'courage ? Si tu crois qu'ça m'fait plaisir, tout c'qui m'arrive !... Un homme qu'aurait pu êt' si heureux ! qu'avait tout pour lui, et finir comme y va finir !... Enfin, n'importe ! *(Au gardien.)* Où ça qui faut qu'j'aille, à présent, mosieu, pour sa montre, sans vous commander ? où qui faut qu'j'aille, dites ?

LE GARDIEN. — Vous avez l'temps.

LA FEMME. — Bien, bien, du moment qu'vous m'promettez que j'l'aurai. Me v'là tout sus l'dos, à présent ; songez, un garçon et trois d'moiselles ! Comment que j'vas m'en tirer ? Faut que j'trime, si j'veux faire honneur à mes affaires !

LE GARDIEN. — Ça me regarde pas.

LA FEMME. — C'est pas non plus pour vous qu'je l'dis. Mélie ?

LA COUSINE. — Après ?

LA FEMME. — J'suis un peu comme toi, j'aimerais pas de v'nir ici tous les deux jours.

LA COUSINE. — C'est bon neune fois.

LA FEMME. — Et encore.

A LA BELLE ÉTOILE

(1829)

A Paris, fin novembre, quatre heures du matin, rue Basse-du-Rempart[79], *en face de la rue de la Paix, et sur le boulevard. Il neige.*

THÉODORE, ZOÉ

THÉODORE, *du haut du parapet qui borde le boulevard, et d'une voix enrouée.* — Hé! Zoé!... Pas fichue de m'répondre! Hé! Zoé!... Et dire qu'j'ai passé tantôt rue Montorgueil sans ramasser d'z'écailles d'huîtres[80] pour y fout' sus la tête! *(Il se baisse.)* C'est égal, v'là aut' chose... aie pas peur, j'vas t'donner d'mes nouvelles.

ZOÉ, *dans la rue Basse, et s'éveillant.* — Quoi qu'c'est? quoi qu'y a?

THÉODORE. — Monte ici, qu'on t'parle!

ZOÉ. — Quoi qu'on m'jette?... J'sais d'qui qu'ça m'vient. C'est toi, Todore?

THÉODORE. — Monte un peu, j'ai des compliments n'à t'faire.

Zoé. — Ne m'jette pus rien, v'là que j'monte ; c'est comme des cailloux sus la figure, tant qu'c'est gelé.

Théodore. — Faut-y aller t'présenter la main ?

Zoé. — Me v'là ! me v'là !

Théodore. — Tu dormais ?

Zoé. — J'm'avais endormi d'froid : mon gueux* s'avait éteint. J'ai mes pauv's mains et mes pieds que j'les sens pus.

Théodore. — Quoi qu't'as fait d'ta nuit ? Comben qu't'as ?

Zoé. — Pas grand-chose... fait trop froid, rien à faire.

Théodore. — Aboule tes fonds.

Zoé. — Tu vois, y a pas gras.

Théodore. — J'crois ben, tu dors.

Zoé. — De froid, que j'te dis.

Théodore. — De paresse, salope ! T'as bu, t'es soûle ! A preuve, tu vois pas c'qu'on t'donne : quoi qu'c'est, de c'te mitraille que j'entrevois là ?

Zoé. — Des pièces six yards[81].

Théodore. — T'en as menti ! c'est des yards... J't'avais défendu d'en recevoir ; pourquoi qu't'en as reçu ?... dis-le, malheureuse, veux-tu me l'dire, d'où qui t'viennent ?

Zoé. — D'un enfant.

Théodore. — Où qu'est son mouchoir, si c'est un enfant ?

Zoé. — J'y ai pas...

Théodore. — Tais-toi, j'ai pas fini !... Où qu'il est, son mouchoir ? montre-le-moi, j'veux l'voir.

Zoé. — J'y ai pas demandé.

Théodore, *s'avançant le poing levé*. — Tu y as pas demandé ?

Zoé, *reculant*. — Non.

---

* Vase de terre dans lequel on met des cendres chaudes.

THÉODORE. — Pourquoi qu'tu y as pas demandé, quand j'te r'commande de le faire ? Tu pouvais pas y prend'e, bougre de cochonne !... Comme si qu'on pouvait pas non plus leur z'y dire, à ces crapauds-là : Vole ta mère, et viens m'voir !... Pas la mer à boire, pourtant... Mais non, t'aime mieux te r'poser... Tiens, vois-tu, t'as jamais su rien faire que des bêtises... et t'as d'l'amour-propre, encore !

ZOÉ. — J'vas t'dire...

THÉODORE. — M'approche pas, tu pues... Mais, j'y pense, j'ai deux mots n'à vous dire. Quoi qu'c'est, si vous plaît, de c't'individu qu'on causait, avec, hier au soir, cont' Saint-Eustache, sous l'coup d'neuf heures ?

ZOÉ. — Un particulier que j'connais pas.

THÉODORE. — Pas vrai !

ZOÉ. — J'te dis...

THÉODORE. — Moi aussi, j'te dis... j'te dis qu't'as bu !

ZOÉ. — Mais, quant à ce que...

THÉODORE. — Tu vas pas t'taire !... C'était un amant : il était mal mis, il avait eune veste... Que j't'y r'prenne, à m'faire des queues... j't'envoye en paradis !

ZOÉ. — J'te jure sus ma mère...

THÉODORE. — L'invoque pas, a n'a qu'faire là-dedans ; a l'est morte, on l'a enterrée, a r'pose, la réveille pas.

ZOÉ. — Faut donc pus rien dire ?

THÉODORE. — Faut obéir, faut s'taire, ou des coups... tu m'connais !... Pas un mot, réplique pas, ou j'commence... J'aime pas les discours, tu sais... j'les ai même jamais aimés... taisons-nous ! Y a-t'y longtemps qu't'as vu Polyte ? réponds !

ZOÉ. — Qui ça, Polyte ?

THÉODORE. — Bon ! v'là qu'tu t'rappelles pus de rien ; nous allons rire.

ZOÉ. — Connais pas.

THÉODORE. — Tu connais pas ? En v'là eune sévère, tu connais pas ! Qu'a travaillé longtemps dans l'Var, en panetot d'couleur* et pantalon jaune, l'amant à boyau vert[82]... en as-tu assez ? en v'là, me semble, des renseignements !

ZOÉ. — Pas Polyte, *la Gogotte*.

THÉODORE. — Lui-même. Y a longtemps qu'tu l'as vu ?

ZOÉ. — J'sais pus comben.

THÉODORE. — En c'cas, serche à l'voir, tu verras par toi-même si c'est pas vrai. J'aime putôt pas Dieu qu'j'invente rien !... Un chapeau, d'abord, sus sa tête, comme j'en ai peu vu ; du linge... et du fin, eune cravate, eune toquante** avec ses breloques, un lorgnon, eune canne, un gilet à boutons d'or... est-ce que j'sais tout c'qu'il a pas ?... eune redingote blanche qu'y a d'l'écossais d'dans, un pantalon à sous-pieds, un foulard, des gants, eune pipe en écume, des chaussettes et des bottes !

ZOÉ. — Tout ça ?

THÉODORE. — Tout ça, et d'l'argent dans sa poche ; oui, tout ça, salope ! Et moi, nom d'un... quoi que j'possède, j'te l'demande ? Si j'ai pas d'vermine, c'est pas ta faute. En fait d'chapeau, j'ai eune casquette... et eune belle, j'm'en moque ! En fait d'redingote, eune veste. Un pantalon, qu'le commissaire m'a déjà fait dire qu'on voyait c'que j'portais ; des gilets, j'en manque, j'en ai jamais évu avec toi ; des bottes qui r'niflent, quand j'marche pas sus ses tiges... Et j'ai eune maîtresse !

ZOÉ. — C'est-y ma faute, si j'ai maigri !

---

* Costume de forçat.
** Une montre.

A la belle étoile

Théodore. — C'est-y la mienne?... Tiens, vois-tu, réplique pas, ou j't'abats!

Zoé. — Comme ça, tu m'prends tout?

Théodore. — J'prends c'qui me r'vient. Avec ça qu'y a gras!... J'te laisse ta nuit, j'vas m'coucher; travaille, c'que tu ramasseras, c'est pour toi.

Zoé. — Du froid qui fait? Merci! J'voudrais t'y voir, tu rirais... Pus souvent, que j'vas en avoir, à l'heure qu'il est, d'l'ouvrage!

Théodore. — Après?

Zoé. — Tiens! t'es pas raisonnable, vois-tu?

Théodore. — On me l'a dit avant toi.

Zoé. — Tu dis qu'j'ai bu.

Théodore. — Je l'répétrai quand tu voudras.

Zoé. — V'là tout à l'heure deux jours que j'ai pas pris d'eau-de-vie c'qu'entrerait dans n'ein dé.

Théodore. — Tiens, va-t'en! t'es trop laide à voir.

Zoé. — V'là tois nuits que j'couche dehors.

Théodore. — Eh ben?

Zoé. — On veut pus d'moi dans mon garni; on m'ouvre pas : j'y dois tois francs.

Théodore. — Ça me r'garde pas, engraisse.

Zoé. — J'suis ben heureuse, c'est pas l'embarras!

Théodore. — En v'là assez! mes amitiés chez vous; m'embête pas, j'vas m'coucher.

Zoé. — Et tu m'laisses...

Théodore. — Faut-y pas t'tenir compagnie? Merci!

Zoé. — Sans rien?

Théodore. — Et les manches pareilles.

Zoé. — Eh ben, c'est gentil! Dis donc!

Théodore. — Pas l'temps.

Zoé. — Me v'là putain pour l'honneur!

LES MISÈRES CACHÉES

A PARIS,
DANS UNE CHAMBRE A COUCHER

M. THOMASSU,
ADRIEN, *son petit-fils*,
âgé de quatre ans.

Monsieur Thomassu. — Eh ben! monsieur, allons-nous décidément en finir?

Adrien. — Oui, grand-papa, ze vas me tousser.

Monsieur Thomassu. — Vous allez vous coucher, vous allez vous coucher... il y a une heure que vous auriez dû le faire, au lieu de me tenir, comme vous me tenez, des éternités à écouter vos sornettes!

Adrien. — Grand-papa, ce sont pas des sornettes.

Monsieur Thomassu. — Je parle au figuré.

Adrien. — Grand-papa!

Monsieur Thomassu. — Eh ben?

Adrien. — T'aime beaucoup, beaucoup, beaucoup!

Monsieur Thomassu. — Vous me permettrez d'en douter.

Adrien. — Non, grand-papa, te promets.

Monsieur Thomassu. — En tout cas, vous ne me le prouvez guère.

Adrien. — Te le prouverai.

Monsieur Thomassu. — Vous ne l'avez point encore fait ; peut-être, et j'aime à le croire, sont-ce les occasions qui ne se sont pas offertes ; toujours est-il que je ne demande point l'impossible : soyez sage et raisonnable, je n'exige pas autre chose.

Adrien. — Grand-papa, z'ai été bien chaze auzord'hui.

Monsieur Thomassu. — Pourquoi, alors, ne pas toujours l'être, quand vous savez d'avance combien cela me fait plaisir ?

Adrien. — C'est mon mauvais démon qu'en est cause.

Monsieur Thomassu. — Allons donc !

Adrien. — Oui, grand-papa, c'est mon mauvais démon qui me fait faire des sottises.

Monsieur Thomassu. — Sachez que je n'y crois pas, au mauvais démon ; c'est un prétexte qu'invoquent tous les enfants désobéissants pour ne point remplir leurs devoirs. Il n'existe pas de mauvais démons, et la preuve c'est que jamais je n'en rencontrai.

Adrien. — A présent, grand-papa, je serai bien chaze.

Monsieur Thomassu. — Ça me paraît tellement en dehors de vos habitudes, que je n'ose y croire.

Adrien. — Tu verras si ze suis pas chaze.

Monsieur thomassu. — L'événement nous le prouvera. Maintenant, venez vous asseoir.

Adrien. — Pourtoi faire ?

Monsieur Thomassu. — Vous allez le voir. Commençons par retirer votre culotte. C'est si joli, un petit garçon bien sage et bien raisonnable ; je ne connais rien au monde d'aussi beau !

Les Misères cachées

Adrien. — Te l'étais t'y tu, bien chaze et bien raisonnable, quand tu l'étais petit garçon, grand-papa ?

Monsieur Thomassu. — Je crois que oui.

Adrien. — Ah ! grand-papa ! grand-papa !

Monsieur Thomassu. — Quoi ? Que vous arrive-t-il ?

Adrien. — Tu m'as fait du mal, tu m'as fait du mal !

Monsieur Thomassu. — Vous en imposez.

Adrien. — Si, grand-papa, tu m'as fait tout plein du mal !

Monsieur Thomassu. — Où ?

Adrien. — A ma zambe.

Monsieur Thomassu. — Vous mentez !

Adrien. — Non, grand-papa, ze mens pas.

Monsieur Thomassu. — Où est le siège de votre mal ? Montrez-le-moi, je veux le voir.

Adrien. — Par ici. Tu vois pas ?

Monsieur Thomassu. — Je ne vois exactement rien.

Adrien. — A ma zambe.

Monsieur Thomassu. — J'ai beau regarder. Bon ! vous avez encore une fois déchiré votre culotte !

Adrien. — Z'ai déciré ma culotte ?

Monsieur Thomassu. — Voyez s'il est possible de mettre une culotte dans un pareil état ! Tenez ! du haut en bas !

Adrien. — C'est pas ma faute.

Monsieur Thomassu. — Ce qu'il y a de certain, c'est qu'elle n'est plus mettable...

Adrien. — Ça sera quand z'aurai tombé à l'école.

Monsieur Thomassu. — Je doute même qu'il vous soit jamais possible de la remettre.

Adrien. — Faudra la donner à ma bonne, tends-tu ?

Monsieur Thomassu. — Ce ne sont pas mes affaires ! Vous l'eussiez fait exprès, ce que je ne puis admettre, vous n'auriez pas mieux réussi ; elle ne tient plus qu'à un fil.

Adrien. — Puisque te dis que c'est à l'école !

Monsieur Thomassu. — Pas d'aigreur, s'il vous plaît, ne me jetez pas les paroles au nez, ou je vous tire ma révérence.

Adrien. — Ze te zette pas les paroles au nez !

Monsieur Thomassu. — Pardonnez-moi.

Adrien. — Puisque te dis que c'est pas ma faute !

Monsieur Thomassu. — J'entends parfaitement, Dieu merci, je ne suis pas sourd. Et vos bas ? Vous n'allez pas, je pense, vous mettre au lit avec vos bas ?

Adrien. — Non, grand-papa.

Monsieur Thomassu. — Dans quoi avez-vous marché ?

Adrien. — Dans quoi que z'ai marcé ?

Monsieur Thomassu. — Oui !

Adrien. — Ze sais pas.

Monsieur Thomassu. — Dans le ruisseau, que vos pieds sont tout humides ?

Adrien. — Ze sais pas.

Monsieur Thomassu. — Si vous ne le savez pas, qui donc le saura ? Comme si vous les aviez trempés dans l'eau ! C'est à les tordre. Votre bonne ne vous a donc point fait changer de chaussettes, quand vous êtes rentré ?

Adrien. — Alle a dit qu'alle avait pas l'temps.

Monsieur Thomassu. — On le lui a pourtant assez recommandé. Et votre bonnet de nuit ?

Adrien. — Ze sais pas.

Monsieur Thomassu. — Où diable l'a-t-elle fourré ?

Adrien. — Ze sais pas.

Monsieur Thomassu. — Vous ne savez jamais rien ; c'est insupportable ! Si chaque fois on remettait les

Les Misères cachées

choses à leur place, on ne serait pas toujours à courir après.

ADRIEN. — Sus mon lit, grand-papa, as-tu serché sus mon lit ?

MONSIEUR THOMASSU. — Je ne vois rien sur votre lit.

ADRIEN. — Sus le lit à maman Lulu ?

MONSIEUR THOMASSU. — Pourquoi ne pas m'envoyer tout de suite à Limoges ou au Canada, pendant que vous y êtes.

ADRIEN. — Tiens, grand-papa !

MONSIEUR THOMASSU. — Vous le voyez ?

ADRIEN. — Sus la commode.

MONSIEUR THOMASSU. — Je veux être pendu si je l'eusse jamais deviné là.

ADRIEN. — C'est Zulie qui l'aura mis là.

MONSIEUR THOMASSU. — Attendez que je vous le mette... Un instant donc, un instant, que je noue vos cordons.

ADRIEN. — Grand-papa, tu m'étrangles.

MONSIEUR THOMASSU. — Laissez donc !

ADRIEN. — Bien vrai !

MONSIEUR THOMASSU. — Je n'ai jamais vu personne d'aussi douillet.

ADRIEN. — Pourtoi tu m'étrangles ?

MONSIEUR THOMASSU. — Et vous voulez être militaire ! Beau militaire, ma foi ! Si je ne nouais pas vos cordons, vous auriez la tête nue, et vous savez que madame votre mère n'aime pas cela.

ADRIEN. — Tite maman Lulu !

MONSIEUR THOMASSU. — C'est toujours par là que vous vous enrhumez.

ADRIEN. — Pas tite maman Lulu, c'est toi, grand-papa, qui veux pas que ze soye sans bonnet.

MONSIEUR THOMASSU. — Mettons que j'en ai menti et n'en parlons plus.

Adrien. — Z'ai pas dit ça.

Monsieur Thomassu. — Non, mais c'est à peu près tout comme. Dites moi ?

Adrien. — Grand-papa ?

Monsieur Thomassu. — Avant de vous mettre au lit, avez-vous bien pris vos précautions ?

Adrien. — Oui, grand-papa, ze les ai tous pris.

Monsieur Thomassu. — Prises, si vous voulez bien.

Adrien. — Z'ai besoin de rien.

Monsieur Thomassu. — Vous me le promettez ?

Adrien. — Ze te le promets.

Monsieur Thomassu. — Bien vrai ?

Adrien. — Bien vrai !

Monsieur Thomassu. — J'en prends acte.

Adrien. — Grand-papa !

Monsieur Thomassu. — Eh ben ?

Adrien. — Tu me borderas-t'y ?

Monsieur Thomassu. — Nous verrons ça.

Adrien. — Tan ze serai toussé ?

Monsieur Thomassu. — Bien entendu. Et votre chemise de nuit, que vous oubliez.

Adrien. — Ma semise de nuit ?

Monsieur Thomassu. — Oui, où l'avez-vous mise ?

Adrien. — Ze l'ai pas vue.

Monsieur Thomassu. — Vous ne l'avez pas vue ?

Adrien. — Non, grand-papa.

Monsieur Thomassu. — Où la trouver, à présent ?

Adrien. — Ma bonne l'aura serrée.

Monsieur Thomassu. — C'est probable, puisque je ne la vois pas.

Adrien. — Tiens, grand-papa, sus le fauteuil.

Monsieur Thomassu. — Sur quel fauteuil ?

Adrien. — Cont' la seminée.

Monsieur Thomassu. — Je la vois.

Adrien. — Tand ze te disais.

Les Misères cachées

Monsieur Thomassu. — Vous aviez beau me dire, je ne la voyais pas. Maintenant, faites-moi le plaisir de la passer, que nous en finissions. Baissez un peu les bras.

Adrien. — Pourtoi faire ?

Monsieur Thomassu. — Pour vous la passer.

Adrien. — Tu me feras pas de mal ?

Monsieur Thomassu. — Comme si, de ma vie, je vous en avais fait !

Adrien. — Tout à l'heure, tu m'as fait tout plein du mal à ma zambe.

Monsieur Thomassu. — Ça n'est pas vrai.

Adrien. — Si, grand-papa.

Monsieur Thomassu. — Allez-vous enfin vous mettre au lit ?

Adrien. — Grand-papa !

Monsieur Thomassu. — Eh ben ?

Adrien. — Monte-moi.

Monsieur Thomassu. — Comment, que je vous monte ?

Adrien. — Monte-moi dans mon lit, t'en prie.

Monsieur Thomassu. — A votre âge ! Allons donc ! vous plaisantez, je crois.

Adrien. — Non, grand-papa, ze ne plaisante pas.

Monsieur Thomassu. — Je vous dis que si ! Voyons, sera-ce pour aujourd'hui ?

Adrien. — T'en prie, grand-papa, monte-moi.

Monsieur Thomassu. — Si je le fais, c'est uniquement pour ne pas rester ici jusqu'à demain.

Adrien. — Merci, grand-papa.

Monsieur Thomassu. — Tout ça, des mauvaises habitudes ; à votre âge, jamais monsieur votre père n'aurait voulu qu'on le mît au lit.

Adrien. — Tit papa Lulu ?

Monsieur Thomassu. — Certainement, il se mettait

au lit tout seul, comme un grand garçon, sans avoir recours à personne.

Adrien. — C'était donc pas toi, grand-papa, qui le toussait ?

Monsieur Thomassu. — Non, certes, ce n'était pas moi ! D'abord, il n'était pas mon petit-fils ; c'était mon fils, et jamais sa maman n'aurait souffert que son beau-père se mêlât de ces choses-là, qu'elle avait bien trop de savoir-vivre pour ça, la pauvre femme !

Adrien. — Ma grand-mère qu'est morte ?

Monsieur Thomassu. — Malheureusement.

Adrien. — Grand-papa !

Monsieur Thomassu. — Eh ben ?

Adrien. — Son grand-père, à papa Lulu, était-y messant ?

Monsieur Thomassu. — S'il était méchant ?

Adrien. — Oui.

Monsieur Thomassu. — Bon comme le bon pain, le meilleur des hommes.

Adrien. — Y te donnait-y tout plein, tout plein des gâteaux ?

Monsieur Thomassu. — Toutes les fois que je le méritais.

Adrien. — Tu m'en donnes zamais, grand-papa, des gâteaux, zamais, zamais, zamais !

Monsieur Thomassu. — Parce que jamais vous ne vous êtes mis dans ce cas-là. Non, bien sûr, mon père n'eût point toléré que son petit-fils lui fît subir tous les ennuis dont vous m'abreuvez ; non, certainement, il ne l'eût point toléré. Ah çà ! pendant que nous y sommes, avez-vous encore quelque chose à me faire faire ?

Adrien. — Non, grand-papa.

Monsieur Thomassu. — C'est fort heureux !

Adrien. — Grand-papa, tu l'embrasses pas ton petit garçon ?

Monsieur Thomassu. — Je vous ai déjà embrassé, ce me semble.

Adrien. — Ze voudrais te tu m'embrasses encore.

Monsieur Thomassu. — Tout cela des singeries et des enfantillages dont je ne suis pas dupe ; c'est pour gagner du temps.

Adrien. — Non, grand-papa, te promets, ce sont pas des sinzeries ni des enfantillazes ; tu m'as pas embrassé depuis te ze suis dans mon lit.

Monsieur Thomassu. — Faudra donc toujours faire toutes vos volontés ?

Adrien. — Merci, grand-papa, te remercie bien. Tiens, regarde comme ze vais bien dormir, comme ze ferme bien les yeux, tiens, vois-tu ? Tu regardes pas ?

Monsieur Thomassu. — Je m'en rapporte à vous.

Adrien. — Ah ! grand-papa ?

Monsieur Thomassu. — Eh ben ! qu'est-ce encore ?

Adrien. — Tu sais pas ?

Monsieur Thomassu. — Non, comment voulez-vous que je sache ?

Adrien. — Z'ai pas fait ma prière.

Monsieur Thomassu. — Vous n'avez pas fait votre prière ?

Adrien. — Non, grand-papa, tu sais bien que ze l'ai pas faite ?

Monsieur Thomassu. — Je ne me le rappelle pas.

Adrien. — Non, grand-papa, ze l'ai pas faite.

Monsieur Thomassu. — Eh ben ! faites-la, je suis loin de m'y opposer.

Adrien. — Ze sais pas la faire tout seul.

Monsieur Thomassu. — Comment ! vous ne savez pas ?

Adrien. — Non, grand-papa.

Monsieur Thomassu. — Vous ne la faites donc jamais ?

Adrien. — On me la fait faire, c'est zamais moi ti tommence.

Monsieur Thomassu. — Encore des gieries !

Adrien. — Non, grand-papa, t'assure, c'est pas des zieries.

Monsieur Thomassu. — Vous m'ennuyez !

Adrien. — Fais-moi-la faire, grand-papa, t'en prie, fais-moi-la faire.

Monsieur Thomassu. — Une véritable inquisition, Dieu me pardonne !

Adrien. — T'en prie !

Monsieur Thomassu. — C'est la dernière fois, je vous en préviens, que j'accepte la mission de vous coucher !

Adrien. — Oui, grand-papa, tommence.

Monsieur Thomassu. — Ça n'a pas de nom.

Adrien. — Tommence.

Monsieur Thomassu. — Si on le savait, je n'oserais plus me montrer. Au nom du Père...

Adrien. — Du Fils, Saint-Sprit, s't'il !

Monsieur Thomassu. — Au nom du Père...

Adrien. — Ze l'ai dit.

Monsieur Thomassu. — Au nom du Fils, du Saint-Esprit, ainsi soit-il.

Adrien. — Saint-Sprit, s't'il.

Monsieur Thomassu. — Au nom du Père...

Adrien. — Du Père...

Monsieur Thomassu. — Au nom du Père...

Adrien. — Fils, Sprit, s't'il.

Monsieur Thomassu. — Ainsi soit-il.

Adrien. — Sprit, s't'il.

Monsieur Thomassu. — Si c'est ainsi que vous

faites vos prières, je vous en félicite, c'est un joli méli-mélo.

ADRIEN. — Ze les ai touzours dites comme ça.

MONSIEUR THOMASSU. — Aussi trouvé-je cette méthode fort jolie.

ADRIEN. — Après, grand-papa, après ?

MONSIEUR THOMASSU. — Mon Dieu, conservez la santé...

ADRIEN. — A tit papa Lulu, tite maman Lulu, gr... grand-papa Bois-bois...

MONSIEUR THOMASSU. — Dubois, si vous voulez bien le permettre.

ADRIEN. — Grand-papa Bois-bois...

MONSIEUR THOMASSU. — Vous le voulez ?

ADRIEN. — Oui, grand-papa.

MONSIEUR THOMASSU. — Allez votre train.

ADRIEN. — Grand-maman Bois-bois... grand-maman Bois-bois...

MONSIEUR THOMASSU. — Après ?

ADRIEN. — Grand-maman Bois-bois...

MONSIEUR THOMASSU. — Après, après ? N'avez-vous plus personne à la santé de qui vous vous intéressez ?

ADRIEN. — Si, grand-papa.

MONSIEUR THOMASSU. — Eh bien ! voyons, que je l'entende.

ADRIEN. — Grand-papa Couvercelle.

MONSIEUR THOMASSU. — Couverchel.

ADRIEN. — Couvrecelle.

MONSIEUR THOMASSU. — Couverchel ! Je sais bien mon nom, quand le diable y serait !

ADRIEN. — Non, grand-papa.

MONSIEUR THOMASSU. — Comment ! non ?

ADRIEN. — Non, grand-papa !

MONSIEUR THOMASSU. — Je sais bien qu'avec vous je n'aurai jamais le dernier. Continuons.

ADRIEN. — Qui êtes dans les cieux, ma tite sienne Mimire.

MONSIEUR THOMASSU. — Pardon, si je vous interromps. Quel est, s'il vous plaît, ce nouveau personnage que vous introduisez dans la famille ?

ADRIEN. — Tu l'as pas entendu ?

MONSIEUR THOMASSU. — Si fait, mais je n'ai pas compris.

ADRIEN. — Tu connais pas Mimire ?

MONSIEUR THOMASSU. — C'est la première fois que j'en entends parler.

ADRIEN. — Ma tite sienne !

MONSIEUR THOMASSU. — Quelle petite chienne ?

ADRIEN. — Ma tite sienne Mimire !

MONSIEUR THOMASSU. — Tant que vous voudrez ; et depuis quand, s'il vous plaît, la comptons-nous au nombre de nos membres ?

ADRIEN. — Depuis touzours.

MONSIEUR THOMASSU. — Ah ça ! plaisantez-vous ?

ADRIEN. — Non, grand-papa.

MONSIEUR THOMASSU. — Et qui encore avez-vous à recommander ?

ADRIEN. — Zulie, tu sais, ma bonne.

MONSIEUR THOMASSU. — Celle-ci, je veux bien l'admettre, d'autant que le sentiment qui vous guide est fort louable ; mais une chienne ! J'avoue que c'est de la dernière inconvenance. Dites-moi ?

ADRIEN. — Plaît-y, grand-papa ?

MONSIEUR THOMASSU. — Avez-vous jamais fait votre prière devant madame votre mère ?

ADRIEN. — Oui, grand-papa.

MONSIEUR THOMASSU. — Telle que vous venez de la dire ?

ADRIEN. — Oui, grand-papa.

Monsieur Thomassu. — Et n'a-t-elle fait aucune remarque, aucune observation ?

Adrien. — Non, grand-papa.

Monsieur Thomassu. — Très bien. Et votre petite sœur, cette bonne petite sœur si excellente pour vous... pour tout le monde ?

Adrien. — Napoline ?

Monsieur Thomassu. — Oui, il me semble que vous l'oubliez ?

Adrien. — Mon Dieu, conservez la santé à ma tite sœur Napoline.

Monsieur Thomassu. — Ainsi...

Adrien. — S't'il.

Monsieur Thomassu. — Mon Dieu, faites-moi la grâce...

Adrien. — D'êt' bien chaze.

Monsieur Thomassu. — Bien sage.

Adrien. — Bien chaze.

Monsieur Thomassu. — Bien sage.

Adrien. — Peux pas.

Monsieur Thomassu. — Et bien raisonnable. Au nom du Père...

Adrien. — Fils, Sprit, s't'il.

Monsieur Thomassu. — Je vous fais mon compliment, et bien sincère... Certes, vos prières méritent d'être exaucées ; elles sont pleines d'onction ; c'est charmant !

Adrien. — Grand-papa !

Monsieur Thomassu. — Plaît-il ?

Adrien. — Ta prière, à toi ?...

Monsieur Thomassu. — Eh bien ?

Adrien. — C'est-y la même sauze ?

Monsieur Thomassu. — Si c'est la même chose ?

Adrien. — Oui, grand-papa.

Monsieur Thomassu. — Pas précisément.

ADRIEN. — Fais-la, t'en prie, te ze voye.

MONSIEUR THOMASSU. — Je ne la fais jamais devant le monde.

ADRIEN. — Pourtoi, grand-papa, pourtoi ?

MONSIEUR THOMASSU. — Parce que j'ai besoin de recueillement.

ADRIEN. — T'en prie.

MONSIEUR THOMASSU. — Vous m'ennuyez. Je crois qu'à présent il est grand temps de dormir.

ADRIEN. — Ze vais dormir. Et toi, grand-papa, toi tu vas faire ?

MONSIEUR THOMASSU. — Cela ne vous regarde pas.

ADRIEN. — T'en prie.

MONSIEUR THOMASSU. — Non, vous dis-je, est-ce assez clair ? Ce qui ne m'empêche, en passant, de vous faire observer que vous n'avez tenu une seule de vos promesses.

ADRIEN. — Si, grand-papa, ze te demande pardon.

MONSIEUR THOMASSU. — Je gage que vous ne vous rappelez plus ce que vous m'avez promis ?

ADRIEN. — Ze t'ai promis d'êt' b'en chaze et bien raisonnable.

MONSIEUR THOMASSU. — Puis après ?

ADRIEN. — Puis après ?

MONSIEUR THOMASSU. — Oui, cherchez...

ADRIEN. — Sais plus.

MONSIEUR THOMASSU. — Qu'aussitôt au lit vous feriez tous vos efforts pour dormir ; l'avez-vous essayé ?

ADRIEN. — Oui, grand-papa.

MONSIEUR THOMASSU. — Vous ne dites pas la vérité.

ADRIEN. — T'assure.

MONSIEUR THOMASSU. — Vous avez beau m'assurer, je n'y crois pas, à la sincérité de vos paroles.

Les Misères cachées

Adrien. — Et toi, grand-papa, te vas-t'y tu pas aussi te tousser ?

Monsieur Thomassu. — Je ne puis y aller, monsieur votre père et madame votre mère n'étant point rentrés.

Adrien. — Ni Zulie. Alle est allée cé sa tousine, ma bonne ; la connais-t'y tu pas, grand-papa, sa tousine, à Zulie ?

Monsieur Thomassu. — Je n'ai point cet honneur. Et quand, décidément, comptez-vous dormir ?

Adrien. — Grand-papa, peux pas.

Monsieur Thomassu. — Comment, vous ne pouvez pas ?

Adrien. — Non, grand-papa.

Monsieur Thomassu. — Dites plutôt que vous ne le voulez pas.

Adrien. — T'assure.

Monsieur Thomassu. — Rien ne résiste à l'homme quand il le veut bien.

Adrien. — Mais, grand-papa, ze suis pas un homme, ze suis n'un petit garçon !

Monsieur Thomassu. — Ta, ta, ta, ta ! Je dois, au surplus, vous prévenir d'une chose : si, au lieu de dormir, vous continuez à jaboter comme vous le faites, non seulement je vous abandonne, mais, qui plus est, je vous laisse sans lumière... Vous entendez ?

Adrien. — Ze le dirai à maman Lulu.

Monsieur Thomassu. — C'est précisément la recommandation qu'elle m'a faite en partant.

Adrien. — T'est pas vrai !

Monsieur Thomassu. — Comment ?... Voulez-vous me faire le plaisir, s'il vous plaît, de répéter ce que vous venez de dire.

Adrien. — Grand-papa...

Monsieur Thomassu. — Eh bien ?

ADRIEN. — Te demande pardon.

MONSIEUR THOMASSU. — C'est, si je ne me trompe, un démenti, et des plus prononcés, que vous venez de me donner ?

ADRIEN. — Non, grand-papa.

MONSIEUR THOMASSU. — Jamais, de sa vie, monsieur votre père ne se fût permis une telle incartade ! Et si pareille chose arrivait encore, je vous infligerais une correction comme jamais, je pense, petit garçon n'en a reçu.

ADRIEN. — Te demande bien pardon de t'avoir offensé.

MONSIEUR THOMASSU. — Je veux bien, une dernière fois encore, vous l'accorder en faveur du motif ; mais n'y revenez pas, je serais inflexible ; je vous en prie, n'y revenez pas.

ADRIEN. — Zamais, zamais, zamais, grand-papa, ze te le promets.

MONSIEUR THOMASSU. — Je veux bien le croire.

ADRIEN. — Touzours ze t'obéirai.

MONSIEUR THOMASSU. — J'en accepte l'augure.

ADRIEN. — Pasce que t'aime bien, moi, grand-papa ; et toi, tu m'aimes-t'y tu bien aussi, dis ?

MONSIEUR THOMASSU. — Je crois, sans reproche, vous en avoir assez donné de preuves, encore à présent : croyez-vous, par exemple, que je ne serais pas mieux, cent fois, chez moi qu'auprès de vous, à essuyer, depuis deux heures, tous vos caprices et vos impertinences ?

ADRIEN. — Grand-papa, tu as dit te tu me pardonnais.

MONSIEUR THOMASSU. — Oui, je l'ai dit et ne m'en dédis pas ; mon intention n'est point, non plus, d'y revenir ; je vous devais, néanmoins, cette explication.

Adrien. — Pasce que Zulie est sortie, grand-papa, te tu me gardes ? pasce qu'alle est sortie ?

Monsieur Thomassu. — Je suis loin de lui en faire un reproche, à la pauvre fille ; elle use d'un privilège qui lui a été accordé, je trouve qu'elle a parfaitement raison ; mais, de mon côté, je me permettrai de trouver que ces permissions deviennent bien fréquentes, et que les jours où monsieur votre père et madame votre mère passent les soirées dehors, ils pourraient bien dire à leur bonne de rester à la maison et ne pas me laisser la garde de votre personne.

Adrien. — Papa Lulu voulait pas ; c'est tite maman Lulu qui l'a dit.

Monsieur Thomassu. — De sa part, ça ne m'étonne pas.

Adrien. — Alle a voulu que Zulie sorte la même sauze, te tu me tousserais.

Monsieur Thomassu. — Que je vous coucherais ?

Adrien. — Oui, grand-papa, te ça te ferait plaisir.

Monsieur thomassu. — Je lui en sais un gré infini, à madame votre mère ; au reste, elle ne s'est jamais beaucoup gênée avec moi, c'est une justice que je me plais à lui rendre ; il y a longtemps qu'elle m'a habitué à sa manière d'être à mon égard ; j'ai, toutefois, encore de la peine à m'y faire.

Adrien. — Y sont allés au pestaque, pas vrai, grand-papa ?

Monsieur Thomassu. — Ça pourrait bien être, je n'en sais rien : depuis tantôt trois semaines, c'est tout au plus si l'on a daigné m'adresser la parole.

Adrien. — Y z'ont dit à Zulie : Nous allons au pestaque. Zulie a dit : Ze veux bien, mais monsieur Couvrecelle...

Monsieur Thomassu. — Couverchel.

Adrien. — Monsieur Couvrecelle... Et tite maman a

dit : Vous intiétez pas de lui, y gardera le petit, ça lui fera faire quet' sauze.

Monsieur Thomassu. — Elle a dit cela ?

Adrien. — Oui, grand-papa. Grand-papa !

Monsieur Thomassu. — Eh bien ?

Adrien. — L'aimes-t'y-tu, tite maman Lulu ?

Monsieur Thomassu. — Certainement.

Adrien. — Bien vrai, bien vrai ?

Monsieur Thomassu. — Quand je vous le dis ; mais pourquoi cette question ?

Adrien. — Tu l'embrasses zamais.

Monsieur Thomassu. — Je ne suis pas démonstratif.

Adrien. — Mais, tit papa Lulu, tu l'embrasses.

Monsieur Thomassu. — C'est autre chose.

Adrien. — Pasce que papa Lulu, c'est ton garçon, et que maman Lulu elle est pas ta fille !

Monsieur Thomassu. — Qui vous a dit ça ?

Adrien. — Ma bonne.

Monsieur Thomassu. — Elle est ma belle-fille, madame votre mère, ma bru, si vous l'aimez mieux.

Adrien. — Grand-papa, pourtoi, tand nous avons du monde, tu viens zamais, zamais dîner, dis ?

Monsieur Thomassu. — Parce qu'en général je n'aime pas la société.

Adrien. — Tu l'aimes pas la société ?

Monsieur Thomassu. — Je préfère rester dans mon coin.

Adrien. — Dans ton vieux toin.

Monsieur Thomassu. — Comment, dans mon vieux coin ? Qui vous l'a dit que je l'aimais, mon vieux coin ?

Adrien. — On me l'a pas dit.

Monsieur Thomassu. — D'où le savez-vous ?

Adrien. — Maman Lulu, qui l'a dit.

Monsieur Thomassu. — Très bien.

Adrien. — Ma bonne aussi.

Les Misères cachées

Monsieur Thomassu. — Naturellement... Et votre papa ?

Adrien. — Papa Lulu ?

Monsieur Thomassu. — Oui.

Adrien. — Zamais. C'est à mosieu Borel que maman Lulu l'a dit ; tu sais bien, mosieu Borel ?

Monsieur Thomassu. — Qui déjà, monsieur Borel ?

Adrien. — Tu connais pas mosieu Borel ?

Monsieur Thomassu. — Je n'ai pas cet honneur.

Adrien. — Mosieu Borel !

Monsieur Thomassu. — Tant que vous voudrez, je ne le connais pas.

Adrien. — Mais, grand-papa, mosieu Borel...

Monsieur Thomassu. — Eh bien ?

Adrien. — C'est le mosieu...

Monsieur Thomassu. — Quel monsieur ?

Adrien. — Qui fume à table.

Monsieur Thomassu. — Comment, qui fume à table ?

Adrien. — Oui, grand-papa.

Monsieur Thomassu. — Ce monsieur serait donc la seconde personne qui se permettrait ces privautés-là ?

Adrien. — Ze sais pas.

Monsieur Thomassu. — Je ne vois guère, dans leurs connaissances, que monsieur Auguste qui soit homme à le faire.

Adrien. — Mais, grand-papa, mosieu Auguste...

Monsieur Thomassu. — Eh bien ?

Adrien. — Mosieu Auguste...

Monsieur Thomassu. — J'entends parfaitement.

Adrien. — C'est mosieu Borel.

Monsieur Thomassu. — Vous m'en direz tant... Ah ! c'est là monsieur Borel ?

Adrien. — Oui, grand-papa.

Monsieur Thomassu. — Dors.

ADRIEN. — Oui, grand-papa... Ze dors... pour te faire plaisir.

MONSIEUR THOMASSU. — Oui, c'est cela.

Silence de quelques instants.

ADRIEN. — Grand-papa !

MONSIEUR THOMASSU. — Eh bien ?

ADRIEN. — T'aime beaucoup, beaucoup, beaucoup !

MONSIEUR THOMASSU. — Moi aussi.

ADRIEN. — Tu veux-t'y-tu m'embrasser ?

MONSIEUR THOMASSU. — Avec plaisir.

ADRIEN. — Grand-papa !

MONSIEUR THOMASSU. — Plaît-il ? Que veux-tu ?

ADRIEN. — Tu pleures.

MONSIEUR THOMASSU. — Tu crois ?

ADRIEN. — Oui, grand-papa, tu as pleuré. Pourtoi tu as-t'y pleuré ?

MONSIEUR THOMASSU. — C'est de plaisir.

ADRIEN. — De plaisir ?

MONSIEUR THOMASSU. — Oui, de te voir si sage et si raisonnable.

ADRIEN. — Pasce que ze suis bien chaze ?

MONSIEUR THOMASSU. — Oui. A présent, dors, mon bon petit homme, dors.

ADRIEN. — Ze dors.

MONSIEUR THOMASSU. — C'est cela.

ADRIEN. — Pour te faire plaisir.

MONSIEUR THOMASSU. — Je t'en remercie.

Silence de quelques instants.

ADRIEN. — Grand-papa !

MONSIEUR THOMASSU. — Tu ne dors point encore ?

ADRIEN. — Peux pas.

MONSIEUR THOMASSU. — Franchement, j'ai bien cru que tu dormais.

ADRIEN. — Non, grand-papa.

Monsieur Thomassu. — Parce que tu as de la lumière.

Adrien. — Non, grand-papa, c'est pas ça; c'est pasce que...

Monsieur Thomassu. — Parce que tu ne veux pas.

Adrien. — Non, grand-papa, t'assure. Grand-papa, tu sais pas?

Monsieur Thomassu. — Non, qu'y a-t-il encore?

Adrien. — A l'école, il y a un petit garçon...

Monsieur Thomassu. — Que fait-il, ce petit garçon?

Adrien. — Y fait rien.

Monsieur Thomassu. — C'est donc un paresseux?

Adrien. — Non, grand-papa.

Monsieur Thomassu. — Qu'est-ce donc alors... un de tes camarades?

Adrien. — C'est pas n'un camarade.

Monsieur Thomassu. — Que font ses parents? à qui appartient-il? d'où est-ce qu'il sort?

Adrien. — Y sort pas. Son papa il est menuisier.

Monsieur Thomassu. — Il n'y a pas de mal à ça.

Adrien. — Tu sais, grand-papa, un menuisier... qui rabote des planches?

Monsieur Thomassu. — Parfaitement.

Adrien. — Maman Lulu a m'a défendu d'y parler.

Monsieur Thomassu. — Parce que?

Adrien. — Pasce que c'est un polisson des rues, et qu'a veut pas que z'y aille, avec les polissons des rues... et les petits aux menuisiers ce sont tous des polissons. Sais-tu comment qui s'appelle, son papa?

Monsieur Thomassu. — A madame votre mère?

Adrien. — Non, à son fils au menuisier?

Monsieur Thomassu. — Cela m'est absolument égal.

Adrien. — Y s'appelle mosieu Tudot.

Monsieur Thomassu. — Monsieur Tudot?

Adrien. — Non, mosieu Tudot.

Monsieur Thomassu. — Comment ?

Adrien. — Mosieu Tudot !

Monsieur Thomassu. — Ah ! monsieur Cudot ?

Adrien. — Oui.

Monsieur Thomassu. — J'ai connu un monsieur Cudot.

Adrien. — Il était-t'y menuisier ?

Monsieur Thomassu. — Du tout, un ancien receveur de rentes, le mien, un excellent et digne homme ; il y a longtemps qu'il est mort.

Adrien. — C'est pas son papa.

Monsieur Thomassu. — Je le crois.

Adrien. — Tu sais pas, ce petit garçon, y zure.

Monsieur Thomassu. — Comment, il jure ?

Adrien. — Oui, grand-papa.

Monsieur Thomassu. — Et on ne le met pas à la porte ?

Adrien. — Non, grand-papa ; et y zure, mais beaucoup, beaucoup, beaucoup !

Monsieur Thomassu. — C'est une très mauvaise connaissance, une peste, que ce petit monsieur-là !

Adrien. — Oui, grand-papa. Y dit bigre.

Monsieur Thomassu. — Ah ! oui-da !

Adrien. — Bigre ! Bigre de cien ; grand-papa ! Dis donc ?

Monsieur Thomassu. — Plaît-il ?

Adrien. — Bigre, c'est-y un gros zurement ?

Monsieur Thomassu. — Pas précisément, mais toujours une locution des plus vicieuses et des plus communes, un mot trivial, qui généralement n'est employé que par des gens mal élevés ou sans aucune espèce d'éducation.

Adrien. — Des sarretiers ?

Monsieur Thomassu. — Des charretiers, si vous voulez.

Adrien. — Et des polissons des rues ?

Monsieur Thomassu. — Encore.

Adrien. — Moi, grand-papa, z'ai zamais zuré.

Monsieur Thomassu. — Je l'espère bien.

Adrien. — Tu as zamais zuré non plus, toi, grand-papa, pas vrai, tu l'as zamais zuré ?

Monsieur Thomassu. — S'il m'est arrivé d'avoir ce malheur-là, ç'a eu lieu bien rarement, et encore aurait-il fallu des circonstances tout exceptionnelles.

Adrien. — Tu sais pas ?

Monsieur Thomassu. — Non.

Adrien. — Tit papa Lulu...

Monsieur Thomassu. — Eh bien ?

Adrien. — Tu le diras pas ?

Monsieur Thomassu. — Ai-je l'habitude de rapporter ce que l'on me confie ?

Adrien. — Non, grand-papa ; eh ben, tit papa Lulu... y zure.

Monsieur Thomassu. — Monsieur votre père ?

Adrien. — Oui !... ze l'ai entendu zurer.

Monsieur Thomassu. — Cela m'étonne.

Adrien. — Oui, grand-papa. Un zour, après son tailleur. Il a dit à maman Lulu : Y viendra donc pas, ce satré tailleur ? Il l'a dit.

Monsieur Thomassu. — Il faut qu'il ait été poussé à bout.

Adrien. — Ton satré tailleur !

Monsieur Thomassu. — Vous en êtes bien sûr ?

Adrien. — Bien sûr, oui, grand-papa, bien sûr ! C'est bigre de cien qui dit, le petit garçon au menuisier ; bigre de cien !

Monsieur Thomassu. — Vous ne le dites pas...

Adrien. — Ze l'ai zamais dit.

Monsieur Thomassu. — Laissez-moi finir... Vous ne le dites pas à votre maître ?

Adrien. — A mosieur Begat ?

Monsieur Thomassu. — Oui.

Adrien. — Zamais z'aurais osé.

Monsieur Thomassu. — Vous avez tort.

Adrien. — Pasce que ça serait caponner. Y diraient que ze suis un capon. Mais, grand-papa !

Monsieur Thomassu. — Après ?

Adrien. — Quand on dit : Satré bigre ! et qu'on l'est pas en colère, c'est-y offenser le bon Dieu ?

Monsieur Thomassu. — Tous les jurements, en général, voire même les gros mots, n'ont jamais fait plaisir à personne ; il y a d'autres moyens pour faire sa cour aux gens, et ceux chez lesquels cette mauvaise habitude est enracinée, non seulement ne sont point admis dans la bonne société, mais ne seront jamais invités nulle part.

Adrien. — Le petit garçon à mosieu Tudot...

Monsieur Thomassu. — Qu'a-t-il fait encore ?

Adrien. — Il a dit mâtin.

Monsieur Thomassu. — Cela ne m'étonne pas.

Adrien. — Mâtin !... Comme c'est vilain !

Monsieur Thomassu. — C'est effectivement très laid !

Adrien. — Satré mâtin, c'est encore bien plus vilain ! C'est-y un grand zuron, dis, grand-papa, satré mâtin ?

Monsieur Thomassu. — Un des plus forts, certainement, dans toute l'acception du mot.

Adrien. — Grand-papa !

Monsieur Thomassu. — Eh bien ?

Adrien. — Tu te souviens pas ?

Monsieur Thomassu. — Non, de quoi ?

Adrien. — Tu l'as dit, satré mâtin.

Les Misères cachées

Monsieur Tomassu. — Je ne me le rappelle pas.

Adrien. — Cez mosieu Macquieu.

Monsieur Thomassu. — Chez monsieur Mathieu ?

Adrien. — Tu sais bien, à la campagne ?

Monsieur Thomassu. — A l'Île-Adam ?

Adrien. — Avec tite maman Lulu, tit papa Lulu et ma tite sœur.

Monsieur Thomassu. — À quelle occasion ?

Adrien. — A telle ottasion ?

Monsieur Thomassu. — Oui, à quelle occasion ?

Adrien. — A l'ottasion de son cien, à mosieu Macquieu.

Monsieur Thomassu. — De son chien ?

Adrien. — Oui, grand-papa... Brillant, tu te souviens-t'y plus de Brillant ?

Monsieur Thomassu. — Pas beaucoup.

Adrien. — Tu as dit qu'il était un mâtin, tu t'en souviens pas ?

Monsieur Thomassu. — Si fait, à présent.

Adrien. — Tu as pas dit satré mâtin ; tu as dit mâtin.

Monsieur Thomassu. — Mâtin tout court ?

Adrien. — Oui.

Monsieur Thomassu. — Je me rappelle très bien, comme si c'était hier, avoir dit qu'il était mâtiné, ce chien ; mais de la façon dont je l'ai dit, ce n'était pas jurer. On dit d'un chien qui n'est pas de race : il est mâtiné ; or, le chien de monsieur Mathieu était dans ces conditions ; de là à jurer il y a tout un abîme.

Adrien. — Alors, ze peux-t'y dire mâtin ?

Monsieur Thomassu. — Pas du tout, gardez-vous-en bien !

Adrien. — Si ze le dis pas n'en colère ?

Monsieur Thomassu. — C'est toujours jurer, et je n'en vois pas la nécessité. Je ne vous en fais point un crime, mais vous êtes trop jeune pour pouvoir apprécier toute la valeur de mon observation.

Adrien. — Grand-papa !

Monsieur Thomassu. — Eh bien ?

Adrien. — Mimire, c'est une tite mâtine ?

Monsieur Thomassu. — Du tout, du tout, Zémire est de race, et de la plus pure ; mais j'oubliais de vous dire que si les grandes personnes peuvent se servir de telle ou telle locution, c'est toujours avec beaucoup de ménagement ; quant aux enfants, ils ne doivent l'employer sous aucun prétexte. Vous m'entendez ?

Adrien. — Oui, grand-papa ; y faut pas dire, quand on parle d'un mosieu, c'est un mâtin ?

Monsieur Thomassu. — Jamais, au grand jamais !

Adrien. — Grand-papa, tu sais bien, ce mosieu...

Monsieur Thomassu. — Quel monsieur ?

Adrien. — Qui sante des bêtises...

Monsieur Thomassu. — Qui chante des bêtises ?

Adrien. — Oui, avec maman Lulu.

Monsieur Thomassu. — Je ne sais ce que tu veux dire.

Adrien. — Qu'est tout rouze.

Monsieur Thomassu. — Comment, qui est tout rouge ?

Adrien. — Oui, grand-papa.

Monsieur Thomassu. — Tu veux dire monté en couleur ?

Adrien. — Oui, grand-papa, mosieu Garaud, tu te souviens pas, mosieu Garaud, qui boite ?

Monsieur Thomassu. — Parfaitement.

Adrien. — Que Zulie appelle mosieu Possard ?

Monsieur Thomassu. — Très bien, très bien.

Adrien. — Eh bien, grand-papa Bois-bois, tu sais bien, grand-papa Bois-bois ?

Monsieur Thomassu. — Monsieur Dubois, très bien, je l'ai rencontré hier au Palais-Royal.

Adrien. — Il a dit un zour, pendant qui santait avec maman Lulu, mosieu Garaud, il a dit, grand-papa Bois-bois...

Monsieur Thomassu. — J'entends bien, ton grand-papa monsieur Dubois, au sujet de monsieur Garaud...

Adrien. — Mon Dieu! que ce grand mâtin d'homme-là est donc drôle! Satré farceur! Ah! l'animal! Grand-papa Bois-bois...

Monsieur Thomassu. — Dubois.

Adrien. — Il a dit ces vilaines sauzes-là!

Monsieur Thomassu. — C'était pour plaisanter.

Adrien. — Ah! oui, il était pas n'en colère.

Monsieur Thomassu. — A son âge, il a cru devoir se le permettre.

Adrien. — C'est touzours vilain, pas vrai, grand-papa, devant son petit garçon?

Monsieur Thomassu. — Ce qui est beaucoup plus vilain encore, c'est un petit garçon qui, depuis bientôt deux heures, devrait dormir, et qui n'a pas encore voulu le faire; voilà ce qui est odieux!

Adrien. — Ze t'ai dit que ze pouvais pas.

Monsieur Thomassu. — On essaye.

Adrien. — Z'ai déjà essayé; ze le peux pas.

Monsieur Thomassu. — On essaye encore, on essaye toujours!

Silence de quelques instants.

Adrien. — Grand-papa!

Monsieur Thomassu. — Eh bien! quoi? qu'y a-t-il?

Adrien. — Grand-papa!

Monsieur Thomassu. — Qu'est-ce?

Adrien. — Voudrais...

Monsieur Thomassu. — Quoi? que voulez-vous encore?

Adrien. — Voudrais... voudrais descendre.
Monsieur Thomassu. — Nous y voilà !
Adrien. — Voudrais descendre.
Monsieur Thomassu. — Tout comme si vous chantiez.
Adrien. — Grand-papa, t'en prie !
Monsieur Thomassu. — Pour peu que vous continuiez, je vous laisse tout seul.
Adrien. — Oh ! grand-papa ! grand-papa !
Monsieur Thomassu. — Je ne vous entends plus.
Adrien. — Grand-papa !
Monsieur Thomassu. — Turlututu !
Adrien, *plus pressant*. — Oh ! comme ze vas êt' puni ! comme ze vas êt' puni ! Oh ! grand-papa ! grand-papa ! si tu savais... T'en prie ! t'en prie !
Monsieur Thomassu. — Allons, voyons, souffrez-vous vraiment ?
Adrien. — Grand-papa ! grand-papa !
Monsieur Thomassu. — Eh ben, oui ! eh ben, oui ! Eh ben ?
Adrien. — Grand-papa !
Monsieur Thomassu. — Eh ben ! quoi ?
Adrien. — Grand-papa !
Monsieur Thomassu. — Je ne vois rien venir.
Adrien. — Grand-papa...
Monsieur Thomassu. — Vous vous êtes joué de moi.
Adrien. — Grand-papa... ze croyais...
Monsieur Thomassu. — Il est impossible de pousser les choses plus loin que vous ne les avez poussées ; voyons, rentrez dans votre lit, je vous laisse sans lumière, et je m'en vais chez moi ; je ne veux décidément plus avoir aucun rapport avec vous, il y a de quoi, parole d'honneur, tourner en bourrique !
Adrien. — Grand-papa, tu me fais mal.
Monsieur Thomassu. — Ça n'est pas vrai.

Les Misères cachées

Adrien. — Si, grand-papa, tu me fais beaucoup du mal.

Monsieur Thomassu. — Cela m'est parfaitement indifférent, d'autant qu'à présent je ne professe pour vous aucun attachement, aucune affection, plus la moindre, c'est fini, je vous déteste, je vous ai en horreur !

Adrien. — Moi aussi !

Monsieur Thomassu. — Que venez-vous de dire ?... Que venez-vous de me faire l'honneur de me dire, s'il vous plaît ?

Adrien. — Z'ai dit...

Monsieur Thomassu. — Quoi ?

Adrien. — Z'ai dit...

Monsieur Thomassu. — Quoi donc, monsieur, quoi ? parlerez-vous, enfin ?

Adrien. — Grand-papa, pourtoi tu me remues comme ça ?

Monsieur Thomassu. — Ayez donc une bonne fois le courage de votre opinion ! répétez-le-moi, ce que vous venez de dire.

Adrien. — Z'ai dit...

Monsieur Thomassu. — Qu'avez-vous dit ?

Adrien. — Que ze t'aimais pas non plus, et que tu l'étais un grand vilain, mauvais grand-papa.

Monsieur Thomassu. — Tenez ! tenez ! polisson !

Adrien. — Te tout le monde te portait sur ses épaules.

Monsieur Thomassu. — Vous allez avoir le fouet.

Adrien. — Non, ze l'aurai pas.

Monsieur Thomassu. — Qu'est-ce à dire ? de la rébellion ! Nous allons voir qui de nous deux l'emportera.

Adrien. — Non, ze ne l'aurai pas, le fouet.

Monsieur Thomassu. — Vous l'aurez.

ADRIEN. — Veux-tu bien vite t'en aller dans ton vieux cez-toi, dans ton vieux toin !

MONSIEUR THOMASSU. — Tenez ! tenez !

ADRIEN. — Ah ! maman ! maman !

MONSIEUR THOMASSU. — Tenez ! tenez ! Ah ! mauvais sujet ! Tiens ! tiens !

ADRIEN. — Grand vilain bigre de satré mâtin, de satré nom de Dieu de vieux grand-père, de vieux cocu de mon derrière !

> *Le grand-papa tombe dans sa bergère, abattu et fondant en larmes*[83].

DOSSIER

VIE D'HENRY MONNIER
1799-1877

1799 7 juin/19 Prairial an VII : naissance d'*Henry*-Bonaventure Monnier, fils de Jean-Pierre-*Étienne*-Bonaventure Monnier, employé, et de Gilberte Perrier, son épouse, sans profession, demeurant rue de la Magdeleine [aujourd'hui : rues Boissy-d'Anglas et Pasquier], n° 1382, à Paris, IIe arrondissement. Témoins : le parrain, Henry Guyon, commis greffier au Tribunal correctionnel, demeurant rue du Coq-[Saint-]Jean, n° 3 : la marraine, Marie-Anne-Jeanne Trocque, femme Bellivier, employée, demeurant rue de Trassy [*sic* pour : Tracy], n° 30.

1809 2 février : naissance de Caroline, fille de Pierre Péguchet, dit Linsel, et de Marie-Élisabeth [dite Marès] Masso, comédiens français (nés respectivement à Reims et à Paris), à Bruxelles.

1815 Henry Monnier quitte le lycée Bonaparte, où il a fait ses études, et il entre dans une étude de notaire.

1816 1er juillet : Henry Monnier, dit M. Monnier fils, entre comme surnuméraire au ministère de la Justice, direction de la comptabilité, 1er bureau, aux appointements de 500 F par an.
1er septembre : Henry Monnier est nommé expéditionnaire, au même bureau, aux mêmes appointements.

1819 1er janvier : Henry Monnier est porté à 1 200 F d'appointements par an.

1819-1821 Tout en restant expéditionnaire, Henry Monnier fréquente, comme élève, l'atelier de Girodet puis celui de Gros.

1821 1er mars : Henry Monnier quitte son emploi à la Chancellerie. Il exécute ses premières lithographies publiées, les portraits de Campenault et de Mme Granville, comédiens.

1822-1827 Henry Monnier habite presque constamment Londres.

Dès 1826 cependant, dans *Almanachs* et *Annuaires*, il se fait domicilier au 6, rue du Faubourg-Saint-Honoré, où habite son père.

En 1825 et 1826, il publie plusieurs suites de lithographies. Certaines sont éditées à Londres, d'autres à Londres et à Paris, d'autres seulement à Paris.

En 1826, Eugène Lami rejoint Henry Monnier à Londres. Chacun exécute des lithographies qui seront regroupées dans *Voyage en Angleterre*, publié à Londres et à Paris en 1829, avec un texte non signé mais revendiqué plus tard par Amédée Pichot.

1827-1828 Henry Monnier s'est réinstallé à Paris où il fait paraître plusieurs suites de lithographies et obtient ses premiers succès, notamment avec *Les Grisettes* en 1827, et avec *Mœurs administratives* en 1828. Il habite toujours avec son père, 6, rue du Faubourg-Saint-Honoré.

1829 28 février : création, au théâtre des Variétés, du premier texte théâtral de Monnier, le vaudeville *Les Mendiants*, écrit en collaboration avec MM. Émile [Michel-Nicolas Balisson, baron de Rougemont] et Hippolyte [Leroux].

1830 Mai : publication des premières *Scènes populaires*.
Novembre et décembre : Henry Monnier collabore aux débuts de *La Caricature* où il donne des « Charges », généralement sous le pseudonyme d'Eugène Morisseau.

1831 10 avril : création, au théâtre du Vaudeville, d'un spectacle intitulé *Le Vieux Sergent. Scènes*, dû au seul Henry Monnier.
5 juillet : création, au théâtre du Vaudeville, de *La Famille improvisée, scènes épisodiques*, vaudeville composé par MM. Dupeuty, Duvert et Brazier. Henry Monnier y joue cinq rôles, jusqu'en décembre.

1832 MM. Monnier père et fils s'installent rue de Larochefoucauld, 23.

1833-1834 Premières tournées théâtrales : Calais, Arras, Lille, Courtrai, Tournai, Bruxelles, Lyon, Nîmes, Marseille, Toulon, Bruxelles, etc.

1834 21 mai : Henry Monnier se marie à Bruxelles, en l'église du Finistère, avec Caroline Péguchet, dite Linsel, comédienne au théâtre du Parc. M. Monnier père se retire près de Parnes, en Vexin, dans sa maison du hameau des Godebins.

1835 17 avril : naissance d'*Albert*-Pierre, chez ses père et mère, rue de Larochefoucauld, 23, fils d'Henry-Bonaventure Monnier, artiste-peintre, et de Caroline Péguchet, son épouse [sans profession mentionnée]. Témoins : Jean-Toussaint Merle, homme de letres [et mari de Mme Dorval], 41 ans, demeurant rue Saint-Lazare, 44 ; et Auguste Desbœufs, statuaire, 40 ans, demeurant rue de Larochefoucauld, 18. Albert Monnier mourra chef de gare à Suresnes après avoir épousé Virginie-Augustine Bingant, dont il eut trois enfants : Marguerite-Angèle-Augustine, Jenny et Albert-Joseph-Pierre.

Décembre : Caroline et Henry Monnier partent pour leur première tournée théâtrale commune, en Bretagne [1].

1836 Les tournées ne marchent pas. Henry Monnier se réfugie auprès de ses parents, aux Godebins, jusqu'à la fin de l'année.

1837 Moulins, le nord de la France, la Belgique et la Hollande.

1838 30 avril : mort aux Godebins de la mère d'Henry Monnier, à l'âge de 77 ans, enterrée au cimetière de Parnes le lendemain. La Normandie.

1839 La Bretagne.

1840 25 juin : naissance de *Fanny*-Gilberte, chez son père, rue Neuve-des-Petits-Champs, 27, fille d'Henry-Bonaventure Monnier, artiste-peintre, et de Caroline Péguchet, son épouse. Témoins : Charles-Hippolyte Gérard, employé au ministère de la Justice, 24 ans, demeurant rue Saint-Honoré, 337 ; et Gustave Van Nieuwenhuysen, homme de lettres, 28 ans, demeurant rue Lafayette, 13. Elle épousera un comédien d'origine marseillaise, Édouard-Marcellin Portalès, qui se produira sur des scènes de Rouen et de Paris, et dont elle n'aura pas d'enfant.

A noter que le nouveau domicile d'Henry Monnier indiqué dans l'acte de naissance de sa fille n'est indiqué ni dans les *Almanachs* ni dans les *Annuaires* où il ne figure plus ni cette année, ni les suivantes.

---

1. A dater de ce moment, comme je l'ai signalé dans la préface, la vie de Monnier ne peut, en l'état actuel des connaissances sur lui, être suivie avec détail et précision, surtout en ce qui concerne ses activités de comédien itinérant. Pour ses activités d'écrivain et d'artiste, on se reportera à l'*Appendice. Bibliographie et Catalogue* de l'ouvrage consacré par Aristide Marie à Henry Monnier. Pour ses tournées, j'ai relevé les lieux et années mentionnés par Monnier sur les dessins qu'il offrait au cours de ses voyages et que décrit le *Catalogue* d'Aristide Marie. Ce *Catalogue* n'étant pas complet, surtout pour les dessins, et Monnier n'ayant pas systématiquement jalonné ses déplacements de ses dons, le calendrier de ses tournées tel que je le donne est évidemment plein de lacunes. Les détails concernant l'état civil de Monnier et des siens sont inédits et proviennent des Archives de Paris, Rouen, Suresnes et Parnes.

1843 Tournées à Lyon, en Suisse et à Besançon.
Henry Monnier a déménagé rue Bleue, 19, mais ne figure toujours pas dans les *Almanachs* et *Annuaires* où on ne le retrouve mentionné, à cette adresse, qu'après la révolution de 1848.

1844 Lyon, Nîmes, Nice.

1847 27 septembre : naissance de *Jenny*-Albertine, quai Napoléon, 45, à Rouen, fille d'Henry-Bonaventure Monnier, homme de lettres, et de Caroline Péguchet, sans profession, domiciliés à Paris, rue Bleue, 19. Témoins : Jean-Amédée Lefroid de Méreaux, 44 ans, professeur de piano, demeurant place des Carmes, 28 ; et Jean-Baptiste-Charles Dumas, 44 ans, propriétaire, même maison. Elle épousera Joseph-Émile Gaudy, comédien au théâtre des Arts à Rouen, qui sera un temps pensionnaire de la Comédie-Française. Ils auront quatre enfants : Henriette-Virginie-Juliette, Charles-Henry, Fanny-Caroline (qui deviendra comédienne, connue sous le nom de « la petite Gaudy » à la Comédie-Française), et Émile-Albert.

1848 Parnes.

1849 11 août : création, au théâtre des Variétés, d'une comédie-vaudeville en un acte d'Henry Monnier [et Louis Boyer ?], *Les Compatriotes*. Monnier y tient un rôle.

1850 Bordeaux, Toulouse, Montpellier, Marseille, Alès, Nice.

1851 Nice.

1852 Henry Monnier s'installe rue des Bons-Enfants, 31.
23 novembre : création, à l'Odéon, d'une comédie en cinq actes, *Grandeur et décadence de Monsieur Joseph Prudhomme*, de Gustave Vaez et Henry Monnier qui y joue le rôle de Prudhomme.

1853 Bruxelles.

1854 Toulouse.

1855 1er février : mort du père d'Henry Monnier, aux Godebins, où il était né le 13 juillet 1763. Il sera inhumé deux jours plus tard à Parnes.
10 février : création, au Palais-Royal, d'une folie-vaudeville, *Le Roman chez la portière*, d'Henry Monnier, qui y tient le rôle de Mme Desjardins, et d'une comédie-vaudeville, *Le Bonheur de vivre aux champs*, d'Henry Monnier, qui y joue trois rôles.

1856 Lyon.
7 août : création, au théâtre des Variétés, d'un vaudeville

Vie d'Henry Monnier

d'Henry Monnier, *Les Métamorphoses de Chamoiseau*. Monnier y joue le rôle de Chamoiseau.

1857 Henry Monnier s'installe dans son dernier logis parisien : rue de Ventadour, 6.
Mars : parution des *Mémoires de Monsieur Joseph Prudhomme*, le seul ouvrage non dialogué de Monnier.
Rochefort, Angoulême.

1858 Dijon.

1859 Alençon, Bayeux.

1860 Bayeux.

1862 Liège.
19 novembre : inhumation à Parnes de la belle-mère de Monnier, Marie-Élisabeth Masso, veuve de Pierre Péguchet, qui venait de mourir aux Godebins à l'âge de 89 ans.

1863 Fribourg.

1864 Saint-James.

1865 Angers.

1866 Lille, Bordeaux.

1870 Mars et avril : Henry Monnier donne, au théâtre de l'Ambigu, une quarantaine de représentations de *Joseph Prudhomme* et du *Roman chez la portière*.
Rouen, Contrexéville, Toulon.

1871 Rouen.

1873 Bruxelles.

1874 Automne : Henry Monnier est atteint des premiers troubles qui vont peu à peu paralyser ses jambes.

1876 31 décembre : Henry Monnier entre dans le coma.

1877 3 janvier : mort d'Henry-Bonaventure Monnier, rentier, âgé de 77 ans, époux de Caroline Péguchet, rentière, en son domicile, rue Ventadour, 6. Déclaration faite par Philippe Iannin, artiste dramatique, 31 ans, demeurant rue de la Michodière, 2, neveu par alliance du défunt ; et par Jean-François-Hippolyte Driot, docteur en médecine, 52 ans, demeurant rue de Chabannais, 7.
6 janvier : obsèques à l'église Saint-Roch, d'où le cercueil est conduit à la gare Saint-Lazare. Là, Jules Claretie, pour la Société des auteurs dramatiques, et Champfleury, pour la Société des gens de lettres, prononcent les oraisons funèbres. Puis le cercueil est acheminé vers Parnes où, le lendemain, Henry Monnier est inhumé, selon son vœu, dans la sépulture de son père.

1844 7 juillet : mort d'Albert-Pierre Monnier, chef de gare au Chemin de fer de l'Ouest, âgé de 49 ans, fils d'Henry-Bonaventure Monnier, décédé, et de Caroline Péguchet, sa veuve, rentière, demeurant à Paris, boulevard Saint-Martin, 55. Sa mort est survenue au domicile conjugal, à Suresnes, rue de la Station.

1887 6 octobre : mort de Caroline Péguchet, âgée de 79 ans, rentière, domiciliée aux Godebins, hameau de Parnes, fille de Pierre Péguchet et de Marès Masso, veuve d'Henry-Bonaventure, décédée en son domicile. Témoins : Louis-Mary Meslin, 77 ans, garde champêtre, et Joseph Ducos, 72 ans, mécanicien, tous deux domiciliés à Parnes et amis de la défunte.

1891 Vente de la maison des Godebins.

NOTICE ET BIBLIOGRAPHIE

ÉDITIONS ORIGINALES
DES RECUEILS DE SCÈNES DIALOGUÉES

1830 SCÈNES POPULAIRES, *dessinées à la plume par Henry Monnier, ornées d'un portrait de M. Prudhomme et d'un fac-similé de sa signature* (Levavasseur et U. Canel, 1 vol. in-8), contenant une préface et :
> Le Roman chez la portière
> La Cour d'assises
> L'Exécution
> Le Dîner bourgeois
> La Petite Fille
> La Grande Dame

(Annonce dans la *Bibliographie de la France* : 22 mai 1830.)

1831 SCÈNES POPULAIRES, *dessinées par Henry Monnier. Deuxième édition augmentée de deux scènes* [...] (Levavasseur et U. Canel, 1 vol. in-8), contenant la préface, les six scènes précédentes et :
> La Victime du corridor
> Précis historique de la Révolution, de l'Empire et de la Restauration

(B.F. : 6 août.1831.)

1835 SCÈNES POPULAIRES, *dessinées à la plume par Henry Monnier,*
1839 *ornées du portrait de M. Prudhomme* (Dumont, 4 vol. in-8), dédiées au tome I « A M. H. DE LA TOUCHE. Témoignage de gratitude. Henry Monnier », et contenant :
> I. les huit scènes précédentes et
> Les Bourgeois campagnards

(B.F. : 16 mai 1835.)

II. *Un voyage en diligence*
La Garde-malade
Scènes de la vie bureaucratique
(*B.F.* : 18 avril 1835)
III. *L'Esprit des campagnes. 1838*
Le Peintre et les Bourgeois
Les Petits Prodiges
(*B.F.* : 8 juin 1839)
IV. *Les Compatriotes*
Les Trompettes
(*B.F.* : 8 juin 1839.)

1841 SCÈNES DE LA VILLE ET DE LA CAMPAGNE (Dumont, 2 vol. in-8), contenant :
I. *Le Premier de l'an*
Le Déménagement
Les Girouettes
II. *L'Enterrement*
Intérieurs de mairie
La Partie de campagne
Les Loisirs de petite ville
(*B.F.* : 2 décembre 1841.)

1854 LES BOURGEOIS DE PARIS, *par Henry Monnier. Scènes comiques* (Charpentier, 1 vol. in-18), contenant :
Un voyage en chemin de fer
Scènes de mélomanie bourgeoise
Le Tyran de la table
Les bonnes gens de campagne
Les Fâcheux à domicile
Les Diseurs de rien
Une fille à marier
Un train de plaisir
Un café militaire
Locataires et Propriétaires
Le Bourgeois
(*B.F.* : 22 avril 1854.)

1861 NOUVELLES SCÈNES POPULAIRES. LA RELIGION DES IMBÉCILES (E. Dentu, 1 vol. in-18), contenant :
Le Baptême
La Confirmation
L'Eucharistie
La Pénitence
L'Extrême-onction

>   *L'Ordre*
> *Le Mariage*
>
> (Pas d'annonce dans *B.F.*)

1862 LES BAS-FONDS DE LA SOCIÉTÉ (J. Claye, 1 vol. gr. in-8, tiré à 200 exemplaires), contenant une préface et :
> *Un agonisant* (version réduite de *La Garde-malade* de 1835)
> *La Consultation* (version réduite de *L'Esprit des campagnes* de 1839)
> *L'Exécution* (version réduite de la scène de 1830)
> *L'Église française*
> *La Femme du condamné*
> *A la belle étoile*
> *Une nuit dans un bouge*
> *Les Misères cachées* (ou, selon la Table, *Petites misères cachées*)

(Pas d'annonce dans *B.F.*)

1864 LES DEUX GOUGNOTTES, *sténographie de Joseph Prudhomme* [...] *Avec un portrait calligraphié de l'auteur et un frontispice révoltant* (Bruxelles, Poulet-Malassis, 1 vol. in-8, tiré à 150 exemplaires), réimprimé avec le même tirage par le même éditeur, en 1866, sous le titre de L'ENFER DE JOSEPH PRUDHOMME. *C'est à savoir la Grisette et l'Étudiant. Deux gougnottes. Dialogues agrémentés d'une figure infâme et d'un autographe accablant. Paris à la 6ᵉ chambre.* (« Ces publications, [Monnier] me disait n'y avoir pris aucune part, et il témoignait un vif mécontentement de ce qu'on eût publié, sans son consentement, des récits qui pouvaient être contés entre hommes, mais qui n'avaient pas leur raison d'être imprimés, l'auteur lui-même n'ayant pas voulu les faire entrer dans son volume, *Les Bas-fonds de la société*. » Champfleury, *Henry Monnier* [...], p. 313-314.)

1866 PARIS ET LA PROVINCE (Garnier, 1 vol. in-18), avec une préface de Théophile Gautier, et contenant :
> *Un guet-apens*
> *Le Mardi-gras*
> *Grand-père et petit-fils*
> *L'Escalier de la cour d'assises*
> *Les Impitoyables*
> *Propos en l'air*
> *Une ouverture*
> *Menus propos*
> *Un banquet*

(*B.F.* : 21 juillet 1866.)

Dès 1846, une réédition de toutes les *Scènes populaires* qui formaient les quatre volumes de 1835-1839 paraissait, chez Hetzel, en deux volumes intitulés *Œuvres complètes*.

En 1857 et 1858, Monnier exploite son fonds en mêlant certaines des scènes parues jusqu'en 1839 et celles du recueil de 1841 qu'il publie, certaines deux fois, dans six volumes in-32 dans la collection Hetzel, à Bruxelles, sous les titres suivants : *Les Petites Gens* (avec le seul inédit de tout le lot : *Fourberies intimes*), *Scènes parisiennes*, *Comédies bourgeoises*, *Croquis à la plume*, *Galerie d'originaux* et *Les Bourgeois aux champs*. Sous les mêmes titres, ces recueils paraissent presque simultanément à Paris, dans la collection Hetzel et Lévy, chez Michel Lévy, en in-16, in-32 ou in-24.

En 1864, Monnier reprenait le titre de *Scènes populaires* pour une publication, chez Dentu, en un volume in-8. Cette publication, la dernière de son vivant, présente le texte revu et corrigé de treize scènes : les six de 1830, plus : *La Victime du corridor*, de 1831 ; *Un voyage en diligence*, *La Garde-malade* et *Scènes de la vie bureaucratique*, de 1835 ; *Le Premier Jour de l'an*, *Le Déménagement* et *Les Girouettes*, de 1841.

ÉDITIONS POSTHUMES
DES RECUEILS DE SCÈNES DIALOGUÉES

1879 SCÈNES POPULAIRES. 1re et 2e série (E. Dentu, 2 vol. in-8), contenant vingt-trois scènes : les treize de l'édition de 1864, plus : *Les Bourgeois campagnards*, *Le Café militaire*, *L'Enterrement*, *La Partie de campagne*, *Les Loisirs de petite ville*, *Les Voisins de campagne*, *Le Peintre et les Bourgeois*, *Les Petits Prodiges*, *Les Compatriotes*, *Fourberies intimes*.

1890 SCÈNES POPULAIRES (E. Dentu, 1 vol. in-8), contenant vingt-sept scènes : les vingt-trois de l'édition de 1879, plus : *Précis historique* [...], *Intérieurs de mairie*, *L'Esprit des campagnes*, *Les Trompettes*.

C'est seulement en 1935 que, à l'initiative d'André Gide qui en écrivit l'Avant-propos, des *Morceaux choisis* d'Henry Monnier furent publiés chez Gallimard. Cette édition présentait dix scènes : *Le Roman chez la portière*, *La Garde-malade*, *Le Peintre et les Bourgeois*, *La Pénitence*, *L'Enterrement*, *L'Église française*, *Une nuit dans un bouge*, *La Consultation*, *Le Déménagement*, *Les Misères cachées*. Suivaient : *Grandeur et décadence de Monsieur Joseph Prudhomme*, extrait de la comédie de ce titre, et *Souvenirs littéraires de Monsieur Joseph Prudhomme*, extraits des *Mémoires de M. Joseph Prudhomme*.

En 1939, c'est au Mercure de France qu'était publié dans la collection des « Plus Belles Pages », avec une notice de Fernand Fleuret, un autre choix de textes : *Mémoires de Monsieur Joseph Prudhomme, Le Roman chez la portière, Un voyage en diligence, La Garde-malade, Scènes de la vie bureaucratique, Le Peintre et les Bourgeois, Les Compatriotes, La Consultation, L'Exécution, La Femme du condamné, Une nuit dans un bouge, Les Misères cachées.*

En 1952, un nouveau choix de scènes était proposé par le Club du livre illustré, avec la préface écrite par Théophile Gautier pour l'édition de 1866, et sous le titre : *Henry Monnier. Monsieur Prudhomme.*

En 1959, le Cercle du livre précieux éditait *L'Enfer de Joseph Prudhomme.*

Par ailleurs, les *Mémoires de M. Joseph Prudhomme* ont fait l'objet de deux éditions : en 1958, avec une présentation de Jean Dutourd, au Livre club du libraire ; en 1964, avec une préface et des notes de Gilbert Sigaux, au Club français du livre.

NOTRE TEXTE

Pour les six premières scènes, je donne, comme il est de règle, la dernière version procurée par l'auteur. Il s'agit, donc, du texte de l'édition de 1864 des *Scènes populaires.*

Les quatre scènes suivantes sont extraites des *Bas-fonds de la société.* Sur les trois scènes de ce recueil qui présentaient des versions réduites de scènes antérieures, j'ai seulement conservé *La Consultation* ; *L'Esprit des campagnes*, dont la version première, ne devait plus reparaître du vivant de Monnier ; il s'agit donc, pour ce texte, de la dernière version procurée par son auteur. Ce n'était pas le cas d'*Un agonisant* et de *L'Exécution*, de nouveau remaniés pour les *Scènes populaires* de 1864 — la première, redevenue *La Garde-malade* — et c'est pourquoi je donne ces scènes dans leur dernier état.

CHOIX DES TEXTES SUR HENRY MONNIER

De son vivant :

1830 Honoré de Balzac, « Gavarni », *La Mode*, 2 octobre.
1831 Jules Janin, feuilleton théâtral, *Journal des Débats*, 8 juillet.
      Léon Gozlan, « Scènes populaires [...] », *Figaro*, 7 août.

1832 Honoré de Balzac, « Récréations », *La Caricature*, 31 mai.

1834 Auguste Jal, « La Gaîté et les comiques de Paris », dans *Nouveau tableau de Paris au XIXe siècle* (Béchet, 7 vol.), t. II, p. 314-319.

1835 Théophile Gautier, « Bibliographie dramatique », *Le Monde dramatique*, t. I, p. 10-12 et 28-32.

1852 Alexandre Dumas, *Mémoires*, chapitres CIV et CCV.

1853 Henry Monnier, « Henry Monnier », dans *Nouvelle galerie des artistes dramatiques vivants* (Librairie théâtrale, 1857), t. I, portrait et notice n° 13.

1857 Charles Baudelaire, « Quelques caricaturistes français », *Le Présent*, 1er octobre (repris dans *L'Artiste* des 24 et 31 octobre 1858, puis dans *Curiosités esthétiques* publiées chez Michel Lévy frères en 1868).
Eugène de Mirecourt, *Les Contemporains. Henry Monnier* (G. Havard).

1859 Charles Monselet, *La Lorgnette littéraire* (Poulet-Malassis et de Broise), p. 148-149.

1863 Nestor Roqueplan, « Théâtres », *Le Constitutionnel*, 3 août.

1866 Théophile Gautier, préface de *Paris et la province* de Monnier (voir plus haut).

A l'occasion de sa mort, en 1877 :

Jules Delval, « Henri Monnier », *L'Événement*, 6 janvier.
Paul Féval, « Henri Monnier », *Le Gaulois*, 6 janvier.
Paul de Saint-Victor, « Henri Monnier », *Le Moniteur universel*, 10 janvier.
Scaramouche [?], « Les semaines de Paris », *Le Charivari*, 12 janvier.
Bertall, « Henri Monnier », *L'Illustration*, 13 janvier.
Maxime Gaucher, « Causerie littéraire », et N... « Notes et impressions », *La Revue politique et littéraire*, 13 janvier.
Jules Noriac, « Courrier de Paris », *Le Monde illustré*, 13 janvier.
Édouard Drumont, « Henri Monnier », *L'Artiste*, février.
Philippe Burty, « Henry Monnier », *L'Art*, avril.

Ensuite :

Champfleury, *Henry Monnier. Sa vie, son œuvre* (E. Dentu, 1879), avec un Catalogue des œuvres littéraires et graphiques.
Aristide Marie, *Henry Monnier. 1799-1877* (Librairie Floury, 1931),

avec Bibliographie, Catalogue [œuvres littéraires, aquarelles et dessins originaux, l'œuvre lithographique], et Sources. (Réimpression par Slatkine-Reprints, Genève, 1983.)

Jacques Georgeot, *Bulletin interne de l'Association des Amis du Vieux Parnes*, novembre 1976, n° 5 : « Henry Monnier et sa famille [...] », conférence faite en 1927 par M. Pommeret de Boury.

NOTES

Page 43.

1. Mis pour « nettoyé », « purifié » appartenait au parler populaire. Comme nulle part Monnier n'emploie d'autre mot que « purifié », on peut se demander s'il s'agit d'une plaisanterie voulue.

2. Voir *La Garde-malade*. Bien que le nom soit écrit ici Laserre et là, Lasserre, cette phrase semble annoncer, dès 1830, la scène de 1835, et faire du présent rentier et du moribond un seul et même personnage, d'autant que, dans *La Garde-malade*, la portière du moribond sera, expressément nommée, Mme Desjardins (p. 199).

Page 44.

3. Première apparition de la plus célèbre création de Monnier. Reparaissant dans le même recueil de 1830 dans *La Cour d'assises*, M. Prudhomme témoigne que Monnier avait inventé les « personnages reparaissants » avant Balzac qui mettra le procédé en œuvre pour la première fois environ deux ans plus tard. A la mort de Monnier, Jules Delval rappelait, dans *L'Événement* du 6 janvier 1877, qu'un collaborateur du journal avait récemment signalé avoir trouvé dans la bibliothèque du prytanée, à La Flèche, un *Essai instructif sur l'art d'écrire* [...] par R. Prud'homme.

4. Dès le Directoire, on trouve dans les *Annuaires*, parmi les tenanciers d'institutions, un Brad — sinon un Brard — 226, rue des Vieilles-Tuileries, et un Saintomer, 14, quai de l'École, qui fit souche : en 1830, il y avait trois Saintomer professeurs d'écriture : Saintomer aîné, 10, quai de l'École ; Félix Saintomer, 30, rue Croix-des-Petits-Champs ; et Louis-Joseph Saintomer, 32, rue Quincampoix, en outre « expert écrivain vérificateur assermenté près la Cour royale, attaché en cette qualité au ministère de la Guerre. »

5. En 1831, dans *La Famille improvisée*, Prudhomme aura évolué vers moins de réserve. En visite, il attaque le corsage d'une servante et, au maître de maison, attiré par le bruit du soufflet donné par Jeanneton et par les cris qu'elle pousse, il se fait connaître : « — Monsieur, je vous présente mes civilités, Joseph Prudhomme, professeur d'écritures, élève de Brard et de Saint-Omer, expert assermenté près les cours et les tribunaux, et qui pour le moment plaisantait avec la bonne. » Ce côté du personnage n'avait pas échappé à Balzac qui, en 1837, projetait une comédie avec un Joseph Prudhomme s'éprenant de la fille d'une portière et devenant *Prudhomme bigame* ; de même, en 1844, il pensera à un *Prudhomme en bonne fortune*.
Page 67.

6. *Sic*. L'usage du système métrique était encore très peu répandu. Monnier a, vraisemblablement, fait une erreur dans la conversion des pieds, pouces, lignes de la taille qu'il voulait donner à son personnage, car il ne dit nulle part que Jean Iroux est un nain.

Page 78.

7. Début de l'épitaphe composée pour lui-même par La Fontaine.
8. Napoléon : la scène se passe sous la Restauration et Prudhomme emploie ni plus ni moins que la formule officielle pour désigner celui qu'alors on ne devait même pas nommer.

Page 80.

9. Prudhommerie caractérisée. Elle sera jugée digne d'être reprise et augmentée dans *La Famille improvisée* où Prudhomme déclare : « J'aime rire, mais je ne plaisante jamais avec les matières publiques, je suis entièrement dévoué à l'ordre de choses... Vive à jamais l'ordre de choses... Vive tout ce qui contribue à notre bonheur ! Vivent les autorités constituées, vive à jamais la garde municipale et son auguste famille ! » Les formules « ordre de choses » et « auguste famille » représentaient alors les expressions consacrées pour désigner respectivement le régime politique et la famille royale.

Page 83.

10. La justice est une volonté constante et perpétuelle de rendre à chacun son droit.

Page 85.

11. En fait, *Si parva licet componere magnis* : S'il est permis de comparer les petites choses aux grandes (Virgile, IVe Géorgique, 176).
12. La liberté a protégé l'adolescent.

Notes   301

13. Crois Robert qui est expert.

14. Le délit est un fait interdit par la loi, par lequel quelqu'un est lésé dans ses droits privés par dol d'autrui.

15. Le *Dictionnaire de la fable*, dictionnaire de mythologie publié en 1727 par Pierre Chompré, repris et augmenté en l'an IX par Millin, puis en 1806 par Petitot.

Page 91.

16. Date ajoutée dans les éditions postérieures à celle de 1830, parce que, depuis cette date, des détails avaient changé, comme on le voit dans les notes qui suivent.

17. C'est-à-dire : en place de Grève (aujourd'hui, la place de l'Hôtel-de-Ville), lieu patibulaire officiel depuis 1310, année où eurent lieu les premières exécutions, le jour de la Pentecôte (une femme et un prêtre accusés d'hérésie et un juif relaps), jusqu'en 1830 où, quatre jours avant la révolution de Juillet, eut lieu le dernier supplice. Cette révolution eut pour conséquence de faire transférer l'échafaud à la barrière Saint-Jacques, par arrêté préfectoral, « afin que la place de Grève ne puisse plus servir de lieu d'exécution depuis que de généreux citoyens y ont si glorieusement versé leur sang pour la cause nationale ».

18. Il ne s'agit pas de la commune de ce nom, mais du cimetière où étaient inhumés les suppliciés, dit cimetière de Clamart parce qu'il occupait les jardins de l'ancien hôtel de Clamart ; son entrée se trouvait rue des Fossés-Saint-Marcel. Fondé en 1673 pour les morts indigents de l'Hôtel-Dieu, surencombré dès la fin du XVIIIe siècle, il fut fermé en 1833, date à laquelle il reçut l'amphithéâtre d'anatomie sur une partie de son terrain. Dès ce moment, les dépouilles des condamnés à mort furent inhumées dans la « tranchée des suppliciés » au cimetière Montparnasse.

Page 95.

19. Située sur le territoire du village de Vaugirard, délimitée par lui, par Issy et par la rive gauche de la Seine, la plaine de Grenelle, selon un guide de l'époque, « est célèbre parmi la populace de Paris, parce que, depuis longtemps, elle sert de théâtre aux exécutions des jugements de la première division militaire. Quand le bruit d'une de ces exécutions se répand à Paris, on voit, le jour indiqué, accourir en foule le peuple de la capitale, pour venir, dans cette plaine de la mort, savourer le plaisir atroce de voir fusiller un homme » (*Dictionnaire historique, topographique et militaire de tous les environs de Paris* par M. P[iétresson]-S[ain]t-A[ubin], Panckoucke, s.d. [1816]).

Page 97.

20. Les Sanson formaient une dynastie d'exécuteurs des hautes œuvres en fonction à Paris de 1688 à 1847. Ceux dont il est question ici sont Henri Sanson (1767-1840), fils de l'exécuteur de Louis XVI et lui-même exécuteur de Marie-Antoinette, en activité jusqu'en 1836, et son fils Henri-Clément (1799-1889), acolyte de son père à partir de 1819 et son successeur en titre de 1840 à 1847, date à laquelle il devait être révoqué pour avoir mis la guillotine en gage.

Page 98.

21. C'est-à-dire en cheveux coiffés comme ceux de Talma dans son rôle de Titus : coupés aussi court devant que derrière; en l'occurrence, pour le supplice.

Page 101.

22. Comme la statue du dieu Terme, dieu latin protecteur des limites, représenté sans bras et dont la partie inférieure du corps figure une gaine.

Page 112.

23. Citation approximative d'une chanson de Béranger :
*Peuples, formez une sainte-alliance,
Et donnez-vous la main.*

Page 118.

24. *Les Chevilles de Maître Adam, menuisier de Nevers, ou les Poètes artisans*, comédie en un acte d'Allarde et Moreau, créée le 28 décembre 1805 au théâtre Montansier (aujourd'hui le théâtre du Palais-Royal).

25. Aucun renseignement n'a pu être découvert sur cette chanson, même par le très compétent département de la Musique de la Bibliothèque nationale.

Page 119.

26. Même constat d'échec que pour la chanson précédente.

Page 122.

27. Même constat d'échec que pour les deux morceaux précédents.

Page 123.

28. *Les Deux Pères ou la Leçon de Botanique*, comédie en deux actes de Dupaty, créée le 4 juin 1804 au théâtre du Vaudeville.

29. Avant de devenir comédien, Monnier fréquentait déjà beaucoup acteurs et actrices dont il fit nombre de portraits. La tirade macaronique de Prudhomme lui permet une utilisation cocasse de ses connaissances du milieu. François Botte, dit Vertpré (1763-1816), comédien en renom du théâtre du Vaudeville, subit un affaiblissement progressif de sa mémoire, puis, un soir de 1815, il ne put achever son rôle. Le lendemain une violente attaque le privait définitivement de l'usage de ses membres, de la parole et de la raison.

30. Joseph-Auguste Desbuissons, dit Hippolyte (1770-1845), fut d'abord élève de son père, peintre en miniatures, puis s'établit comme peintre au Havre. Il y travailla à la décoration du théâtre et c'est ainsi qu'il prit goût à la scène. Après ses débuts au Havre, il vint à Paris en 1793, débuta en 1798 au Vaudeville, où il fit ses adieux en 1824. A noter que si Monnier se trompe en écrivant le nom de Desbuissons, il l'ignorait sans doute tout à fait quand il publia l'édition originale de ce texte, puisqu'il faisait alors dire à Prudhomme : « Hippolyte... C'était son nom de théâtre, n'importe son autre nom. »

31. Henri-Barnabé Leroux, dit Henry (1772-1853), attaché au Vaudeville dès la fondation de ce théâtre en 1792, se retira en novembre 1821. Alexis-Louis Guénant, dit Julien (1770-1844), comptait aussi parmi ceux que recherchèrent les fondateurs du Vaudeville, mais, sujet aux frasques, il eut une carrière plus agitée qu'il arrêta en 1830. C'est le 12 janvier 1792 que le Vaudeville avait été inauguré rue de Chartres-Saint-Honoré, rue aujourd'hui disparue et qui reliait la place du Palais-Royal à la place du Carrousel. Ce théâtre brûla complètement en 1838.

32. Marie-Marguerite Bauret, dite Sophie Belmont (1781-1844), fut aussi de l'inauguration du Vaudeville. Mariée le 11 août 1798 avec Henry, elle divorçait le 5 mars 1801 et, sur le tard, épousera l'auteur dramatique et académicien Dupaty, en 1841. Divorcée d'Henry, elle continuait à lui donner la réplique assez longtemps, puisque c'est seulement en septembre 1807 qu'elle débutait « à Feydeau », c'est-à-dire à l'Opéra-Comique. Elle se retira en 1827.

33. François-Antoine Carpentier (1768-1809), excellent dans les valets, les niais, les caricatures. Du Vaudeville dès sa fondation, il était aussi un ivrogne invétéré. Après avoir vendu, pour boire, son mobilier pièce par pièce, jusqu'à son lit, il se jeta par la fenêtre.

34. Jean-Etienne Fichet (1769-1844), comédien fort laid, entra au Vaudeville en 1794 et se retira en 1822. Ici encore, sous le charabia il y a la petite histoire : « Fichet fut tiré tout à coup de l'obscurité par une circonstance bizarre : il y avait à Paris, sous le premier Empire, une marchande ambulante de gâteaux de Nanterre, surnommée par dérision la *belle* Madeleine, parce qu'elle était d'une laideur peu ordinaire. Des auteurs eurent l'idée de faire tenir par Fichet, qui

ressemblait à cette femme, le personnage de ladite marchande et il n'en fallut pas moins pour faire courir tout Paris au Vaudeville » (Henry Lyonnet, *Dictionnaire des comédiens français*, II, 50).

35. Exactement : *Le Boghey renversé ou un Point de vue de Longchamps*, vaudeville de d'Artois, Théaulon et Jourdan, créé le 15 avril 1813 au Vaudeville.

Page 127.

36. Des papiers évidemment faux, une fuite après de rapides préparatifs nocturnes, « le père » est l'homme le plus mystérieux du voyage. Va-t-il s'expatrier après s'être ruiné pour « elle » ou avoir fait pire, au point d'être compromettant à côtoyer ? s'agit-il d'une affaire politique ? Au lecteur d'en décider, Monnier lui laisse beaucoup de liberté pour deviner l'identité des personnages d'après leurs propos.

Page 136.

37. La scène se passe après la révolution de 1830 : le noble comte de Verceilles est, indubitablement, un royaliste légitimiste, fort ennemi de l'usurpateur Louis-Philippe. Il refuse tout du nouvel « ordre de choses », même son service officiel de transports. Peut-être est-il quelque peu des complots légitimistes ou, du moins, s'en donne-t-il les gants...

Page 139.

38. En fait : L'or est une chimère,
            Sachons nous en servir.
Acte I, scène 7 de l'opéra *Robert le Diable*, musique de Meyerbeer, livret de Scribe et Germain Delavigne, créé à l'Opéra le 21 novembre 1831.

39. Air tiré de *Joconde ou les Coureurs d'aventures*, opéra-comique de Nicoló Isouard, livret d'Étienne, créé en 1814 chez la duchesse d'Abrantès puis, le 28 février de la même année, à l'Opéra-Comique. Balzac fait chanter cet air par Vautrin dans *Le Père Goriot*.

Page 147.

40. Le nom de réquisitionnaire avait été donné aux hommes concernés par les levées ordonnées sous la Révolution. La première fut prescrite par un décret de la Convention, le 24 février 1793, fixant que trois cent mille hommes se trouvaient « en état de réquisition permanente ». En février 1831, Balzac avait publié une nouvelle intitulée *Le Réquisitionnaire*.

41. L'idée d'une garde bourgeoise de Paris vint, au début de la Révolution, de l'assemblée des électeurs qui en arrêta d'urgence

l'organisation provisoire le 12 juillet 1789, la fixant à quarante-huit mille hommes à raison de huit cents pour chacun des soixante districts, avec commandant et état-major élu. Le premier commandant en fut bien La Fayette ; mais le « hier » de Prudhomme est à prendre à la lettre : il s'agissait de ne pas confondre avec les fonctions de La Fayette au lendemain de 1830, nommé alors général en chef de la garde nationale qui venait d'être rétablie après avoir été dissoute sous la Restauration.

Page 155.

42. Charles-Gabriel Potier des Cailletières, dit Potier (1774-1838), issu d'une famille de robe et d'épée, d'une instruction et d'une éducation poussées, devait devenir, après la Révolution, avec une voix cassée et une constitution maladive, l'un des premiers acteurs comiques de son temps. Entre autres créations mémorables, il s'illustra au théâtre des Variétés dans la comédie-vaudeville en cinq actes de Théaulon et Crétu, *Le Chiffonnier ou le Philosophe nocturne*, créée le 3 janvier 1826. C'est de 1818 à 1825 qu'il joua au théâtre de la Porte-Saint-Martin. Après plusieurs adieux, il se retira définitivement en 1832.

Page 156.

43. L'attachement de Napoléon pour Talma était un fait, quant aux « conseils » que le comédien aurait donnés à l'empereur, ils faisaient partie des croyances populaires. Dans *Les Petits Bourgeois*, lors d'une scène qui cousine particulièrement avec les *Scènes populaires*, Balzac fait dire à un personnage, à propos de Napoléon : « Il avait Talma pour ami, Talma lui avait appris ses gestes. » Dans son *Dictionnaire des comédiens français*, Henry Lyonnet reproduit une caricature du temps intitulée « Talma donnant une leçon de grâce et de dignité impériale ». Mais, comme Talma lui-même le dit à Lemercier : « On a répandu une fable ridicule, d'après laquelle je lui aurais donné des leçons pour apprendre son rôle d'empereur. Il le jouait assez bien sans moi ! »
44. Si Talma avait gagné beaucoup d'argent, il en avait dépensé encore plus. Le 21 octobre 1826, lors de ses funérailles, civiles selon son désir, le Théâtre-Français fit relâche, cent mille personnes au moins suivirent son convoi, et son cercueil, porté par les élèves de l'École royale de déclamation, mit plus d'une heure pour franchir la distance qui séparait les portes du Père-Lachaise de sa fosse.

Page 158.

45. Un des plus populaires refrains de *Joconde* (voir la note 39).

Page 162.

46. « La cravate fut quelquefois, sous le règne de Louis-Philippe, un signe de ralliement : les républicains avaient adopté la cravate rouge, et les membres des sociétés secrètes pouvaient se reconnaître et se compter par la couleur de la cravate » (Pierre Larousse).

Page 163.

47. Langage de joueur, dérivé de la paume : quinze était le premier avantage, quarante-cinq l'avant-dernier : « Avoir quarante-cinq sur la partie. Avoir de grands avantages dans une affaire, être presque assuré d'y réussir » (Littré).

Page 166.

48. Encore un trait henriquinquiste : le légitimiste comte ne veut même pas voir un parent qui sert l'usurpateur.

Page 168.

49. Le mouvement Jeune-France naquit vers 1830 dans l'enthousiasme de la nouvelle école romantique littéraire, puis devint politique, pour s'achever dans la mode vestimentaire qui, des imitations du Moyen Âge, tomba dans des extravagances dont Théophile Gautier, Jeune-France de la première heure, finit par se moquer avec virulence dans *Jeune-France*, en 1833.

Page 169.

50. Hâblerie de Prudhomme : à la veille de la Révolution, il fallait cinq jours pour aller de Paris à Lyon, quatre jours et demi au début de l'Empire et, à l'époque approximative du récit, trois jours, tant par les entreprises privées de Messageries que par celles du gouvernement (*Almanach Royal* de 1788, *Almanach du commerce* de l'an XII et de 1831 à 1834).

Page 172.

51. A l'inverse de Prudhomme, M. Mignolet ne connaît pas *La Cigale et la fourmi*...

Page 174.

52. Pour : kaiserlicks, « Nom donné aux soldats autrichiens par les soldats du premier Empire » (Pierre Larousse).

Page 175.

53. Dans *Illusions perdues*, œuvre écrite plus tard par Balzac, on retrouvera, et ce n'est sûrement pas une coïncidence, un ancien

soldat, qui a fait toutes les campagnes, de l'Égypte à Montmirail, devenu garçon de bureau dans un petit journal, dont le surnom est Coloquinte.

54. « Instrument à vent dont on se sert dans les chœurs de musique d'église pour soutenir la voix, et qui est fait en forme de gros serpent ; aujourd'hui l'on en abandonne l'usage » (Littré). Il produisait des intonations fausses, des notes trop fortes ou trop faibles : « l'expulsion du serpent des églises sera un pas de fait vers le bon goût en musique », écrivait Fétis.

Page 176.

55. Le prince de Polignac, illuminé et ultra renforcé, avait été le dernier président du Conseil de la Restauration avant la révolution de 1830, causée en bonne partie par les fautes qu'il avait accumulées et par l'exécration que le peuple lui vouait. Donner son nom aux rosses fut une pratique courante après Juillet. Dans *Ursule Mirouët*, Balzac montrera un conducteur de diligence criant au postillon : « Tape donc sur Polignac ! », et ajoutera, en commentaire : « Tous les mauvais chevaux se nomment Polignac. » Le postillon de Monnier est, à l'évidence, ennemi juré des royalistes. Outre « Polignac », il utilise comme injure les mots de « *chouan* » — qui datait de la Révolution, mais qui avait été réactualisé par l'équipée de la duchesse de Berry, en 1832 — et de « *carliste* », qui était plus récent : repris des partisans de la légitimité en Espagne à partir de 1833, en France, il désignait les partisans de la branche aînée, de Charles X.

Page 179.

56. Plaisanterie de garçon d'écurie : ce val n'existe pas.

Page 196.

57. Balzac se souviendra de ce nom pour une inflammable marchande de noisettes en gros, dans *César Birotteau* : Mme Angélique Madou (A. Madou), dite encore La Madou.

Page 200.

58. Lors des journées de juillet 1830, les boutiquiers avaient beaucoup donné de leurs personnes.

59. Le règne des Bourbons aînés sous la Restauration avait conféré au clergé un rôle que leurs adversaires et le peuple jugeaient excessif et condamnable, en particulier sous le très pieux Charles X dont on fit croire à la populace qu'il s'était fait ordonner.

60. Encore un trait juste de l'opinion populaire. Louis XVIII, obèse, impotent, impuissant, était fort méprisé du peuple, en partie en

raison du contraste avec Napoléon ; et quoiqu'il fût de loin plus intelligent et meilleur politique que son frère, son successeur en 1824, c'est ce dernier, ancien charmeur de Versailles, excellent cavalier et portant encore beau, qui, au moins au début de son règne, fut le moins impopulaire.

Page 202.

61. Nom de la place de la Concorde de 1792 à 1795. Quant au faubourg du Roule, il s'agissait de la dernière partie actuelle de la rue du Faubourg-Saint-Honoré, à partir de l'actuel n° 114 où se trouvait la Porte Saint-Honoré.

Page 203.

62. En fait, c'est à cause du Blocus continental de Napoléon, dirigé contre l'Angleterre et aggravé par plusieurs décrets en 1810, ordonnant de brûler partout les marchandises et frappant de droits exorbitants les denrées coloniales, que ces dernières atteignirent des prix inouïs.

Page 204.

63. Eugène de Beauharnais, fils de Joséphine, adorée du petit peuple.
64. Le nom de guide désignait les militaires formant la garde personnelle de Napoléon. L'appellation devait être reprise sous le Second Empire. La note forme un coq-à-l'âne digne de Mme Bergeret.
65. Le deuxième mari de Marie-Louise, le comte autrichien Adam-Albrecht von Neipperg, était feld-maréchal.

Page 205.

66. Une lithographie de Monnier, parue dans *La Caricature*, représentait un personnage disant : « Bonaparte est mort comme vous et moi... » De fait, le peuple ne croyait pas à la mort de Napoléon et cette illusion était soigneusement entretenue par les agitateurs de l'opposition qui firent même courir à plusieurs reprises le bruit de son retour.

Page 206.

67. Edme-Jean Pigal (1798-1872), peintre de genre, dessinateur et lithographe. Élève de Gros, comme Monnier, il réussit particulièrement d'amusantes caricatures et des lithographies de scènes populaires.

Page 209.

68. On peut, ici, esquisser une comparaison entre Balzac et Monnier à propos d'un personnage, la Cibot, dans *Le Cousin Pons*.

Elle doit à Monnier son nom, trouvé dans *Les Bourgeois campagnards*, première des *Scènes populaires* de 1835. A la fois portière, comme Mme Desjardins, et garde-malade, comme Mme Bergeret, elle parle en « n » comme cette dernière, multiplie cuirs et pataquès, devient aussi malfaisante, sordide et intéressée qu'elle, et torturera Pons à l'agonie. Elle l'accuse aussi d'avoir été libertin : « Oh! n'allez! vous n'aurez aimé dans votre jeunesse, vous n'avez fait vos fredaines, vous n'avez peut-être quelque part n'un fruit de vos amours. » Limitons la comparaison à ce dernier détail. La Bergeret n'étale que sa bassesse, outrage et caquette pour rien. Chez Balzac, il en va d'une toute autre conséquence : la Cibot veut savoir si Pons n'aurait pas quelque héritier caché avant de mettre en œuvre le plan de captation de ses fabuleuses collections.

Page 211.

69. Évident rappel du passage du *Malade imaginaire* (acte II, scène VI), où M. Diafoirus répond : « Bon », « Fort bien », « *Bene* », « *Optime* » aux annonces par son fils Thomas que le pouls d'Argan est « le pouls d'un homme qui ne se porte point bien », « qu'il est duriscule », « repoussant », « et même un peu capriscant ». De même, ensuite, le jargon cuistre et fumeux du docteur : Monnier pastiche Molière qu'il admirait. Cherchait-il à rivaliser ?

Page 212.

70. Plaisanterie en clin d'œil à l'usage des gens de théâtre ? M. Duponchel existait : chef de scène à l'Opéra lors de la publication de cette scène, en avril 1835, il devait en devenir le directeur en août.

Page 215.

71. Pour avoir, en effet, accouché Marie-Louise, le baron Antoine Dubois (1756-1837), fondateur de la Maison Dubois à Paris, était connu de tout le petit peuple de la capitale.

Page 216.

72. Truismes et bourdes, c'est un parfait capharnaüm que le verbiage carambolé du docteur Chapellier. Conrad Gesner — et non Gessner, et là, c'est Monnier qui se trompe — (1516-1565), fut un célèbre médecin et naturaliste suisse, auteur, notamment, d'une monumentale *Historia animalium*. Francesco Redi (1626-1698), naturaliste italien, écrivit, entre autres, des *Osservazioni intorno agli animali viventi, che si trovano negli animali viventi*. Les Italiens Giuseppe Scaliger (1540-1609), philosophe et surtout humaniste, et Geronimo Cardan (1501-1576), médecin philosophe et surtout mathé-

maticien, n'eurent aucune discussion sur quelque « sorte de génération », non plus qu'à propos de crapauds et de grenouilles. Et pas davantage Rosinius Linsenbahrt, dit Lentilius (1657-1733), médecin allemand qui a, outre d'assez nombreux traités, fourni d'abondantes observations à l'*Académie des curieux de la nature*, publication fondée en Bavière vers 1652.

Page 220.

73. Dans la version remaniée de *La Garde-malade*, des *Bas-fonds*, la fin est plus explicite :
LE MALADE. — Ah !... Ah !...
LA GARDE. — Plus personne !

Page 223.

74. Ou de Monnier lui-même ? Il s'agirait donc d'un « épisode » garanti vrai et normand, avec idiome de même, le pays de Caux étant situé dans la partie de la Normandie qui borde la Manche au nord de la Seine.

Page 225.

75. « Terme de vénerie. Chemin creux » (Littré).
76. Monnier a pris le soin d'inventer ce nom.

Page 230.

77. Vers du *Geôlier de soi-même*, comédie de Thomas Corneille où, à Octave disant : « Il vous souvient de plus que le roi votre père... », Jodelet, qui se faisait passer pour un prince, répond : « Ma foi, s'il m'en souvient, il ne m'en souvient guère. » Ce vers a eu « en quelque sorte son histoire », rapporta Pierre Larousse : à une représentation du *Coriolan* de l'abbé Abeille, une actrice disant : « Vous souvient-il ma sœur, du feu roi notre père ? » et sa partenaire ne parvenant plus à retrouver sa réplique, un plaisant du parterre répondit à sa place par : « Ma foi, s'il m'en souvient, il ne m'en souvient guère. » Après quoi, le poète Olivier fit l'épitaphe épigrammatique de l'auteur : « Et quand Abeille on nommera, Dame Postérité dira : Ma foi, s'il m'en souvient, il ne m'en souvient guère. »

Page 241.

78. C'est-à-dire chez le roi. Le palais des Tuileries, commencé par Catherine de Médicis, devint officiellement et continûment la résidence de tous les souverains depuis Napoléon Ier jusqu'à Napoléon III. Incendié et détruit lors de la Commune, en mars 1871, il occupait l'espace entre les pavillons de Flore et de Marsan.

Page 247.

79. Disparue lors de l'aménagement définitif du boulevard des Capucines en 1902, cette rue, assez étroite et ne comportant d'immeubles que d'un côté, en longeait en contrebas le côté nord, ainsi que celui du boulevard de la Madeleine, depuis la rue de la Chaussée-d'Antin jusqu'à la place de la Madeleine. Le surplomb des boulevards était, comme on le voit au début de la scène, bordé par un parapet. Cette scène, « en face de la rue de la Paix » se passe donc à l'emplacement actuel du côté nord de la place de l'Opéra.

80. Rue Montorgueil, se trouvaient alors non seulement le célèbre restaurant fondé par Balaine et tenu par Borrel, *Le Rocher de Cancale*, au n° 61, fameux pour ses huîtres, mais pratiquement tous les grossistes spécialisés, dits en ce temps des « facteurs d'huîtres » — ou « factrices d'huîtres » —, établis aux n°s 55, 65 (où il y en avait deux), 76 et 86.

Page 248.

81. Pour : liards. Le liard valait le quart d'un sou.

Page 250.

82. « L'Var », c'est Toulon et, plus précisément, le bagne de Toulon. Contrairement au Hugo des *Misérables* ou au Balzac de *Splendeurs et misères des courtisanes*, dont les connaissances sur les forçats et leur langue n'étaient que le fruit de bonnes études mais livresques, celles de Monnier étaient de première main. Ses tournées le conduisirent à plusieurs reprises à Brest et à Toulon et, chaque fois, il en visita les bagnes, parla avec les détenus, les observa, en fit d'innombrables croquis. A Paris même, il explora systématiquement les prisons, tant d'hommes que de femmes, ainsi que les hôpitaux, les asiles d'aliénés et jusqu'à la Morgue et l'amphithéâtre d'anatomie, réunissant une impressionnante collection d'études des « désastres faciaux des avariés, des dégénérés, des fous » et, même, des suppliciés » (A. Marie, *op. cit.*, p. 109). Dans *Les Français peints par eux-mêmes*, il se trouva tout désigné pour illustrer l'article « Les Détenus », au tome IV, et l'article « Les Forçats », au tome V. Pour le premier, il donna en particulier deux planches en hors-texte, une par sexe, regroupant deux assortiments de faciès dont il précisait : « toutes ces figures sont des portraits » et dont il indiqua, sur les serpentes, les qualités respectives, telles : « dettier », « viol », « récidive », etc. ; « vénérienne », « excitation à la débauche », « prostituée », etc. Le parler de son Théodore, il l'a entendu et, tout autant, celui de la prostituée. Quant au « costume de forçat », l'auteur de l'article « Les Forçats » en donne une description, avec les différences selon les peines, qui

précise la personnalité de Polyte. Les condamnés à temps portaient veste rouge, pantalon jaune et bonnet rouge ; les condamnés à perpétuité avaient veste rouge, pantalon jaune et bonnet vert ; les évadés repris se distinguaient par une veste avec un collet et une manche jaune ; les individus les plus dangereux avaient les deux manches jaunes et le bonnet vert. Que « d' couleur » pour la veste veuille dire rouge ou non uni, le bonnet vert de Polyte prouve qu'il n'était pas précisément un séraphin.

Page 282.

83. A l'arrière-plan de cette scène de 1862, il y a peut-être une réalité pénible. Monnier était grand-père. On peut s'interroger sur ses rapports avec le ménage de son fils en lisant une lettre de Monnier à sa femme, écrite depuis l'hôtel de la Croix d'or à Toulon, le 22 octobre 1870 : « Est-ce ma faute si au lieu de te rendre heureuse, comme je l'avais rêvé, le contraire est arrivé ? [...] Tous ceux que tu m'aurais préférés t'auraient rendue plus heureuse que moi, moi qui jamais ne t'ai causé que des chagrins, moi qui t'ai donné un fils que tu ne peux voir ! » (cité par Champfleury, p. 193).

Préface d'Anne-Marie Meininger   7

SCÈNES POPULAIRES   39

Le Roman chez la portière   41
La Cour d'assises   65
L'Exécution   91
Le Dîner bourgeois   101
Un voyage en diligence   125
La Garde-malade   195

LES BAS-FONDS DE LA SOCIÉTÉ   221

La Consultation   223
La Femme du condamné   237
A la belle étoile   247
Les Misères cachées   253

DOSSIER   283

Vie d'Henry Monnier   285
Notice et bibliographie   291
Notes   299

*Impression Bussière à Saint-Amand (Cher),
le 12 septembre 1984.
Dépôt légal : septembre 1984.
Numéro d'imprimeur : 846.*

ISBN 2-07-037596-X/Imprimé en France.

34460